O PEREGRINO

JOHN BUNYAN

O PEREGRINO

com notas de estudo e ilustrações

FIEL
Editora

B942p   Bunyan, John, 1628-1688
         O peregrino : com notas de estudo e ilustrações / John
         Bunyan ; [com ilustrações de William Strang ; notas de
         estudo por Thomas Scott ; tradução: Hope Gordon Silva].
         – 3. reimpr. – São José dos Campos, SP: Fiel, 2019.

         270 p. : il.
         Tradução de: The pilgrim's progress.
         ISBN 9788599145098

         1. Peregrino e peregrinações cristãs – Ficção. 2. Ficção
         cristã. I. Título.

                                                    CDD: 828.407

Catalogação na publicação: Mariana C. de Melo Pedrosa – CRB07/6477

O Peregrino
Traduzido do original em inglês
The Pilgrim's Progress por John Bunyan

Traduzido com base nas edições de:
The Banner of Truth Trust, de 1977 e
Grace Abounding Ministries, de 1986.

Ilustrações de William Strang e
notas de estudo de Thomas Scott

Primeira Edição em Inglês 1678
Copyright©2005 Editora FIEL.
Primeira Edição em Português 2005

Todos os direitos em língua portuguesa
reservados por Editora Fiel da Missão
Evangélica Literária

Diretor: Tiago J. Santos Filho
Editor: Tiago J. Santos Filho
Tradução: Hope Gordon Silva
Revisão: Francisco Wellington Ferreira,
Marilene Paschoal e Ana Paula Eusébio Pereira
Capa e Diagramação: Edvânio Silva

ISBN impresso: 978-85-99145-09-8
ISBN e-book: 978-85-8132-116-5

Caixa Postal, 1601
CEP 12230-971
São José dos Campos-SP
PABX.: (12) 3919-9999
www.editorafiel.com.br

FIEL
Editora

THE·PILGRIM'S·PROGRESS
FROM·THIS·WORLD·TO
THAT·WHICH·IS·TO·COME
BY·JOHN·BUNYAN

ILLUSTRATED·BY·W·STRANG

LONDON·JOHN·C·NIMMO
MDCCCXCV

Página de título da edição de 1895

ÍNDICE

ILUSTRAÇÕES

William Strang

W.S.

John Bunyan

O Autor

John Bunyan nasceu no vilarejo de Elstow, próximo a Bedford, no ano de 1628. Em suas próprias palavras, ele descendia de uma família pobre e sem importância; a família de seu pai pertencia a uma das classes mais insignificantes e mais desprezadas de todo o país. Ele nasceu e foi criado na profissão de funileiro ou latoeiro, tal como o seu pai antes dele; afirma-se também que Bunyan trabalhou como operário em Bedford.

Embora os seus pais fossem de classe insignificante e desprezada, eles conseguiram enviá-lo à escola, onde aprendeu a ler e a escrever, de acordo com o padrão das crianças de outras famílias pobres. Mas Bunyan confessou que logo perdeu, quase completamente, tudo o que aprendera. O convívio com pessoas ímpias lhe introduziu em profanidade, mentira e todos os tipos de pecados e erros da mocidade. E o único indício de que ele possuía uma capacidade superior à plebe do vilarejo foi demonstrado em sua atitude de liderar todos os jovens que se uniam a ele em sua impiedade.

No entanto, quando tinha entre nove e dez anos de idade, em

meio às suas muitas diversões e vaidades infantis, cercado por más companhias, Bunyan era freqüentemente dominado por profundo pesar. Em seus sonhos, visões horríveis, correspondentes aos terrores que o faziam acordar, alarmavam a sua consciência. Ele disse: "Com freqüência, eu me sentia muito abatido e afligido por essas coisas, mas não conseguia abandonar meus pecados. Sim, eu ficava tão dominado por desespero acerca da vida e da eternidade, que muitas vezes desejava não houvesse inferno, nem Satanás, supondo que eles eram *apenas* atormentadores. Também desejei que, se houvesse necessidade de ir para lá, eu fosse um atormentador e não alguém que atormentava a si mesmo".

Depois de algum tempo, estes sonhos terríveis o deixaram, fazendo com que sua compreensão a respeito do castigo eterno desaparecesse. Ele ficou vazio de todas as boas considerações; "tanto o céu como o inferno retiraram-se de meus pensamentos".

"E, se um milagre da preciosa graça não houvesse impedido", disse Bunyan, "eu não somente teria perecido pelo golpe da justiça eterna, mas também me colocado abertamente sob o juízo daquelas leis que levam muitos à desgraça e à vergonha pública, diante do mundo".

Podemos inferir desta confissão ingênua que Bunyan foi refreado da prática de qualquer delinqüência reconhecida pelos magistrados. Ele era rude, impetuoso, descuidado, desordeiro. Era apaixonado pelas diversões do vilarejo, tais como: tocar o sino, dançar, o "jogo do gato" e outros semelhantes. Bunyan não guardava o domingo, era um terrível praguejador e completamente ímpio. Mas esta parece ter sido a extensão da impiedade de sua juventude. Ele não era beberrão, nem licencioso, no sentido mais indecoroso desta palavra. Vemos isso na própria declaração dele, em resposta aos seus caluniadores, no sentido de que "nenhuma mulher, no céu, ou na terra, ou no inferno", poderia testemunhar contra ele. Bunyan acrescentou: "Não, eu não tenho sido guardado por causa de qualquer bondade em mim mesmo. Deus tem sido misericordioso para comigo e tem me guardado".

É evidente que a consciência de Bunyan, embora estivesse dormente, nunca se mostrou endurecida; pois, ao mesmo tempo que ele tinha prazer na impiedade de seus companheiros e via aqueles "que professavam a piedade" praticarem coisas ímpias, a sua consciência fazia com que seu espírito tremesse. Em determinada ocasião, quando estava no auge de sua vaidade, ao ouvir as pragas lançadas por um homem que professava ser cristão, ele disse que tal atitude feriu o seu espírito, a ponto de fazer o seu coração doer. John Bunyan tinha apenas dezessete anos quando entrou no Exército do Parlamento. Em 1645, ele recebeu ordens de ir, com outros, ao cerco de Leicester; mas, quando estava pronto para seguir, um dos soldados expressou desejo de ir em seu lugar, e Bunyan, consentindo, deu o lugar ao voluntário, que no cerco foi morto como um sentinela atento. Esta intervenção notável da providência divina, bem como muitos outros pequenos livramentos da morte, Bunyan recordou com piedosa gratidão. Todavia, naquele tempo, tais intervenções parecem ter causado leve e momentânea impressão na sua consciência. Ele não serviu como soldado por muito tempo. Mas a sua habilidosa utilização de alegorias militares deve-se ao fato de haver servido durante a guerra civil.

Pouco depois deste ato da Providência e, naturalmente, quando estava mais velho (talvez antes de atingir os dezenove anos), Bunyan se casou. "E a misericórdia consistiu", disse ele, "em ter encontrado uma esposa cujo o pai era considerado um homem piedoso". Ela provavelmente se chamava Mary. Eram tão pobres que não tinham muitos pertences familiares, tais como pratos ou talheres. Mas, por sua vez, ela trouxe Bunyan ao conhecimento de dois livros que o pai lhe deixara ao morrer: um se intitulava *O Caminho do Homem para o Céu*; o outro, *A Prática da Piedade*. Bunyan lia, às vezes, estes dois livros com sua esposa, que faleceu em 1655.

Embora os dois livros não tenham alcançado o coração de Bunyan, a ponto de despertá-lo de sua verdadeira condição, produziram alguns desejos e esforços por melhoria. Estes desejos e esforços foram constantemente fortalecidos pelas contínuas referências que sua esposa fazia à vida piedosa e correta de seu pai. Bunyan conformou-se, com muito zelo, ao cristianismo dos séculos; ia à igreja duas vezes no domingo, e falava, e cantava com os mais importantes. Além disso, ele foi, de acordo com seu próprio relato, tão dominado pelo espírito de superstição que apreciava, com grande devoção, tudo que se relacionava à igreja   o altar, o sacerdote, o clérigo, as vestes   e tudo que se relacionava ao culto.

Em todo esse tempo, afirmou Bunyan, ele não era sensível ao perigo e mal do pecado, nem mesmo pensava no Salvador. *O Caminho do Homem para o Céu* ainda não o havia direcionado à Cruz. "Deste modo", ele observou, "o homem, enquanto é cego, vagueia e se fatiga com vaidades, porque não conhece o caminho que conduz à cidade de Deus".

John Bunyan foi despertado da ilusão de justiça própria por meio de ouvir, acidentalmente, a conversa de três ou quatro mulheres pobres, que se assentavam à porta, para tomar sol, em uma das ruas de Bedford, "e conversavam a respeito das coisas de Deus". A atenção de Bunyan foi atraída pela linguagem que lhe era completamente nova, a qual ouviu mas não entendeu. Ele foi tocado, de modo especial, pela conversa delas sobre assuntos pertinentes ao cristianismo, fazendo-o como se uma alegria as impelisse a falar e como se tivessem encontrado um novo mundo. "Com isto", ele disse, "senti que meu coração começou a abalar-se e a desconfiar que minha condição era inútil".

Enquanto Bunyan deixava a companhia daquelas mulheres, para atender aos seus compromissos, a conversa e as palavras delas o acompanhavam, e o coração de Bunyan permanecia lá atrás. Ele disse: "Fui grandemente influenciado pelas palavras daquelas mulheres, porque elas me convenceram de que necessitava das verdadeiras marcas de um homem genuinamente piedoso, e também porque me convenceram da felicidade e bem-aventurança características desse tipo de homem".

Estas pobres mulheres eram membros de uma pequena congregação batista em Bedford e tinham como pastor, John Gifford, um homem cuja vida espiritual não era menos notável do que a do próprio Bunyan.

Foi deste pequeno grupo de crentes que Bunyan recebeu suas primeiras instruções evangélicas. E, quanto mais tinha comunhão com esses crentes pobres, aos quais ele fora casualmente apresentado, tanto mais questionava a sua própria condição, e tanto mais o seu coração era quebrantado "ante a convicção daquilo que, com base nas Escrituras, eles afirmavam". A mente de Bunyan se fixou ardentemente na eternidade e quase se tornou absorvida pelas coisas pertinentes ao reino de Deus. Mas Bunyan ainda possuía o conhecimento de uma criança. Ele estava humildemente cônscio disso; e uma sábia desconfiança de si mesmo fê-lo cair de joelhos.

Quando estava saindo de um tempo de provação, chegou às suas mãos uma tradução do comentário de Lutero, sobre a Epístola aos Gálatas. Era uma cópia bastante velha, tão danificada que se despedaçaria, caso Bunyan não tivesse cuidado ao folhear suas páginas. Ele não leu muito, até descobrir a sua verdadeira condição tão profunda e amplamente abordada. A sua experiência estava tão fielmente refletida nas páginas do livro, que parecia ter sido escrito para o seu próprio coração. Bunyan jamais havia se deparado com um livro como aquele, cujos efeitos permaneceram por muito tempo em sua mente.

Bunyan foi admitido como membro da igreja batista em 1653, em Bedford, quando ele tinha apenas vinte anos de idade. John Gifford, o pastor, morreu em 1655. Antes disso, ao que tudo indica os membros da igreja convenceram Bunyan, em uma ou duas ocasiões, a falar-lhes algumas palavras de exortação, nas assembléias locais. Depois, ele foi persuadido a acompanhar, ocasionalmente, certos membros que, para ensinar, iam a vilarejos adjacentes, nos quais, ele disse, "às vezes eu dirigia às boas pessoas que ali viviam, algumas palavras de exortação; embora ainda não tivesse empregado meus dons abertamente e nem ousasse fazê-lo, mesmo que para um grupo particular. Finalmente, conforme a igreja desejava, depois de oração e jejum solenes, fui chamado e designado a pregar mais comum e publicamente a Palavra de Deus, não somente para aqueles que já eram crentes, mas também para apresentar o evangelho aos que ainda não tinham recebido a fé".

Bunyan entrou no exercício probatório de seu dom. E, pouco a pouco, ele tomou consciência das qualificações que o levaram a crer que fora chamado para aquela obra. Sua pregação não deixava de atrair grande atenção. E logo o rumor se espalhou, de modo que, como ele nos diz: "Embora por motivos diversos, as pessoas vinham de todas as partes para ouvir a Palavra". Agora, Bunyan era constantemente usado nestes labores itinerantes. E, no ano seguinte, a proposta de sua eleição como diácono da igreja de Bedford foi negada pela assembléia, devido ao fato de que ele estava muito ocupado para atender aos deveres do diaconato. Nesse ínterim, quando tinha oportunidade, Bunyan continuava trabalhando para viver e manter sua família.

Os seus labores, porém, foram vistos com olhos invejosos e suscitaram oposição. Citando as suas próprias palavras: "Quando saí a pregar a Palavra em outros lugares, os doutores e sacerdotes do país se voltaram contra mim. Mas eu estava convencido disto: não pagar injúria com injúria e ver quantos dos seus seguidores carnais eu poderia convencer de seu miserável estado, por meio da Palavra, bem como da necessidade e da dignidade de Cristo".

Surgiram rumores de que ele era um feiticeiro, um jesuíta, um ladrão e um libertino. Estas "mentiras e calúnias", disse Bunyan, "tomo-as para mim como ornamentos. Faz parte de minha confissão o ser vituperado, reprovado e ultrajado. E, visto que tudo isso não é verdade, como o testemunham o meu Deus e minha consciência, eu me regozijo nas reprovações, por amor a Cristo".

Mas a constância e a determinação de Bunyan estavam para ser colocadas sob um teste severo   cadeias e aprisionamento o aguardavam. Ele pregou livremente durante cinco ou seis anos, quando, em novembro de 1660, foi preso sob o mandato de um juiz chamado Wingate, em um lugarejo conhecido como Samsell, no condado de Bedford, onde ele havia sido convidado a pregar. A justiça, conforme disse Bunyan, decidira "quebrar o vigor dessas reuniões".

Sete semanas depois do aprisionamento, as sessões de julgamento se realizaram em Bedford, e Bunyan foi trazido perante as autoridades. A acusação lançada contra ele dizia o seguinte: "John Bunyan, da cidade de Bedford, operário, sendo uma pessoa da condição que definiremos, tem deixado de vir, demoníaca e perniciosamente, à igreja para ouvir o culto divino. Ele promove vários encontros religiosos e reuniões ilícitas, trazendo grande distúrbio e distração aos bons súditos deste reino, em contrariedade às leis de nosso soberano senhor, o rei".

Depois da leitura desta acusação, os magistrados lhe pediram que falasse. Bunyan, inconsciente de estar sob processo, admitiu prontamente que não freqüentava a igreja paroquial e que, de fato, realizava reuniões particulares, nas quais ele pregava. Também procurou defender suas atitudes com base nas Escrituras. Mas isto só lhe atraiu críticas violentas e grosseiras da parte dos magistrados.

No final deste memorável julgamento, quando as respostas de Bunyan foram tomadas como uma confissão de culpa, sem o veredito de um júri, Bunyan foi sentenciado. "Você tem de ser levado de volta à prisão e permanecer ali por três meses. Se ao final dos três meses, você não se sujeitar a ir à igreja para ouvir o culto divino e abandonar a sua pregação, terá de ser expulso do reino. E, se for encontrado novamente a pregar sem a licença do rei, terá de ser enforcado por isso. Eu lhe asseguro" disse o juiz. E ordenou que o carcereiro levasse o seu prisioneiro. Bunyan respondeu que, se naquele mesmo dia fosse posto em liberdade, no dia seguinte pregaria o evangelho novamente, com a ajuda de Deus.

Após a coroação do rei, em abril de 1661, um perdão geral foi proclamado. E milhares que haviam sido presos por não-conformismo e outras ofensas foram colocados em liberdade. "Desse privilégio", disse Bunyan, "eu deveria ter compartilhado, mas eles me consideraram um criminoso. Portanto, a menos que obtivesse perdão, por meio de petição, não poderia ter qualquer benefício". Assim, ele continuou preso. E na próxima sessão de julgamento, em agosto de 1661, por três vezes, apresentou por meio de sua segunda esposa, Elizabeth, a petição aos juízes, por três vezes, para que fosse ouvido e seu caso julgado. Após várias conversas no tribunal, um dos juízes lhe falou, comovido: "Sinto muito, senhora, não há nada que eu possa fazer. Você tem de agir segundo uma destas três maneiras: apelar pessoalmente ao rei; rogar, por meio de petição, o perdão dele ou obter uma ordem de revisão do processo. Mas uma revisão do processo será o mais barato".

Bunyan nos conta que o carcereiro lhe concedeu liberdade (este parece ter confiado nele, a ponto de permitir-lhe sair livremente sob as suas ordens) e que continuou seu ministério de pregação, aproveitando todas as ocasiões para visitar aqueles que respondiam ao seu ministério.

Este favor permitiu que Bunyan, estando presente nas reuniões particulares da igreja de Bedford, em junho ou julho de 1661, tivesse o seu nome registrado nas atas da igreja. E, pelo menos, numa ocasião o carcereiro permitiu que ele viajasse até Londres. Infelizmente, os inimigos de Bunyan tiveram notícia desse fato e, seu amigo carcereiro, ameaçado pela perda de seu ofício, foi obrigado a ter seu prisioneiro mais perto.

Bunyan esperava ser chamado às sessões de julgamento de novembro de 1661. Entretanto, ele foi ignorado. Em janeiro de 1662, o tribunal se reuniu novamente, e Bunyan, ansioso por comparecer perante os magistrados, convenceu o carcereiro a inscrever seu nome na agenda. Mas seus inimigos impediram que ele fosse chamado. Visto que, desde julho de 1661 a agosto de 1668, não há qualquer menção do nome de Bunyan nas reuniões da igreja de Bedford, podemos inferir que ele foi mantido em prisão restrita.

Durante os últimos quatro anos de seu encarceramento, ou seja, de 1669 a 1672, ele desfrutou de considerável grau de liberdade. Segundo os registros da igreja batista, ele provavelmente esteve presente com regularidade às reuniões sociais. Em outubro de 1671, embora ainda estivesse preso, foi eleito co-pastor daquela comunidade. Entre as obras escritas no período de seu aprisionamento, encontram-se as seguintes: *Oração no Espírito, A Ressurreição da Cidade Santa, Graça Abundante* (uma autobiografia), *O Peregrino Parte 1, Defesa da Doutrina da Justificação, Contra o Bispo Fowler.* Esta última foi datada na prisão, 21 de novembro de 1671.

É provável que antes de obter liberdade, Bunyan já fosse conhecido, por conta de seus escritos. Não sabemos como isso foi realizado. Mas, em algum tempo de 1672, o seu rebanho observou um dia de ação de graças por ocasião de sua liberdade.

Logo depois de sua libertação, Bunyan pôde construir uma casa de reuniões, com as ofertas voluntárias de seus amigos. No livro da igreja, está registrado: "11 de agosto de 1672, o alicerce sobre o qual a casa de reuniões está edificada foi comprado por subscrição". Bunyan continuou a pregar para grandes audiências, sem interrupções materiais.

Todos os anos, Bunyan visitava seus amigos em Londres, onde sua reputação como pregador era tão grande, que se fosse noticiado que ele viria, na casa de reuniões em Southwark, onde ele geralmente pregava, não caberia metade das pessoas que viriam. Três mil pessoas se reuniam para ouvi-lo em uma parte remota da cidade; e não menos que mil e duzentas, em uma noite fria de inverno, se reuniria às sete horas, mesmo nos dias de semana.

Além de sua visita anual a Londres, Bunyan ia ocasionalmente a outras regiões do país, "de modo que", afirma certa autoridade, "algumas pessoas, por causa das visitas que ele fazia duas ou três por ano, lhe deram (por zombaria) o apelido de Bispo Bunyan; enquanto outros o invejavam por seu ardor em trabalhar na vinha de Cristo".

A congregação batista de Hitchin, no condado de Hertford, tem a sua fundação atribuída a John Bunyan. Existe um pequeno vale na floresta próxima a Preston onde mil pessoas podiam se reunir; ali, Bunyan pregava freqüentemente a grandes congregações. Oito quilômetros além de Hitchin se encontrava o famoso local de pregação dos puritanos, chamado Bendish, onde também Bunyan pregava em uma antiga cervejaria.

Acredita-se que outras congregações, no condado de Bedford, devem sua origem às pregações de meia-noite de John Bunyan. Tais pregações ocorriam durante seu encarceramento, quando era permitido que gozasse de liberdade, a fim de realizar excursões secretas, para visitar seus amigos.

A cidade de Reading, no condado de Berk, era outro lugar que Bunyan visitava com freqüência. A casa em que os batistas se reuniam para o culto ficava em um beco; e, aos fundos, havia uma ponte sobre um braço do rio Kenett, pela qual, em caso de emergência, eles poderiam escapar. Em uma visita a esse lugar, impelido por sua característica bondade de coração, Bunyan contraiu uma doença que o levou à morte.

O filho de um nobre que morava em Reading, havendo caído no desprazer de seu pai, que ameaçava deserdá-lo, pediu a John Bunyan que agisse como mediador em favor dele. Bunyan fez isso com muito sucesso; e este foi o seu último trabalho de amor. Quando retornava para Londres, montado no cavalo, foi apanhado por chuvas fortes e contraiu uma gripe. Uma febre violenta irrompeu; e, após uma enfermidade de dez dias, Bunyan entregou sua alma às mãos de seu misericordioso Redentor. Ele morreu na casa de seu amigo Sr. Struddock (ou Stradwick), um merceeiro, em Snowhill, no dia 12 de agosto de 1688, aos sessenta e um anos de idade. Seu corpo foi colocado no túmulo de seu amigo, no cemitério Bunhill Fields (Londres), onde um belo sepulcro foi erigido em sua memória.

De seus quatro filhos (ele não teve nenhum filho com a segunda esposa), três viveram mais que ele. A sua filha cega, por quem ele expressava amável solicitude, morreu poucos anos antes dele. A sua esposa Elizabeth, que defendera, com grande energia e amor, a causa de Bunyan perante os magistrados, viveu o suficiente para vê-lo sobrepujar os seus labores e aflições e partir desta vida, para receber a recompensa de sua obra. Ela faleceu não muito tempo depois do marido, em 1692, seguindo, assim, o seu fiel peregrino, deste mundo para a eternidade.

Cristão sob o peso de seu fardo

CAPÍTULO 1

Cristão sente-se atribulado

aminhando pelo deserto deste mundo, parei em certo lugar onde havia uma caverna;[1] deitei-me ali para dormir. Enquanto dormia, tive um sonho. No meu sonho, eis que *vi um homem vestido de trapos;*[2] *estando*

A cadeia.

Isaías 64.6
Lucas 14.33

---

1   John Bunyan durante doze anos foi preso, em diferentes ocasiões, na cadeia de Bedford. O motivo desses encarceramentos foi a realização de seu ministério em oposição às leis que vigoravam na época. A cadeia era a "caverna" na qual ele dormiu e teve seu sonho. Na cadeia, ele escreveu essa instrutiva alegoria e muitas outras obras proveitosas, as quais evidenciaram que ele não estava abatido nem desanimado por causa da perseguição. O verdadeiro crente, compreendendo que tratamento pode esperar deste mundo mau, ao comparar nossa atual liberdade religiosa com a daquela época, perceberá nisso grande motivo de gratidão.

2   A visão que em seu sonho o autor teve de si mesmo, como alguém "vestido de trapos" significa que todos os homens são pecadores, em suas disposições, afeições e conduta; que as supostas virtudes dos homens são radicalmente deficientes e indignas diante de Deus; significa que o Peregrino descobriu isso em sua própria pessoa, percebendo ser a sua justiça própria insuficiente para a justificação, assim como vestes esfarrapadas

de pé em certo lugar, como alguém que havia saído de sua casa;[3] tinha um livro em sua mão[4] e um grande fardo às costas.[5] Olhei, vendo-o abrir e ler o livro. À medida que prosseguia na leitura, chorava e tremia; e, não podendo se conter, pronunciou uma intensa lamentação: *O que farei?* Nessa triste condição, voltou para casa. E, enquanto pôde, refreou-se para que a esposa e os filhos não percebessem seu desespero. Entretanto, não pôde ficar em silêncio por muito tempo, pois essa atitude fazia crescer sua aflição.[6] Por isso, finalmente compartilhou seus pensamentos com a esposa e os filhos. Começou a falar-lhes: Ó minha querida esposa e vocês, filhos, frutos do meu amor, eu, seu querido amigo, estou arruinado por causa do fardo que pesa arduamente sobre mim. Além disso, fui seguramente informado que nossa cidade[7] será incendiada com fogo

Salmos 38.4
Habacuque 2.2
Atos 16.29,30

Seu lamento. Atos 2.37

---

são inadequadas àqueles que se encontram na presença de reis.

3   "Como alguém que havia saído de sua casa" representa o pecador convencido de que é absolutamente necessário sujeitar todos os outros interesses
à preocupação com sua alma imortal e renunciar tudo que interfere neste
grande objetivo.

4 O "livro em sua mão" nos ensina que os pecadores reconhecem seu próprio
caráter e situação ao lerem as Escrituras e crerem nelas.

5   O "grande fardo às costas" representa aquele inquietante senso de culpa e
de temor da ira divina do qual os pecadores profundamente convencidos
não podem livrar-se. As circunstâncias dessas humilhantes convicções
podem variar muito, porém, a vida de fé e de graça divina sempre começam com tais convicções.

6   O desdém ou a indignação que as pessoas do mundo expressam para com
aqueles que estão perturbados em suas consciências, habitualmente os
induz a ocultar dos seus parentes a sua inquietude, enquanto podem; mas
logo isto se torna impraticável.

7   A Cidade da Destruição, como posteriormente ela será chamada, representa o presente mundo mau, que está condenado às chamas, ou a condição
de pecadores apáticos, mergulhados em objetivos e prazeres seculares, em

do céu. Nesta terrível catástrofe, *tanto eu como você, minha esposa, e vocês, meus amáveis infantes, seremos miseravelmente destruídos, a não ser que encontremos* (o que ainda não vejo) *algum caminho de escape, pelo qual sejamos livres.*

Diante dessas palavras, seus familiares ficaram profundamente admirados, não por acreditarem que fossem verdadeiras, mas por pensarem que alguma loucura havia invadido sua mente. Por isso, como estava anoitecendo e esperavam que o sono lhe restaurasse os pensamentos, apressaram-se em fazê-lo deitar-se. Mas a noite perturbou-o tanto quanto o dia. Portanto, em vez de dormir, passou-a em suspiros e lágrimas.

Quando amanheceu, desejavam saber como ele estava; e ele lhes disse: Cada vez pior. E passou a falar novamente com eles, mas começavam a ficar endurecidos. Também pensavam que, sendo severos e ríspidos com ele, lhe removeriam a perturbação mental. Às vezes, zombavam; às vezes, repreendiam e, às vezes, negligenciavam-no completamente. Por isso, começou a retirar-se para o quarto, a fim de orar e apiedar-se deles; e, ao mesmo tempo, lamentar sua própria miséria. Caminhava solitário pelos campos, por vezes lendo, por vezes orando; assim, passou seu tempo durante alguns dias.

Vi que, em certa ocasião, quando ele caminhava pelos campos, estava lendo seu livro (conforme seu costume) e ficou muito angustiado. Ao ler, proferiu impetuosamente uma exclamação, como fizera antes: *O que farei para ser salvo?!*

Vi também que ele olhava para um e outro lado, como se quisesse correr; mas ficou parado, pois

A situação deste mundo.

Ele não conhecia uma maneira sequer de escapar.

Cura carnal para uma alma doente.

Atos 16.30,31

---

negligência às coisas eternas, expostos ao inextinguível fogo do inferno, no "Dia do Juízo e destruição dos homens ímpios".

(conforme percebi) não sabia em que direção ir. Então, eis que um homem chamado Evangelista[8] veio ao encontro dele e perguntou-lhe: Por que você chora? Ele respondeu: Senhor, entendo por este livro, em minhas mãos, que estou condenado a morrer e, depois disto, a comparecer no Juízo. Acho que não estou disposto a morrer, nem preparado para o Juízo.

Hebreus 9.27
João 16.8-11
Ezequiel 22.14

Evangelista falou-lhe: Por que não se encontra disposto a morrer, visto que esta vida está cercada de tantos males?

O homem respondeu: Porque temo que este fardo às minhas costas me fará cair no abismo mais profundo que a sepultura, e cairei em *Tofete*. Meu senhor, se não estou em condições de ir à prisão, também não estou pronto para ir ao juízo, e, deste, à execução; o pensar nestas coisas me faz chorar.

Lugar maldito.
Isaías 30.33

Disse Evangelista: Se esta é a sua condição, por que você está parado?

Ele respondeu: Porque não sei aonde ir.

Evangelista deu-lhe um rolo de pergaminho, no qual estava escrito: *"Fugi da ira vindoura"*.[9]

O homem leu o pergaminho, e olhando atenta-mente para Evangelista, indagou: *Para onde tenho de fugir?*

Evangelista respondeu, apontando a um vasto campo: Você está vendo a *Porta Estreita* lá adiante? Ele

Convicção da necessidade de escapar.
Mateus 3.7

---

8   As Escrituras são realmente suficientes para nos tornar sábios para a salvação, bem como para nos mostrar nossa culpa e perigo. Apesar disso, o Senhor geralmente utiliza o ministério de seus servos para conduzir ao caminho da paz aqueles que antes já haviam descoberto sua condição de perdidos.

9   O pastor eficiente há de considerar necessário reforçar a advertência: "Fugi da ira vindoura", mesmo para aqueles que já estão alarmados sobre a situação de suas almas; porque esta é a maneira adequada de preservá-los da procrastinação e de motivá-los à diligência e à decisão.

respondeu: Não. Evangelista perguntou-lhe em seguida: Está vendo aquela luz brilhante,[10] bem adiante?

— Acho que vejo.

Evangelista disse: Mantenha em vista aquela luz e vá diretamente para ela. Ali você verá a Porta Estreita; batendo nela, alguém lhe dirá o que deve fazer.

Vi em meu sonho que o homem começou a correr. Ora, ele não se havia distanciado muito de sua própria casa, quando a esposa e os filhos, percebendo isto, começaram a chamá-lo, para que voltasse. Mas o homem colocou os dedos nos ouvidos e prosseguiu a correr, exclamando: *A vida! A vida! A vida eterna!* Assim, não olhou para trás e fugiu em direção ao meio da planície.

Mateus 7.13,14
Salmos 119.105

2 Pedro 1.19

Cristo e o caminho para Ele não podem ser achados sem o conhecimento da Palavra de Deus.

Lucas 14.26
Gênesis 19.17

---

10 O pecador despertado pode, durante algum tempo, ser incapaz de perceber o caminho da salvação exclusivamente pela fé em Cristo, visto que a iluminação divina, freqüentemente, é gradual. Assim, embora o Peregrino não tenha sido capaz de ver a porta, quando Evangelista apontou para ela, ele pôde discernir a luz que resplandecia ao longe.

CAPÍTULO 2

Cristão e seus vizinhos

Os vizinhos[1] também saíram para vê-lo correr, e, enquanto ele corria, alguns zombavam, outros ameaçavam, e alguns gritaram para que voltasse. Dentre os que fizeram isto, dois estavam resolvidos a trazê-lo de volta, à força. Um deles se chamava Obstinado, e o outro, Vacilante.[2] Ora, o homem já estava a boa

Jeremias 20.10

Aqueles que escaparam da ira vindoura são alvos de ridicularização para o mundo.

---

1 A atenção de muitos comumente é despertada quando um de seus companheiros, que vive no pecado e na vaidade, se envolve na busca do cristianismo verdadeiro e abandona seus amigos e companheiros. Tal pessoa logo se torna o tema das conversas entre aqueles; suas mentes são afetadas, e alguns ridicularizam o interessado, outros ameaçam-no, outros escarnecem dele, e outros utilizam a força ou artifícios diversos para impedi-lo de alcançar seu propósito, de conformidade com as diferentes disposições, situações e relações para com ele.

2 Muitos de seus ex-companheiros logo desistem e deixam-no seguir sua própria escolha. No entanto, dois tipos de pessoas não desistem facilmente; estes o autor chamou de Obstinado e Vacilante, para denotar as disposições contrárias daqueles que persistem na oposição. Obstinado, por meio do orgulho resoluto e da teimosia de coração, persiste em tentar trazer de

distância deles; mas, resolvidos a ir atrás, em pouco tempo o alcançaram.

Obstinado e Vacilante o seguem.

Então, indagou o homem: Vizinhos, a que vieram? Disseram: Viemos persuadi-lo a voltar conosco. Mas ele afirmou: Isso jamais pode acontecer! Vocês vivem na Cidade da Destruição (o lugar onde eu nasci). Vejo que ela é isto mesmo; e, se morrerem lá, mais cedo ou mais tarde cairão no abismo mais profundo que a sepultura, um lugar que arde com fogo e enxofre. Disponham-se, bons vizinhos, e venham comigo.

O quê?! — disse Obstinado. Deixar nossos amigos e confortos para trás?

Sim, replicou Cristão (este era o seu nome), porque tudo que vocês abandonarem não é digno de ser comparado a uma pequena parte do que eu estou procurando desfrutar; e, se vocês me acompanharem e disto se apropriarem, lhes acontecerá o mesmo. Porque, aonde eu vou, há mais do que o suficiente; venham e comprovem o que digo.

2 Coríntios 4.18
Romanos 8.18

Lucas 15.17

Obstinado: Que coisas você procura, pois deixou todo o mundo para encontrá-las?

Cristão: Busco *uma herança incorruptível, sem mácula, imarcescível*, guardada no céu, onde está bem segura, para ser outorgada na hora certa àqueles que a procuram com diligência. Se desejarem, leiam sobre isto em meu livro.

1 Pedro 1.4

Hebreus 11.16

Obstinado: Ah! fora com seu livro. Você volta conosco ou não?

Cristão: Não, não volto, porque já estou com a mão no arado.

Lucas 9.62

Obstinado: Venha então, Vacilante, voltemos

volta o novo convertido aos seus objetivos mundanos. Vacilante, motivado por uma quietude natural de temperamento e por susceptibilidade de impressão, está sujeito à persuasão e realmente se mostra disposto a fazer uma confissão a favor do verdadeiro cristianismo.

para casa sem ele. Existem muitos desses presunçosos malucos, que, ao levarem um capricho ao extremo, são mais sábios a seus próprios olhos do que sete homens que podem oferecer bons argumentos.

Vacilante respondeu-lhe: Não o injurie. Se o que o bom Cristão afirma é verdade, as coisas que ele busca são melhores do que as nossas. Meu coração se inclina a acompanhá-lo.

Obstinado: O quê?! O número de tolos é ainda maior? Ouça o que eu lhe digo e volte. Quem sabe para onde o levará um doente mental como este homem? Volte, volte e seja sábio.

Cristão: Não, pelo contrário, venha comigo, Vacilante. Existem estas coisas sobre as quais falei e muitas outras glórias também. Se você não me acredita, leia neste livro; e quanto à verdade do que ele expressa está completamente confirmada pelo sangue dAquele que o escreveu.

Cristão e Obstinado tentam influenciar a alma de Vacilante

Hebreus 9.17-21

Vacilante: Bem, vizinho Obstinado, começo a tomar uma decisão. Pretendo ir com este bom homem e lançar minha sorte com a dele. Mas, prezado companheiro, você sabe o caminho para esse lugar desejado?

Vacilante fica satisfeito em ir com Cristão.

Cristão: Fui instruído por um homem chamado Evangelista a apressar-me e alcançar uma pequena porta que está mais adiante, onde receberemos instruções sobre o caminho.

Vacilante: Então vamos, meu bom vizinho.

E juntos saíram.

Obstinado: Eu volto para casa. Não serei companheiro de homens tão fantasticamente iludidos.

Obstinado retorna injuriado.

Agora, vi em meu sonho[3] que, enquanto Obstinado

---

3   Essa conversa entre Cristão e Vacilante ressalta a diferença do caráter deles, bem como o nível de compreensão adquirido pelo novo converti-do. A falta de compreensão correta a respeito das coisas eternas é, sem dúvida, a maior deficiência daqueles que se opõem ao evangelho. E os

retornava, Cristão e Vacilante iam dialogando pela planície. E conversavam assim:

Conversa entre Cristão e Vacilante.

Cristão: Vizinho Vacilante, como vai você? Estou contente porque se convenceu a vir comigo. E, se o próprio Obstinado tivesse pelo menos sentido o que eu senti, dos poderes e terrores daquilo que ainda está invisível, ele não teria levianamente nos voltado as costas.

Vacilante: Vizinho Cristão, visto que apenas nós dois estamos aqui, conte-me agora em maior detalhe quais são as coisas que nos esperam e como serão desfrutadas no lugar para onde vamos?

Cristão: Posso melhor concebê-las em minha mente do que falar a seu respeito com meus lábios. Entretanto, como você quer conhecê-las, vou ler sobre elas no meu livro.

Vacilante: Você acredita que as palavras de seu livro são realmente verdadeiras?

As coisas indizíveis de Deus.

Cristão: Sim, com certeza, porque é obra dAquele que não pode mentir.

Tito 1.2

Vacilante: Você disse bem. Quais são as coisas prometidas?

Cristão: Há um reino infinito para ser habitado e a vida eterna a nos ser concedida, a fim de que habitemos naquele reino para sempre.

Isaías 45.17 João 10.27-29

Vacilante: Ótimo! O que mais?

Cristão: Há coroas de glória que nos serão dadas e vestes que nos farão brilhar como o sol no firmamento dos céus.

2 Timóteo 4.8 Apocalipse 22.5 Mateus 13.43

Vacilante: Isso é agradável! O que mais?

Cristão: Não haverá mais choro, nem tristeza, porque Aquele que é o proprietário do lugar limpará de nossos olhos toda lágrima.

Isaías 15.8 Apocalipse 7.16-17, 21.4

---

novos convertidos, sendo zelosos, confiantes e sinceros, são naturalmente levados a descrever a felicidade eterna apresentada nas Escrituras.

Vacilante: Com quem viveremos ali?

Cristão: Lá estaremos com serafins e querubins, criaturas cujo brilho nos deslumbrará. Também encontraremos com milhares de pessoas que foram para lá antes de nós. Nenhuma delas pratica o mal; todas são cheias de amor e santidade, vivendo diante de Deus, aceitas em sua presença eternamente. Enfim, ali veremos os anciãos com suas coroas de ouro e os salvos com suas harpas de ouro. Veremos homens que pelo mundo foram esquartejados e queimados; foram comidos pelas feras e afogados nos mares, por causa do amor que tinham para com o Senhor do lugar. Todos estarão bem e terão a imortalidade como sua vestimenta.

Isaías 6.2

1 Tessaloni- censes 4.16,17 Apocalipse 5.11 Apocalipse 4.4

Hebreus 11 Apocalipse 14.1-5 João 12.25

2 Coríntios 5.2,3,5

Vacilante: O ouvir isso é suficiente para extasiar o coração; mas essas coisas existem mesmo para serem desfrutadas? De que maneira participaremos delas?

Cristão: O Governador do país já registrou isso no livro, cuja essência é: se estamos verdadeiramente dispostos a ter essas coisas, Ele as concederá de graça.

Isaías 55.12 João 7.37 João 6.37 Apocalipse 21.6 Apocalipse 22.17

Vacilante: Muito bem, companheiro, fico feliz em ouvir essas coisas; então, vamos apressar o passo.

Cristão: Não posso andar tão depressa como gostaria, por causa desse fardo que está em minhas costas.

Vi em meu sonho que, logo ao terminarem essa conversa, aproximaram-se de um pântano⁴ lamacento existente no meio da planície, e, por descuido, os dois

O Pântano do Desânimo

---

4   O Pântano do Desânimo representa aqueles temores que freqüentemente afligem os novos convertidos. A lama do pântano tipifica aquelas idéias que pessoas desesperadas nutrem a respeito de si mesmas e de sua situação completamente vil e repugnante. A lama também representa as confissões e as queixas de auto-humilhação que tornam tais pessoas desprezíveis na opinião dos outros. Visto que toda tentativa de procurar livrá-las dessa condição lhes revela ainda mais a iniqüidade latente em seu coração, a situação delas parece tornar-se cada vez pior. E, por falta de um entendimento claro a respeito do evangelho, elas não têm um fundamento seguro sobre o qual se firmarem, não sabendo realmente o que são, nem o que precisam fazer.

caíram repentinamente no lamaçal, cujo nome era Pântano do Desânimo. Ali revolveram-se por um tempo, ficando bastante sujos com a lama. E Cristão, por causa do fardo às costas, começou a afundar.

Vacilante disse: Ah! vizinho Cristão, onde você está agora?

Ele respondeu: De fato, eu não sei.

Diante disso, Vacilante começou a sentir-se ofendido e, zangado, dirigiu-se a seu companheiro: Esta é a felicidade sobre a qual você esteve me falando todo esse tempo? Se nos sobrevem tamanha infelicidade logo no início do caminho, o que podemos esperar entre este ponto e o fim da viagem? Que eu possa sair com vida desse lamaçal, e, em meu lugar, você possua sozinho o país esplêndido. Nisto, ele fez um ou dois esforços desesperados e saiu do pântano, pelo lado que ficava mais perto de sua própria casa. Então, foi-se embora, e Cristão não o viu mais.

As riquezas descritas anteriormente não são suficientes para Vacilante.

Cristão e Auxílio no Pântano do Desânimo

CAPÍTULO 3

O Pântano do Desânimo

Logo, Cristão foi deixado a revolver-se sozinho no Pântano do Desânimo. Todavia, ele se esforçava para alcançar o lado oposto do pântano, o mais longe de sua própria casa e mais próximo da Porta Estreita.[1] E conseguiu chegar àquele lado, mas não podia sair por causa do fardo às suas costas. Porém, vi em meu sonho que se aproximou dele um homem cujo nome era Auxílio, perguntando-lhe o que fazia ali.

Cristão em seus problemas, procurava se distanciar ainda mais da Cidade da Destruição.

Cristão respondeu: Senhor, um homem chamado Evangelista orientou-me a seguir este caminho e me instruiu também a que alcançasse aquela porta, a fim de escapar da ira vindoura. Indo para lá, caí nesse pântano.

---

1 O Peregrino temia mais a condenação da cidade do que a lama daquele pântano. Muitas pessoas, estando sob profunda aflição de consciência, sentem-se receosas de receber alívio, temendo que este seja ilusório. O livramento da ira vindoura e as bênçãos decorrentes da salvação parecem tão valiosas para tais pessoas, que as demais coisas são comparativamente triviais.

Auxílio: Mas por que você não procurou as pedras firmes?

Cristão: O medo me seguiu tão de perto, que fugi por outro caminho e caí.

Auxílio disse: Dê-me sua mão. Quando Cristão lhe estendeu a mão, ele o puxou para fora, colocou-o em terra firme e mandou-o prosseguir seu caminho.

Então, me aproximei daquele que o tirou de lá e perguntei: Senhor, por que não consertam este lugar (visto que, por aqui passa o caminho que vem da Cidade da Destruição e conduz à Porta Estreita), para que os pobres viajantes atravessem com maior segurança? Ele me disse: Esse pântano[2] lamacento é um lugar que não pode ser consertado. Por aqui descem de contínuo a escória e a sujeira que acompanham a condenação do pecado. Por isso, é chamado de Pântano do Desânimo; pois, logo que o pecador é despertado à sua condição de perdido, surgem em sua alma muitos temores, dúvidas e apreensões de desânimo, todos os quais se ajuntam e se depositam aqui. Isso explica a podridão do terreno.

Não agrada ao Rei que este lugar permaneça nessas péssimas condições. Por ordem dos topógrafos de Sua Majestade, seus empregados vêm trabalhando nessa área de terra durante esses mais de mil e seiscentos anos, para verificar se, por acaso, ela tem conserto. E, de acordo com as informações que tenho, afirmou ele, esse terreno já engoliu pelo menos vinte mil carroças lotadas de instruções benéficas; sim, no total, vários milhões

A Promessa.

*Auxílio o ajuda a se levantar.
Salmos 40.2*

O que o Pântano do Desânimo realiza.

Isaías 35.3

---

2   Este relato sobre o pântano, que o autor em sua visão recebeu de Auxílio, coincide com a explicação anterior. Um conhecimento maior das coisas espirituais produz mais profunda auto-humilhação. Por esse motivo, medos desanimadores surgem na mente dessas pessoas, para que não venham a perecer. As objeções contra elas se acumularão constantemente, até que elas caiam em habitual desânimo, a menos que recebam os freqüentes encorajamentos do Espírito Santo, ministrados através das Escrituras.

delas, que em todas as épocas foram trazidas de todos os locais dos domínios do Rei (e os entendidos dizem que estes são os melhores materiais para transformar o lugar em um bom terreno), se fosse possível consertá-lo. Mas ainda é o Pântano do Desânimo, e continuará sendo, mesmo quando tiverem feito o que puderem.

Na verdade, existem, por ordem do Legislador, certas pedras[3] boas e firmes, colocadas bem pelo meio do pântano. Entretanto, nas ocasiões em que o lugar descarrega a sujeira, quando o faz em reação à mudança do tempo,[4] essas pedras são quase invisíveis; ou, se visíveis, os homens, por uma questão de desequilíbrio mental, pisam fora; então, ficam atolados em seu propósito, apesar de as pedras estarem lá. Mas o terreno é firme, depois que alguém entra pela Porta Estreita.

As promessas de perdão e aceitação para uma vida de fé em Cristo.

1 Samuel 12.23

Vi em meu sonho que a essa altura Vacilante estava novamente em casa. Os vizinhos logo fizeram-lhe uma visita. Alguns deles chamaram-no de homem sábio, por ter voltado.[5] Alguns chamavam-no tolo por

---

3   John Bunyan, em uma nota marginal, explica que as pedras significam "a promessa do perdão e da aceitação na vida eterna, por meio da fé em Cristo"; isso inclui os convites gerais e os vários encorajamentos oferecidos nas Escrituras para todos que buscam a salvação que vem do Senhor e diligentemente utilizam os instrumentos designados por Ele.

4   A "mudança do tempo" parece denotar aquelas ocasiões quando tentações especiais, despertando paixões pecaminosas, causam perplexidade às mentes dos novos convertidos. Desse modo, perdendo de vista as promessas, eles afundam no desânimo em meio a experiências humilhantes. Mas a fé em Cristo e a misericórdia de Deus por meio de Cristo colocam os pés do peregrino em solo firme.

5   Com freqüência, aqueles que gostam de menosprezar todos os verdadeiros crentes tanto expressam quanto sentem grande desdém pelos que abandonam sua confissão de seguir a Cristo. Por um tempo, estes são incapazes de recuperar a confiança habitual de seus antigos companheiros. Isso os impulsiona a cortejá-los ao injuriarem e ridicularizarem aqueles a quem eles abandonaram.

ter-se aventurado com Cristão; e outros zombavam de sua covardia, dizendo: Certamente, se eu tivesse começado, não teria me rebaixado e desistido diante de poucas dificuldades. Vacilante assentou-se furtivamente entre eles. Mas, por fim, criou mais confiança, e todos mudaram de opinião, começando a zombar do pobre Cristão. Quanto a Vacilante, ele ficou nisso mesmo.

Vacilante chega em casa e é visitado pelos seus vizinhos que se divertem com sua volta.

CAPÍTULO 4

O fardo pesado de Cristão

O ra, enquanto Cristão caminhava solitário, viu à distância alguém que atravessava a campina para se encontrar com ele; e aconteceu encontrarem-se justamente quando cruzavam seus caminhos. O nome do homem nobre e gentil que se encontrou com ele era Sábio-Segundo-o-Mundo,[1] habitante de uma grande cidade chamada Prudência Carnal,[2] que ficava perto do

Sábio-Segundo-o-Mundo encontra-se com Cristão.

---

1 O Sábio-Segundo-o-Mundo observa cuidadosamente aqueles que começam a voltar-se em direção ao verdadeiro cristianismo e tenta combater suas convicções, antes que tais pessoas se desesperem, sentindo o peso de seus pecados. Portanto, o Sábio-Segundo-o-Mundo é uma pessoa importante, cuja superioridade lhe outorga influência sobre os pobres peregrinos. Ele é um homem de boa reputação, respeitável, bem-sucedido, prudente, sagaz, familiarizado com a raça humana, moralista e piedoso em seu caminho, qualificado a oferecer os melhores conselhos àqueles que desejam servir tanto a Deus quanto às riquezas.

2 Ele reside em Prudência Carnal, uma grande cidade localizada perto da Cidade da Destruição, pois a prudência mundana, modelando o cristianismo de uma pessoa, é tão prejudicial quanto um pecado ou uma iniqüidade

lugar de onde Cristão vinha. Esse homem, que veio ao encontro de Cristão, já tinha algumas informações sobre ele (visto que sua saída da Cidade da Destruição fora amplamente divulgada, não apenas naquela cidade, mas tornara-se notícia pública em alguns outros lugares). Portanto, Sábio-Segundo-o-Mundo possuindo alguma idéia a respeito de Cristão, ao contemplar seus esforços, suspiros e coisas semelhantes, começou a conversar com ele.

Sábio-Segundo-o-Mundo: Olá, bom rapaz, aonde vai tão sobrecarregado?[3]

Cristão: Sobrecarregado, sim, como nenhuma outra criatura. E, visto que me pergunta: Aonde vai?, eu lhe conto já, senhor. Vou à Porta Estreita. Pois ali, segundo fui informado, serei colocado no caminho em que posso ficar livre de meu fardo pesado.

Sábio-Segundo-o-Mundo: Você tem esposa e filhos?

Conversa entre Sábio-Segundo-o-Mundo e Cristão.

---

cometidos publicamente, embora a prudência mundana seja predominante entre pessoas decentes e virtuosas.

3   Existe grande beleza nesse diálogo, proveniente do respeito manifestado ao caráter demonstrado em todo este livro. São características notáveis do Sábio-Segundo-o-Mundo: a auto-satisfação; desprezo para com a capacidade, os sentimentos e os objetivos do Peregrino; compaixão fingida e desdenhosa; reprovação ao conselho de Evangelista; exposição dos perigos e dificuldades do caminho; apresentação das "venturas desesperadas" de pessoas religiosas, "a fim de obter o que não conhecem"; a confiante afirmação de que a inquietação de Cristão surgiu de sua fraqueza de inteligência, ao lidar com "coisas elevadas demais" para ele e ao ouvir um conselho que ele considerava mau (ou seja, ler a Palavra de Deus e assistir à pregação do evangelho). Para o Sábio-Segundo-o-Mundo a inquietação de Cristão era decorrente da distração, a qual era uma conseqüência natural do lidar com coisas elevadas demais, e de ouvir maus conselhos. Por outro lado, Cristão não somente fala de conformidade com seu nome, mas também em coerência com o caráter de um novo convertido. Ele não esconde sua inquietude e seus temores, declarando sem reservas o método pelo qual procura alívio.

Cristão: Sim, mas sinto-me tão oprimido por este fardo, que não posso ter neles o prazer que tinha antes; penso que sou como alguém que não possui família.

1 Coríntios 7.29

Sábio-Segundo-o-Mundo: Você me ouvirá, se eu lhe der um conselho?

Cristão: Se for bom, ouvirei. Estou precisando de um bom conselho.

Sábio-Segundo-o-Mundo: Eu o aconselho, então, a livrar-se rapidamente desse fardo, pois você nunca terá paz de espírito, enquanto não fizer isso; tampouco poderá gozar as bênçãos que Deus lhe concedeu.

Sábio-Segundo-o-Mundo, aconselha Cristão.

Cristão: É isto o que busco: livrar-me deste pesadíssimo fardo. Mas eu mesmo não consigo tirá-lo. Nem existe em nosso país homem algum que o possa remover dos meus ombros; por isso, como eu lhe disse, vou por este caminho para livrar-me deste fardo.

Sábio-Segundo-o-Mundo: Quem lhe mandou seguir este caminho para livrar-se do fardo?

Cristão: Um homem que me pareceu ser uma pessoa nobre, digna de honra; lembro-me que se chama Evangelista.

Sábio-Segundo-o-Mundo: Maldito seja ele, pelo conselho que lhe deu. Não existe no mundo nenhum caminho mais perigoso e mais problemático do que esse que ele lhe ensinou. Logo você descobrirá isso, caso se deixe guiar pelo conselho de Evangelista. Pelo que percebo, você já experimentou alguma dificuldade, pois vejo que ainda está sujo com a lama do Pântano do Desânimo. Aquele pântano é apenas o começo das tristezas que sobrevêm aos que seguem esse caminho. Escute-me, sou mais velho do que você. No caminho em que você está indo, encontrará canseira, dor, fome, perigos, nudez, espada, leões, dragões, escuridão; em resumo, a morte e o que você imaginar. Certamente são verdadeiras essas coisas, já confirmadas pelo

Sábio-Segundo-o-Mundo condena conselho de Evangelista.

testemunho de muitos. E por que deve um homem se entregar tão descuidadamente, dando ouvidos a um estranho?

Cristão: Ora, senhor, este fardo às minhas costas é mais terrível para mim do que todas essas coisas que mencionou. Não, acho que não me importa o que eu tenha de enfrentar no caminho, contanto que possa também encontrar o alívio de meu fardo.

A chama no coração de um jovem cristão.

Sábio-Segundo-o-Mundo: E como foi que começou a carregar esse fardo?

Cristão: Lendo esse livro que está em minha mão.

Sábio-Segundo-o-Mundo: Eu sabia! E aconteceu--lhe o mesmo que a outros homens fracos, os quais, ao lidar com coisas elevadas demais para eles, de repente caem nas perturbações em que você caiu; perturbações que não apenas os desanimam (como percebo que as suas lhe fizeram), mas também os impulsionam a aventuras desesperadas, para obter o que não conhecem.

Sábio-Segundo-o-Mundo não gosta de que os homens sejam sérios na leitura da Bíblia.

Cristão: Eu sei o que desejo obter: alívio de meu pesadíssimo fardo.

Sábio-Segundo-o-Mundo: Mas por que vai buscar alívio nesse caminho, visto que nele há tantos perigos? Especialmente porque (se você tivesse paciência para me ouvir) poderia lhe ensinar como obter o que deseja, sem os perigos que enfrentará nesse caminho. Sim, e o remédio está à mão. Além disso, em vez desses perigos, você encontrará muita segurança, amizade e contentamento.

Cristão: Senhor, conte-me este segredo.

Sábio-Segundo-o-Mundo: Ora, no povoado ali adiante (cujo nome é Moralidade[4]) vive um senhor

---

4 O povoado chamado Moralidade é uma figura do grande número de pessoas que, em muitas nações, são favorecidas com a Palavra de Deus, se abstêm de pecados escandalosos e cumprem deveres honrosos, sem qualquer

chamado Legalidade,[5] um homem criterioso (de muito boa reputação), habilidoso em ajudar os homens a tirar dos ombros fardos como o seu. Sim, pelo que sei, desse modo ele já fez o bem a muitas pessoas; e tem a habilidade de curar aqueles que estão mentalmente perturbados por causa de seus fardos. Como eu disse, você tem de procurá-lo e receber ajuda imediata. A casa dele fica a pouco mais de um quilômetro. E, se ele não estiver em casa, tem um filho simpático, cujo nome é Civilidade, que pode ajudá-lo tão bem quanto o próprio pai. Lá, você poderá ser aliviado de seu fardo e, se não decidir voltar à casa onde morava, o que eu mesmo não lhe desejo, você pode mandar buscar sua esposa e filhos para este povoado. No momento, há casas ali que estão vazias, uma das quais pode ser obtida a preço razoável. Também existem alimentos baratos e bons, aquilo que fará sua vida mais feliz, ou seja, morar perto de vizinhos honestos, tendo crédito e elegância.

Sábio-Segundo-o-Mundo prefere moralidade em vez da porta estreita.

Cristão ficou um tanto na dúvida, mas logo concluiu: Se é verdade o que esse senhor me disse, a atitude mais prudente é seguir seu conselho. E continuou a conversa:

Cristão cai na armadilha das palavras de Sábio-Segundo-o-Mundo.

Cristão: Senhor, que caminho devo tomar para ir à casa desse homem honesto?

---

verdadeiro temor, ou amor a Deus, ou respeito à sua autoridade e sua glória.

5   O mais destacado habitante desta cidade não tem o seu nome (Legalidade) derivado de sua atitude de tornar a Lei de Deus sua regra de conduta (visto que "pela lei vem o pleno conhecimento do pecado", e isso tende a aumentar a aflição de um pecador convencido pelo Espírito Santo); seu nome deriva-se de sua atitude de ensinar os homens a confiarem em uma obediência imperfeita à pequena parte da Lei, explicada e minimizada de conformidade com o método dos escribas e fariseus. Seu filho, Civilidade, é uma figura daqueles que procuram convencer a si mesmos e aos outros de que um comportamento decente, benevolente e serviçal os protegerá do castigo futuro e lhes assegurará uma herança no céu, se realmente existir esse lugar!

Sábio-Segundo-o-Mundo: Está vendo aquele monte⁶ alto?

Cristão: Sim, vejo-o bem.

Sábio-Segundo-o-Mundo: Você deve subir aquele monte, e a primeira casa que encontrar é a dele.

Assim, Cristão desviou-se de seu caminho, a fim de procurar ajuda na casa de Legalidade. Mas, quando já estava bem perto do monte, este pareceu-lhe bastante elevado; e o lado que estava junto ao caminho se projetava tanto para cima, que Cristão ficou receoso de prosseguir, temendo que o monte desmoronasse sobre a sua cabeça. Por isso, ficou ali parado e não sabia o que fazer. Também seu fardo lhe pareceu mais pesado do que quando estava em seu caminho. Ao mesmo tempo, saíam do monte lampejos de fogo, que causavam em Cristão o receio de ser queimado. Ele começou a suar, a tremer de medo e a arrepender-se de ter aceitado o conselho do Sábio-Segundo-o-Mundo. Com isso, Evangelista apareceu, vindo em sua direção. Ao vê-lo, Cristão ruborizou-se. E, à medida que se aproximava, percebia que Evangelista tinha o semblante severo e temível. E passou a falar-lhe assim: O que você faz aqui, Cristão?

A essas palavras Cristão não sabia o que responder. Permaneceu calado diante de Evangelista, que acrescentou: Você não é o homem que encontrei chorando

Monte Sinai

Cristão teme que o Monte Sinai caia sobre sua cabeça.

Êxodo 19.18
Êxodo 19.16
Hebreus 12.21

Evangelista encontra Cristão abaixo do Monte Sinai e olha severamente para ele.

---

6   Cristão tinha de chegar ao povoado de Moralidade passando pelo monte Sinai, não porque os homens de lá tributassem o devido respeito à santa Lei de Deus, e sim porque colocam a sua escassa obediência à Lei em lugar da justiça e da expiação realizadas por Cristo. O pecador que está profundamente convencido de sua culpa reconhece que falha em todas as tentativas de estabelecer sua própria justiça. Então, os conselhos da sabedoria do mundo se manifestam em seu verdadeiro caráter; e, deste modo, o pecador está preparado para receber o evangelho da salvação gratuita.

fora dos muros da Cidade da Destruição?

Cristão: Sou, caro senhor, eu sou o homem.

Evangelista: Não lhe indiquei o caminho da Porta Estreita?

Evangelista discute com Cristão novamente.

Cristão disse: Sim, caro senhor.

Evangelista: Como foi que tão depressa você se desviou? Pois agora está fora do caminho.

Cristão: Logo que atravessei o Pântano do Desânimo, encontrei um senhor; e ele me persuadiu, afirmando que eu poderia encontrar no povoado adiante um homem capaz de retirar-me este fardo.

Evangelista: Como era ele?

Cristão: Parecia um cavalheiro, falou muito comigo e, por fim, conseguiu fazer-me ceder; então, vim para cá. Mas, quando vi este monte e como se projeta sobre o caminho, repentinamente parei, temendo que caísse sobre a minha cabeça.

Evangelista: O que aquele senhor lhe disse?

Cristão: Ora, perguntou aonde eu estava indo. E eu lhe contei.

Evangelista: E o que ele falou em seguida?

Cristão: Perguntou se eu tinha família. Disse-lhe que sim, mas sentia-me tão sobrecarregado pelo fardo às minhas costas, que não tinha prazer neles como antes.

Evangelista: O que mais ele falou?

Cristão: Ordenou que eu me livrasse do fardo sem demora; e eu disse-lhe que este era justamente o alívio que eu procurava. Declarei que estava indo até à Porta Estreita, a fim de receber mais instruções sobre como poderia chegar ao lugar de livramento. Ele me disse que mostraria um caminho melhor e mais rápido, com menos dificuldades do que o caminho que o senhor me indicou. Afirmou que o caminho dele me levaria à casa de um senhor hábil em remover estes fardos. Eu acreditei nele e saí daquele caminho, vindo para este, por causa da possibilidade de logo ser aliviado de meu fardo. Mas, chegando a este lugar e percebendo como são as coisas, (como já lhe disse) parei porque tive medo do perigo. E agora não sei o que fazer.

Evangelista: Espere um pouco, a fim de que eu lhe mostre as palavras de Deus.[7] Cristão ficou quieto, tremendo. Então, Evangelista falou: Tende cuidado, não recuseis ao que fala. Pois, se não escaparam aqueles que recusaram ouvir quem, divinamente, os advertia sobre a terra, muito menos nós, os que nos desviamos daquele que dos céus nos adverte.

Hebreus 12.25

Evangelista convence Cristão do seu erro.

Hebreus 10.38

E acrescentou: O justo viverá pela fé; mas, se retroceder, nele não se compraz a minha alma. Aplicou--as assim: Você é o homem que está correndo em direção a esta miséria. Já começou a rejeitar o conselho do Altíssimo e a retroceder do Caminho da Paz, quase incorrendo no perigo de sua perdição.

Cristão caiu a seus pés, como morto, exclamando: Ai de mim! Estou perdido! À vista disso, Evangelista o tomou pela mão direita, afirmando: *Todo tipo de pecado e blasfêmia se perdoará aos homens; não seja incrédulo, mas crente*. Cristão recuperou-se um pouco e levantou-se tremendo diante de Evangelista, como no início.

Mateus 12.31 Marcos 3.28

Evangelista descreve o Sábio- Segundo-o- Mundo.

Evangelista prosseguiu: Preste mais atenção às coisas que lhe direi. Vou mostrar-lhe quem o iludiu e

---

7 John Bunyan julgou correto, ao lidar com pessoas que estavam sob intensa aflição de consciência, ter como alvo o prepará-las para uma paz duradoura, e não o oferecer-lhes apressadamente consolação. Os homens podem sentir-se bastante desanimados e, em certa medida, verdadeiramente humilhados, mas, apesar disso, podem continuar insensíveis quanto à gravidade e ao grau de sua culpa. Neste caso, são necessárias instruções adicionais a respeito da natureza e do horror de suas ofensas, para que eles sejam motivados ao esforço correto e à negação de si mesmos, a fim de prepará-los para a paz e a consolação duradouras.

quem era aquele a quem ele o enviou. O homem que veio a seu encontro é o Sábio-Segundo-o-Mundo, e bem merece este nome; em parte, porque só aprecia a doutrina deste mundo (por isso, vai sempre à igreja da cidade da Moralidade);[8] em parte, porque ama demais essa doutrina, visto que ela o livra da cruz. Devido ao fato de possuir essa disposição carnal, ele busca perverter meus caminhos, que são corretos. Há três coisas no conselho desse homem que você precisa detestar completamente:

1. a atitude dele em tirá-lo do caminho;

2. a atitude dele em tornar a cruz odiosa aos seus olhos;

3. a atitude dele em colocá-lo no caminho que leva ao castigo da morte.

Primeiro, você precisa detestar a atitude dele em tirá-lo do caminho; sim, detestar também seu próprio consentimento nisso, o que significa rejeitar o conselho de Deus, por amor ao conselho de Sábio-Segundo-o--Mundo. O Senhor declara: *Esforçai-vos por entrar pela porta estreita* [a porta para a qual eu o mandei]; *porque estreita é a porta, e apertado, o caminho que conduz para a vida, e são poucos os que acertam com ela*. Esse homem ímpio o desviou da Porta Estreita e do caminho que a ela conduz, quase levando-o à destruição. Odeie, portanto, a atitude dele em tirá-lo do caminho e deteste a si mesmo por lhe ter dado ouvidos.

Segundo, você precisa detestar o esforço dele para

1 João 4.5

Gálatas 6.12

Evangelista descobre o engano do Sábio-Segundo-o-Mundo.

Lucas 13.24

Mateus 7.13,14

Hebreus 11.25,26

---

8   Essa atitude é característica de homens como Sábio-Segundo-o-Mundo, que apóiam sua confiança na religião e na sua boa opinião sobre esta, por ouvirem pregadores que substituem o evangelho por uma moralidade orgulhosa e deficiente. Isto coincide com seus interesses, disposições e pontos de vista seculares; eles evitam a cruz, pensando realmente que encontraram o segredo de harmonizarem a amizade do mundo com o favor de Deus.

tornar a cruz odiosa aos seus olhos, visto que você deve preferi-la aos preciosos tesouros do Egito. Além disso, o Rei da Glória já lhe disse: *Quem quiser ... salvar a sua vida perdê-la-á; e: Se alguém vem a mim e não aborrece a seu pai, e mãe, e mulher, e filhos, e irmãos, e irmãs, e ainda a sua própria vida, não pode ser meu discípulo.* Portanto, você precisa odiar a doutrina do homem que trabalha para convencê-lo de que lhe resultaria em morte aquilo que, de acordo com a verdade, lhe traria a vida eterna.

Marcos 8.35
João 12.25
Mateus 10.39

Lucas 14.26

Terceiro, você precisa odiar a atitude dele em colocar seus pés no caminho que leva ao castigo da morte. Por isso, considere a quem o Sábio-Segundo--o-Mundo lhe enviou e como essa pessoa é incapaz de libertá-lo de seu fardo.

Aquele a quem você foi mandado, a fim de encontrar facilidade, chama-se Legalidade.[9] Ele é filho da mulher que até agora está em escravidão juntamente com seus filhos e, em mistério, é o próprio Monte Sinai, que você temeu cair sobre sua cabeça. Ora, se ela e seus filhos estão em escravidão, como você pôde esperar que por eles seria liberto? Portanto, Legalidade não é capaz de libertá-lo de seu fardo. Até hoje ninguém foi aliviado de seu fardo por esse homem; não, e nunca o será. Não é possível. Vocês não podem ser justificados por obras da lei, visto que através delas nenhum homem pode ser liberto de seu fardo. Por conseguinte,

Gálatas
4.21-27
A mulher
escrava.

---

9 Quando Cristo terminou a sua obra na terra, foi ab-rogada a aliança do Sinai, estabelecida com Israel. Os judeus, portanto, por se apegarem à lei de Moisés como uma complexa aliança de obras, foram deixados em escravidão e ficaram sob condenação. E todos aqueles que apenas professam ser cristãos, que dependem de conceitos, sacramentos, deveres religiosos e moralidade, desprezando Cristo e a nova aliança estabelecida no seu sangue, estão emaranhados no mesmo erro fatal. O legalismo jamais pode livrar um pecador de sua culpa.

Sábio-Segundo-o-Mundo é um inimigo, e Legalidade, um trapaceiro. Quanto ao seu filho, Civilidade, apesar de sua aparência agradável, ele é apenas um hipócrita e não pode ajudá-lo. Creia-me, nada existe em toda a conversa que você ouviu desse homem embrutecido, exceto o propósito de afastá-lo de sua salvação, desviando-o do caminho que lhe propus.

Depois disso, Evangelista clamou aos céus em alta voz pedindo confirmação daquilo que havia dito; e do monte sob o qual Cristão estivera, vieram palavras e fogo, que o arrepiaram todo. As palavras pronunciadas foram estas: *Todos quantos... são das obras da lei estão debaixo de maldição; porque está escrito: Maldito todo aquele que não permanece em todas as coisas escritas no Livro da lei, para praticá-las.*

Gálatas 3.10

Nesse momento, Cristão nada aguardava, senão a morte, e começou a clamar com lamentações, até amaldiçoando a hora em que se encontrou com Sábio--Segundo-o-Mundo. Também chamou a si mesmo de estúpido por ter acatado o conselho dele. Estava muito envergonhado de pensar que os argumentos desse senhor, provenientes da carne, tivessem prevalecido sobre ele, a ponto de fazê-lo abandonar o caminho certo. Cristão dirigiu-se novamente a Evangelista, com palavras mais ou menos neste sentido:

— Senhor, o que acha? Existem Esperanças? Posso agora retornar e ir até à Porta Estreita? Não serei abandonado por causa do que fiz e obrigado a voltar envergonhado? Sinto muitíssimo por ter escutado o conselho desse homem; mas poderá meu pecado ser perdoado?

Cristão questiona se ainda pode ser feliz.

Então, disse-lhe Evangelista: Seu pecado é muito grave,[10] pois você cometeu dois erros: deixou o caminho

---

10 Ao tentar encorajar aqueles que estão desesperados, não devemos de

bom e andou por caminhos proibidos. Contudo, o homem na Porta o receberá, pois ele tem boa vontade para com os homens. Cuide apenas em não se desviar de novo, para não perecer no caminho, quando a ira dele se inflamar por pouco que seja.

Evangelista o conforta.

Cristão preparou-se para voltar; e Evangelista, despedindo-se dele com um beijo, sorriu e desejou-lhe boa viagem. Cristão seguiu com pressa, sem dirigir palavra a ninguém pelo caminho; nem mesmo respondia se alguém lhe falava. Foi como quem estava o tempo todo pisando em terreno proibido, e não se considerava seguro de modo nenhum, enquanto não estivesse novamente no Caminho que havia abandonado, a conselho do Sábio-Segundo-o-Mundo.

Salmos 2.12

---

maneira alguma persuadi-los de que seus pecados são poucos ou insignificantes; devemos nos esforçar para convencê-los de que sua culpa é ainda maior do que eles supõem, embora não seja tão grande que não possa ser perdoada mediante a infinita misericórdia de Deus em Cristo Jesus. O ministro fiel tem de advertir solenemente os novos convertidos a não se desviarem do caminho; pois os humildes convertidos não podem achar confiança e consolação, enquanto não se tornarem cônscios de que encontraram novamente o caminho do qual se haviam afastado.

 Cristão encontra a Porta Estreita

CAPÍTULO 5

Cristão encontra a Porta Estreita

Assim, no passar do tempo, Cristão chegou à Porta Estreita,[1] por cima da qual estava escrito: *Batei,*

---

1 A Porta Estreita, na qual Cristão deseja ser admitido, representa o próprio Senhor Jesus recebido pelo pecador em todos os seus ofícios, para realizar todos os propósitos da salvação. Por meio desse recebimento, o pecador entra em um estado de comunhão com Deus. O "caminho largo que conduz para a perdição" — o caminho pelo qual os homens entram é largo, mas a porta estreita abre-se ao "caminho estreito que conduz para a vida". Nessa porta, o pecador arrependido encontra admissão, com dificuldades e conflitos. Visto que ela é estreita (ou, na linguagem da alegoria, apertada, pequena), o convertido não pode levar consigo quaisquer de suas práticas pecaminosas, companhias ímpias, ídolos mundanos ou confiança carnal; tampouco ele pode contender eficazmente contra aqueles inimigos que obstruem sua passagem, a menos que lute continuamente com Deus, em oração, suplicando por seu gracioso auxílio. Não podemos esquecer que o pecador converte-se a Deus por meio da fé em Cristo Jesus; o verdadeiro arrependimento vem de Cristo e conduz a Ele. Entrar pela porta dessa maneira, ou seja por Cristo, é tão contrário ao orgulho, às concupiscências do homem, ao curso do mundo e às tentações do diabo, que lutar e esforçar-se é necessário.

e abrir-se-vos-á. Ele bateu mais de uma ou duas vezes, Mateus 7.7,8
dizendo:

> *Posso agora entrar? Indigno como fui?*
> *Será que para mim, a Porta abrirão?*
> *Não sou merecedor, tão rebelde fui,*
> *Mas cantarei eterno louvor e gratidão.*

Finalmente, veio à Porta uma pessoa séria, cujo nome era Boa-Vontade.[2] Esta pessoa perguntou quem estava ali, de onde viera e o que desejava.

Cristão: Aqui está um pobre pecador carregado com um fardo. Venho da Cidade da Destruição, mas vou ao Monte Sião, para que eu seja livrado da ira vindoura. Fui informado que o caminho para lá é por essa Porta. Senhor, desejo saber se o senhor se dispõe a me deixar entrar?

Boa-Vontade: Pois não. De todo o coração. E abriu a Porta.

A Porta será aberta para os pecadores de coração quebrantado.

Quando Cristão estava entrando, Boa-Vontade lhe deu um puxão.[3] Cristão logo perguntou: O que isso significa?

Boa-Vontade lhe falou: A pouca distância desta Porta está construído um forte castelo, do qual Belzebu

Satanás inveja aqueles que entram pela Porta Estreita.

---

2 Boa-Vontade parece representar o compassivo amor de Deus para com os pecadores, em e por meio de Cristo Jesus (Lucas 2.14). Todos os que vêm a Cristo com um verdadeiro desejo por salvação são cordialmente bem recebidos. Por causa deles, os anjos se regozijam; neles, o Redentor vê o "fruto do penoso trabalho de sua alma" e fica satisfeito (Isaías 53.11).

3 À medida que os pecadores se tornam mais decididos em vir a Cristo e assíduos nos meios da graça, Satanás, quando permitido, se mostrará mais veemente em seus esforços para desencorajar tais pecadores, a fim de que, se possível, os induza a desistir e, assim, ficarem destituídos do prêmio. O grande conflito do crente, que perdurará até ao final de sua vida, consiste em sobrepujar os obstáculos e as oposições que experimenta, por manter-se próximo do trono da graça, através de fervente, importuna e perseverante oração.

é o capitão. De lá, tanto ele como os que o acompanham, atiram flechas naqueles que chegam a esta Porta, para tentar fazer que morram antes de poderem entrar.

Então, disse Cristão: Eu me alegro e tremo.

Depois, quando já estava dentro, o homem da Porta perguntou quem o havia dirigido até lá.

Cristão: Evangelista me mandou aqui; ele mandou que eu batesse (como fiz) e disse que você, meu senhor, me contaria o que preciso fazer.

Boa-Vontade: Uma Porta aberta está diante de você, e ninguém a pode fechar.

Cristão: Agora começo a colher os benefícios dos perigos pelos quais passei.

Boa Vontade: Mas por que você veio sozinho?

Cristão: Porque nenhum de meus vizinhos viu seu pecado, como eu vi o meu.

Boa-Vontade: Nenhum deles soube de sua vinda?

Cristão: Sim, minha esposa e filhos foram os primeiros que me viram sair. Chamaram-me para voltar. Também alguns de meus amigos ficaram clamando e chamando-me para voltar; mas tapei os ouvidos e, assim, me pus a caminho.

Boa-Vontade: Nenhum deles o seguiu para persuadi-lo a voltar?

Cristão: Sim, tanto Obstinado como Vacilante. Porém, quando viram que não podiam me convencer, Obstinado voltou zangado; e Vacilante veio comigo até uma parte do caminho.

Boa-Vontade: E por que ele não chegou aqui?

Cristão: De fato, viemos juntos até que chegamos ao Pântano do Desânimo, no qual caímos de repente; ali meu vizinho Vacilante ficou desanimado e não se aventurou a prosseguir. Por isso, saindo pelo lado mais próximo de sua própria casa, disse-me que eu deveria continuar sozinho e possuir a terra esplêndida no lugar

Cristão atravessa a Porta com tremor e alegria.

Conversa entre Boa-Vontade e Cristão.

Um homem pode ter companhia enquanto caminha para o céu e ainda chegar lá sozinho.

dele. Então, Vacilante seguiu o seu caminho; e eu, o meu. Ele foi atrás de Obstinado; e eu vim até esta Porta.

Boa-Vontade: Ah! pobre homem, ele tem a glória celestial em tão baixa estima, que não julga valer a pena correr o risco de enfrentar algumas dificuldades para alcançá-la?

Cristão respondeu: Sim, eu disse a verdade sobre Vacilante; e, se falar toda a verdade sobre mim mesmo, parecerá que nós dois somos iguais.[4] É verdade que ele voltou para sua própria casa, mas eu também me afastei desse caminho para seguir o caminho da morte, sendo persuadido pelos argumentos carnais do Sábio-Segundo-o-Mundo.

Cristão se acusa diante do homem que está à porta.

Boa-Vontade: Oh! ele o atacou? Queria que você achasse conforto nas mãos de Legalidade. Os dois são trapaceiros. Mas você aceitou seu conselho?

Cristão: Sim, até onde tive coragem. Caminhei em busca de Legalidade, até ao ponto em que temi caísse sobre minha cabeça o monte que fica ao lado da casa dele; por esse motivo, fui forçado a parar.

Boa-Vontade: Aquele monte já foi a morte de muitos e será a morte de muitos outros. Ainda bem que você escapou de ser esmagado por ele.

Cristão: Ora, realmente não sei o que me teria acontecido ali, se, por felicidade, Evangelista não me tivesse encontrado de novo, enquanto eu refletia em meio ao desânimo. No entanto, a misericórdia de Deus o fez aparecer novamente, pois, em caso contrário, eu nunca teria chegado aqui. Mas agora estou aqui, tal como sou, mais qualificado a ser morto por aquele monte do que a me deter em conversa com meu Senhor.

---

4 A graça divina havia causado uma grande diferença entre Cristão e Vacilante. Todavia, Cristão considerou sua conduta igualmente errada, e, por esse motivo, no que se referia a seus méritos, não havia qualquer diferença entre eles.

Oh! que grande favor recebo, ao ser admitido aqui?

Boa-Vontade: Não temos objeção contra qualquer pessoa, apesar de tudo que ela tenha feito antes de vir para cá. As pessoas não são, de maneira alguma, lançadas fora. Portanto, bom Cristão, venha percorrer comigo um pequeno trecho do caminho; eu lhe ensinarei a respeito desse caminho, que você deverá percorrer. Olhe em frente; está vendo o caminho estreito?[5] Esse é o caminho por onde você tem de ir. Foi preparado pelos patriarcas, profetas, Cristo e seus apóstolos; é tão reto quanto uma diretriz o pode fazer — esse é o caminho por onde você deve ir.

Cristão é novamente confortado.

João 6.37

Cristão aprende sobre o caminho certo.

Cristão: Mas não há nele voltas nem meandros, por onde um estranho possa perder o caminho?

Boa-Vontade: Sim, há muitos caminhos que incidem sobre este, mas são sinuosos e largos. No entanto, assim você pode distinguir o caminho certo do errado: somente o certo é estreito e reto.

Cristão tem medo de perder seu caminho.

Mateus 7.14

Então, vi, em meu sonho, que Cristão lhe perguntou se não poderia ajudá-lo com o fardo que levava às

---

5   No caminho largo, todo homem pode escolher uma vereda que satisfaz suas inclinações; por conseguinte, pode estar certo de que terá companheiros que concordam com o seu gosto. Os crentes, todavia, têm de seguir um ao outro no caminho estreito, na mesma vereda, sobrepujando dificuldades, enfrentando inimigos e suportando crueldade, não tendo qualquer lugar para escaparem. Portanto, o caminho é estreito ou, como alguns traduziram a expressão, "um caminho aflito". Esse caminho é, na verdade, uma vereda habitualmente caracterizada por arrependimento, amor, fé, renúncia, paciência e mortificação do pecado e do mundo, de conformidade com a norma das Escrituras Sagradas. O Senhor Jesus mesmo é o caminho pelo qual nos achegamos ao Pai. A verdadeira fé, porém, age por meio do amor e "transforma nossas pegadas em caminhos (Salmos 85.13). Esse caminho também é um caminho reto, oposto ao caminho tortuoso dos ímpios (Salmos 125.5). O caminho estreito consiste em uma consideração uniforme para com a piedade, a bondade, a sinceridade e a integridade.

costas.[6] Porque ainda não se havia livrado dele, nem podia por qualquer meio tirá-lo sem ajuda.

Cristão se cansa de seu fardo.

Boa-Vontade lhe respondeu: Quanto a seu fardo, contente-se em suportá-lo até chegar ao lugar do livramento, porque ali, por si mesmo, ele cairá de suas costas.

Não há libertação da culpa e do fardo do pecado, a não ser pela morte e pelo sangue de Cristo.

Cristão começou a cingir os lombos e a concentrar-se em sua viagem. Boa-Vontade lhe disse que, após ter andado até certa distância da Porta Estreita, chegaria à casa de Intérprete,[7] em cuja porta deveria bater. Este lhe mostraria coisas excelentes. Em seguida, Cristão despediu-se do amigo, e este lhe desejou que Deus o conduzisse em paz.

---

6 Uma confiança geral na misericórdia de Deus, pela fé em Cristo Jesus, acompanhada pela sinceridade em buscar essa salvação, outorga estímulo à esperança do pecador que reconhece seu estado; e alegrias temporárias são concedidas em ampla proporção aos crentes que ainda não estão firmes. No entanto, percepções mais claras da glória do evangelho são necessárias para que alcancem paz permanente. Os crentes não deveriam descansar em tais contemplações transitórias, e sim apressarem-se para obter mais alegria e paz duradouras.

7 Com grande conveniência, Bunyan coloca a casa do Intérprete após a porta estreita, pois o conhecimento das coisas divinas, que antecede a conversão a Deus, pela fé em Cristo, é bastante escasso, se comparado com as aquisições subseqüentes do crente dedicado. Confiança na misericórdia de Deus, por meio da fé em Cristo Jesus, prepara o novo crente para receber mais instruções. O Intérprete é uma figura do ministério de ensino do Espírito Santo, de conformidade com as Escrituras, utilizando a leitura, a pregação da Palavra, a oração e a meditação, acompanhadas da experiência e da observação diária.

CAPÍTULO 6

Cristão recebe ensinamentos preciosos

C ristão prosseguiu até chegar à casa de Intérprete, onde bateu repetidas vezes. Finalmente alguém veio à porta e perguntou: Quem está aí?

Cristão chega na casa de Intérprete.

Cristão: Senhor, sou um viajante, mandado por um bom homem conhecido desta casa. Ele me pediu que fizesse uma visita aqui, para meu proveito; portanto, gostaria de conversar com o dono da casa.

Esse homem chamou o dono da casa, que, depois de breve demora, veio até Cristão e perguntou o que desejava.

Cristão disse: Senhor, sou um homem que veio da Cidade da Destruição, e estou a caminho do Monte Sião. O homem que está na Porta Estreita, onde este caminho começa, afirmou que, se eu parasse aqui, você me mostraria coisas excelentes, que serviriam de auxílio em minha viagem.

Então, disse Intérprete: Entre, e mostrarei aquilo que lhe será proveitoso. Mandou que seu servo acendesse a vela, e pediu que Cristão o seguisse. Levou-o a um quarto reservado e ordenou que seu servo abrisse uma porta.[1]Tendo ele feito isto, Cristão viu pendurado em uma das paredes o quadro de uma pessoa bem séria. Era assim: tinha os olhos erguidos ao céu, o melhor dos livros em sua mão; a Lei da Verdade estava escrita em seus lábios, e suas costas, voltadas para o mundo; estava de pé, como quem suplica aos homens, e havia uma coroa de ouro sobre sua cabeça.

Cristão é recebido.

Iluminação.

Cristão vê um quadro magnífico. O feito do quadro.

Cristão indagou: Que significa isto?

Intérprete: O homem retratado nesse quadro é uma raridade; ele pode gerar filhos, ter dores de parto por eles e amamentá-los, depois que nascem. Você o vê com os olhos voltados ao céu, tendo o melhor dos livros em sua mão e a Lei da Verdade escrita em seus lábios, para mostrar-lhe que sua função é conhecer e revelar coisas obscuras aos pecadores. Também você o vê em pé, como se implorasse aos homens, e o mundo atrás dele, e uma coroa sobre a sua cabeça. Isso lhe mostra que, desdenhando e desprezando as coisas do presente, por

1 Coríntios 4.15 Gálatas 4.19

O significado do quadro.

---

1 A primeira lição ministrada se relaciona ao caráter do verdadeiro ministro do evangelho, pois, para aquele que está à procura do caminho que conduz ao céu nada é mais importante do que ser capaz de fazer distinção entre os pastores fiéis e os mercenários, os guias cegos e os falsos ensinadores, que são os principais instrumentos de Satanás em enganar a humanidade e impedir a estabilidade, a consistência e a frutificação dos crentes. Todo crente deve se mostrar bastante diligente para não deixar sua alma ser guiada pela instrução daqueles que não se enquadram completamente nessa figura apresentada por Intérprete. Aquele que nunca estuda a sua Bíblia, ou estuda qualquer outra coisa em preferência a ela, não pode ser qualificado para "revelar coisas obscuras aos pecadores!" E aquele que está mais preocupado com seu salário, com a tranqüilidade e com as conseqüências do que com as almas de seu rebanho não pode ser seguido, sem que se corra o mais evidente perigo e se cometa a mais indesculpável tolice!

amor ao serviço que presta a seu Senhor, ele está certo de que terá a glória como recompensa no mundo por vir.

Veja, disse Intérprete, mostrei-lhe esse quadro primeiro, porque o homem retratado é o único que o Senhor do lugar para onde você vai autorizou a guiá-lo em todos os lugares difíceis que talvez encontrará no caminho.

A razão pela qual ele primeiro mostrou o quadro.

Portanto, atente bem para aquilo que lhe mostrei e guarde no coração o que você viu; para que, em sua viagem, não encontre pessoas que finjam conduzi-lo corretamente, mas cujo caminho leva à morte.

Em seguida, tomou-o pela mão e o conduziu a uma sala muito grande que estava cheia de poeira, porque nunca era varrida; e, depois de ser vista por um pouco, Intérprete chamou um homem para varrê-la. Ora, quando ele começou a varrer, o pó voava tão espesso em derredor, que Cristão quase ficou sufocado.[2] Então, disse Intérprete a uma moça que estava de prontidão: Traga água e borrife a sala. Havendo ela feito isto, a

---

2   Todos os verdadeiros crentes desejam a santificação da qual a lei moral é um padrão. Todavia, cada tentativa de se produzir conformidade, de coração e vida, com esse padrão, por meio de reverenciar os preceitos dessa lei, sem levar em conta as verdades e as promessas das Escrituras, estimula e revela os males que antes jaziam dormentes no coração, induzindo o indivíduo a concluir que ele é mais ímpio do que pensava. Um pouco desse tipo de desencorajamento prevalece em muitos, a ponto de fazê-los cessar todo esforço, pelo menos, por um tempo, supondo que, no presente, para eles é impossível servir a Deus. No entanto, outros, sentindo-se mais profundamente humilhados e destituídos de toda autoconfiança, estão preparados para entender e receber com alegria a salvação gratuita apresentada no Evangelho. A lei, portanto, parece destituída de sua maldição, como regra e padrão de santidade, enquanto a justiça e o poder são buscados na fé em Cristo Jesus. O crente é encorajado pelas verdades e promessas do Evangelho; é estimulado pelas motivações do Evangelho e inclinado pelo Espírito Santo a desejar prosseguir na santificação. Enquanto a sua luta íntima é subjugada pela prevalência da esperança e do amor, o crente se deleita em purificar-se de "toda impureza da carne e do espírito", aperfeiçoando sua santidade no temor de Deus.

sala foi varrida e limpa prazerosamente.

Cristão perguntou: O que significa isto?

Intérprete respondeu: Esta sala é o coração de um homem que nunca foi santificado pela doce graça do evangelho. O pó é seu pecado original e as corrupções interiores que contaminaram todo o homem. Aquele que começou a varrer é a Lei; mas aquela que trouxe água e a espargiu é o Evangelho. Ora, logo que o primeiro começou a varrer, a poeira se levantou em redor; a sala não pôde ser limpada por ele, e você ficou quase sufocado. Isso lhe mostra que a Lei, em vez de limpar do coração o pecado (pela maneira como ela age), revive-o, fortalece-o e aumenta-o na alma, ao mesmo tempo que o revela e proíbe, porque não concede o poder de reprimi-lo.

Romanos 7.6
1 Coríntios 15.56
Romanos 5.20

Por outro lado, assim como você viu a moça borrifar a sala com água, e, deste modo, a limpeza foi realizada com prazer, isso lhe mostra que o evangelho, ao entrar no coração, exerce suas doces e preciosas influências. Então, digo-lhe que, assim como você viu a moça fazer o pó assentar-se, borrifando o chão com água, assim também o pecado é vencido e subjugado, e a alma torna-se limpa, pela fé descrita no evangelho; conseqüentemente, a sala fica em condições para o Rei da Glória habitar.

João 15.3
Efésios 5.26
Atos 15.9
Romanos 16.25,26
1 João 5.13

Vi, também, em meu sonho, que Intérprete o tomou pela mão e o levou a uma pequena sala, onde estavam sentados dois meninos, cada um em sua própria cadeira. O nome do mais velho era Paixão, o do outro, Paciência.[3]

Ele lhe mostrou Paixão e Paciência.

---

3 Paixão representa a predominância das afeições carnais sobre a razão e sobre o verdadeiro cristianismo. Não importa qual seja o objeto, o domínio das paixões produz uma perversidade enfadonha e infantil, quando a pessoa não pode obter o suposto bem no qual ela colocou seu coração, o bem que está completamente relacionado à vida presente. Esta impaciência por

Paixão parecia estar muito descontente, mas Paciência estava bem quieto.

Cristão perguntou: Qual o motivo do descontentamento de Paixão?

Intérprete respondeu: O Governante deles deseja que ele aguarde até ao começo do ano que vem, para receber coisas melhores. Mas ele quer tudo agora, enquanto Paciência está disposto a esperar.

Paixão quer sua vontade agora.

Paciência espera.

Depois vi alguém aproximar-se de Paixão e trazer-lhe um saco de tesouros, que despejou a seus pés. Ele pegou tudo, e ficou muito alegre com aquilo, e ria e zombava de Paciência. Mas, fiquei olhando por um pouco, e logo ele tinha esbanjado tudo, sobrando-lhe apenas trapos.

Paixão tem o que deseja.

Paixão logo esbanja tudo.

Cristão falou a Intérprete: Explique isso mais completamente para mim.

Intérprete: Esses dois meninos são figuras: Paixão representa os homens deste mundo, e Paciência, os homens do mundo por vir. Pois, como você viu, Paixão deseja tudo agora, neste ano; isto significa que assim são os homens deste mundo: precisam ter todas as suas coisas boas agora e não podem esperar até ao ano seguinte, ou seja, até ao mundo vindouro, para receberem sua porção de bem. Para eles, o provérbio "mais vale um pássaro na mão do que dois voando" tem

O problema esclarecido.

O homem mundano prefere só um pássaro na mão.

causa da demora e do desapontamento resultará, se a pessoa for satisfeita com a posse de seu ídolo, em orgulho, insolência, murmuração contra os outros, prazer desordenado e momentâneo. Por outro lado, Paciência é uma figura daqueles que, com tranqüilidade e humildade, esperam pela felicidade futura, renunciando as coisas presentes por amor àquela felicidade. A vida de fé envolve o domínio da razão sobre as paixões, enquanto a incredulidade abre o caminho para a vitória das paixões sobre a razão. Nada pode ser mais essencial à prática do verdadeiro cristianismo do que uma convicção permanente de que a verdadeira sabedoria consiste em separar-se, uniforme e alegremente, daquilo que é temporal, sempre que isso interferir nos grandes interesses da eternidade.

mais autoridade do que todos os testemunhos divinos acerca da bem-aventurança do mundo por vir. Mas, como você viu, ele rapidamente esbanjou tudo e agora nada lhe resta, senão trapos; assim acontecerá com todos os homens desse tipo, no fim do mundo.

Cristão falou: Agora vejo que Paciência tem a sabedoria melhor, por vários motivos: 1) porque espera pelas coisas mais excelentes; 2) também porque desfrutará sua glória, quando o outro nada terá, senão trapos.

Paciência teve a melhor sabedoria.

Intérprete: Sim, você pode acrescentar outro motivo, ou seja, a glória do mundo por vir nunca desaparecerá, enquanto as coisas deste mundo acabam-se repentinamente. Paixão, visto que usufruiu suas coisas boas primeiro, terá menos razão para rir-se de Paciência; porque este, quando ganhar suas coisas boas por último, terá mais razão para rir-se de Paixão. Pois o primeiro precisa dar lugar ao último, e o último terá sua hora de chegar; mas este não dá lugar a coisa alguma, uma vez que nada lhe virá em seguida. Conseqüentemente, aquele que ganha sua porção primeiro deve ter um tempo para gastá-la, mas aquele que a recebe por último deve tê-la para sempre. Por esse motivo, Abraão disse a respeito do rico e de Lázaro: *recebeste os teus bens em tua vida, e Lázaro igualmente, os males; agora, porém, aqui, ele está consolado; tu, em tormentos.*

As primeiras coisas passarão, mas as últimas são eternas.

Lucas 16.19-31

O rico recebeu coisas boas antes.

Cristão: Percebo que não é melhor cobiçar as coisas do presente, e sim esperar pelas coisas que virão.

Intérprete: Você fala a verdade, porque as coisas *que se vêem são temporais, e as que se não vêem são eternas.* Mas, embora isto seja verdade, as coisas presentes e nosso apetite carnal estão muito próximos um do outro. Também, visto que as coisas vindouras e os sentidos carnais são estranhos um ao outro, acontece que as duas primeiras logo se tornam íntimas e entre as

2 Coríntios 4.18 As primeiras coisas são temporais.

duas coisas seguintes, coisas futuras e nossos sentidos atuais, há um contínuo distanciamento.

Depois vi, em meu sonho, que Intérprete levou Cristão a um lugar onde havia um fogo queimando junto a uma parede e alguém de pé junto a esse fogo, sempre jogando muita água para o apagar; contudo, o fogo queimava cada vez mais intenso e mais ardente.

Cristão indagou: Que significa isto?

Intérprete respondeu: Este fogo é a obra da graça realizada no coração; aquele que joga água, para extingui-lo e destruí-lo é o diabo. Mas, ao ver que, apesar de tudo, o fogo sobe e arde cada vez mais, você perceberá também o motivo disso. Em seguida, levou-o para trás da parede, onde viu um homem com uma vasilha de óleo na mão; dessa vasilha ele jogava continuamente, em secreto, óleo no fogo.

Cristão perguntou: O que isso significa?

Intérprete respondeu: Esse é Cristo, que continuamente, com o óleo de sua graça mantém a obra já começada no coração, por meio da qual, não obstante o que o diabo possa fazer, as almas de seu povo ainda se mostram graciosas. E, como você viu, o homem permanecia atrás da parede para manter aceso o fogo. Isto ensina que é difícil para aqueles que são tentados verem como essa obra da graça é preservada na alma.[4]

2 Coríntios 12.9

---

4 A doutrina da perseverança do verdadeiro crente até ao final de sua jornada é afirmada nessa ocasião. A vida espiritual do crente queima "cada vez mais intenso e mais ardente", apesar da oposição de sua natureza pecaminosa e dos incansáveis esforços de Satanás para apagá-la, pois o Senhor secretamente alimenta-a com o óleo de sua graça. Os incrédulos não podem perseverar em nada, exceto na impiedade e na hipocrisia. Quando alguém que professa ser crente perde notavelmente o vigor de suas afeições espirituais, a realidade de sua conversão se torna questionável. Mas, quando alguém se torna cada vez mais espiritual, zeloso, humilde e exemplar, em meio a tentações severas, ao mesmo tempo que atribui toda glória ao Senhor, pode confortar-se na certeza de que será guardado

Vi também que Intérprete o tomou novamente pela mão e o conduziu a um lugar aprazível, onde estava construído um palácio imponente, lindo para se contemplar, à vista do qual Cristão muito se deleitou. Ele viu também no alto do palácio certas pessoas caminhando, vestidas inteiramente de ouro.[5]

Cristão disse: Podemos entrar lá?

Intérprete o levou até à porta do palácio. Eis que à porta havia um grande grupo de pessoas, como se estivessem desejosas de entrar, mas não ousavam. Havia também, assentado diante de uma mesa, à pequena distância da porta, um homem com um livro e seu tinteiro à frente, para escrever o nome daquele que ali entrasse. Cristão viu também que à porta havia muitos homens armados para vigiá-la, decididos a causar à pessoa que desejasse entrar o dano e mal que eles pudessem. Agora Cristão ficou um tanto confuso. Finalmente, quando todas as pessoas desejosas de entrar começaram a se afastar por medo dos homens armados, Cristão viu que um homem de semblante forte aproximou-se daquele que estava assentado para escrever, dizendo: Coloque o meu nome, Senhor. Tendo feito isso, o homem puxou sua espada, pôs um capacete

O homem valente.

---

pelo divino poder do Senhor, por meio da fé, para a salvação. O ensino especialmente ministrado por essa figura é uma completa confiança na secreta e poderosa influência da graça divina, para manter e levar avante a obra de santificação que foi iniciada na alma.

5 Muitos desejam as glórias e a felicidade do céu (de conformidade com as idéias carnais que nutrem a respeito dele); todavia, existem poucos que estão dispostos a combater o "bom combate" da fé. No entanto, sem este firme propósito do coração, que é um resultado da operação da graça divina, a confissão de ser um seguidor de Cristo acabará em apostasia. A salvação é completamente gratuita, sem preço. Contudo, temos de aprender a valorizá-la sobremaneira, a ponto de nos arriscarmos a sofrer a perda de "todas as coisas, para ganhar a Cristo"; ou não seremos capazes de avançar através da oposição conjunta da carne, do mundo e do diabo.

na cabeça e correu em direção à porta, avançando contra
os homens armados, que o atacaram com força mortal.
Mas o homem, em nada desanimando, pôs-se a ferir e
atacar ferozmente. Depois de ter recebido e causado
muitos ferimentos naqueles que tentaram impedi-lo,
passou entre todos eles e forçou sua entrada no palácio.
Com isso, houve uma voz agradável da parte daqueles
que estavam dentro e daqueles que caminhavam no alto
do palácio, dizendo:

> *Entre aqui, entre em paz;*
> *A glória eterna ganharás.*

Assim, ele entrou e foi trajado com vestes semelhantes às que eles vestiam. Cristão sorriu e afirmou:
Acho que verdadeiramente sei o significado disso.

Agora, disse Cristão, deixe-me sair.[6]

Não! Fique (replicou Intérprete), até que eu lhe
tenha mostrado um pouco mais; depois, você seguirá
o seu caminho. Tomou-o novamente pela mão e o
conduziu a uma sala bem escura, onde estava sentado
um homem dentro de uma gaiola de ferro.

Ora, o homem aparentava sentir-se muito triste.
Estava sentado, olhando para o chão, tinha as mãos
cruzadas e suspirava, como quem sente o coração

*Desesperado,
como em uma
gaiola de
ferro.*

---

6 O tempo gasto em adquirir conhecimento e discernimento correto não é
perdido, embora pareça retardar o avanço do crente ou interferir em seus
serviços mais produtivos; e a próxima figura é notavelmente adequada
para ensinar vigilância e cautela ao novo convertido. Devemos sempre
apresentar a graça gratuita a todos os que pecaram da forma mais grave,
quando se tornam sensíveis à sua culpa e ao seu perigo. No entanto, é
uma realidade o fato de que alguns são "homens de desespero e nele estão
presos", destituídos de qualquer alívio, sendo impossível "renová-los para
o arrependimento". Devemos deixar com Deus a condenação daqueles
que aparentam ser apóstatas e tomar o exemplo deles como um aviso para
nós mesmos e para os outros.

partido. Cristão indagou: O que significa isto? Intérprete mandou-o conversar com o Prisioneiro.

Cristão perguntou-lhe: O que você é? O Prisioneiro: Sou o que não era antes.

Cristão: O que você era antes?

O Prisioneiro disse: Era um professor simpático e bem-sucedido, tanto aos meus próprios olhos como aos de outras pessoas. Antes eu era, conforme imaginava, um candidato promissor à Cidade Celestial e, naquele tempo, tinha alegria no pensamento de que chegaria lá. *Lucas 8.13*

Cristão: Bem, mas o que você é agora?

Prisioneiro: Sou um homem em desespero e nele estou preso, como nesta gaiola de ferro. Não posso sair. Oh! *agora* não posso!

Cristão: Mas como você chegou a esta condição?

Prisioneiro: Parei de vigiar e ser sóbrio. Soltei as rédeas de minhas paixões carnais; pequei contra a luz da Palavra e a bondade de Deus. Entristeci o Espírito, e Ele se foi; tentei o diabo, e ele me veio. Provoquei Deus à ira, e ele me abandonou. Endureci meu coração, de tal modo que *não posso* me arrepender.

Cristão disse a Intérprete: Mas não há esperança para um homem como este?

Pergunte-lhe, respondeu Intérprete.

Cristão falou: E não há qualquer esperança, senão ficar prisioneiro na gaiola de ferro do desespero?

Prisioneiro: Não, não há nenhuma.

Cristão: Por quê? O Filho do Deus bendito é excessivamente compassivo.

Prisioneiro: Eu o crucifiquei novamente para mim mesmo. Desprezei sua Pessoa e sua justiça, considerei profano o seu sangue, menosprezei o Espírito da graça. Portanto, excluí-me de todas as promessas; agora nada resta para mim, exceto ameaças, terríveis ameaças, temerosas ameaças de juízo e cólera intensa, que me *Hebreus 6.6*

Lucas 19.14

Hebreus 10.28,29

devorarão como um adversário.

Cristão: Em troca do quê você trouxe sobre si mesmo esta condição?

Prisioneiro: Em troca das paixões carnais, dos prazeres e dos benefícios deste mundo, no gozo dos quais eu me prometia muito deleite. Mas agora cada uma destas coisas me aflige e corrói, como um verme que está perecendo.

Cristão: Mas você não pode agora arrepender-se e mudar de atitude?

Prisioneiro: Deus me negou o arrependimento. Sua Palavra não me oferece nenhum encorajamento para crer. Sim, Ele mesmo me prendeu nesta gaiola de ferro; e todos os homens do mundo juntos não poderiam me soltar. Ó eternidade! Eternidade! De que forma poderei lutar contra a infelicidade com a qual terei de me encontrar na eternidade?!

Então Intérprete aconselhou a Cristão: Que a miséria desse homem seja lembrada por você e lhe seja um aviso permanente.

Cristão disse: Ora, isto é terrível. Deus me ajude a vigiar, ser sóbrio e orar para que evite a causa da miséria desse homem. Senhor, não chegou o momento de eu continuar minha viagem?

Intérprete: Espere até que eu lhe mostre mais uma coisa; depois, você partirá.

Tomando-o novamente pela mão, o levou a um cômodo no qual havia um homem que se levantava da cama. Enquanto se vestia, seu corpo sacudia e tremia. Cristão perguntou imediatamente: Por que esse homem treme assim? Intérprete mandou que o homem dissesse a Cristão o motivo por que ele estava assim. Ele principiou dizendo: À noite passada, enquanto eu dormia, sonhei: eis que os céus se tornaram escuros em excesso. Também trovejava e relampejava terrivelmente, de modo a me deixar em agonia. Então, no meu sonho, vi as nuvens correndo em velocidade descomunal. Nessa hora ouvi o forte clangor de uma trombeta; vi também um Homem sentado em uma nuvem, assistido por milhares no céu. Resplandeciam todos em brilho intenso; também os céus brilhavam em cor de chamas. Ouvi uma voz que clamava: Levantem-se, mortos, e venham a juízo. Diante disso, as rochas se despedaçaram, os túmulos se abriram, e os mortos que ali estavam vieram para fora. Alguns estavam sobremaneira alegres e olhavam para cima; alguns procuravam esconder-se sob as montanhas. Então vi o Homem assentado sobre a nuvem abrir o Livro e ordenar que o mundo se aproximasse. Contudo, por causa de uma chama impetuosa que da frente dele saía e retornava, havia uma distância conveniente entre ele e as pessoas, como entre o juiz e os prisioneiros na sala do tribunal. Ouvi também que foi proclamado aos que serviam ao Homem assentado sobre a nuvem: *Ajuntem o joio, a palha e o restolho, e lancem-nos no lago de fogo inextinguível!* A estas palavras, abriu-se o profundo abismo, bem próximo de onde eu estava. Do abismo saía abundante fumaça e brasas de fogo, com sonidos hediondos. Ainda lhes foi dito: *Recolham meu trigo no celeiro.* Então, vi muitos apanhados e elevados às nuvens, porém eu fiquei para trás. Também procurei me esconder, mas não pude, porque o Homem assentado sobre a nuvem ainda estava olhando para mim. Lembrei- -me de meus pecados, e minha consciência acusava-me em todos os aspectos. Com isso, acordei de meu sono.

Cristão: Mas dessa visão o que lhe causou tão grande temor?

Homem: Ora, pensei que o Dia do Juízo era chegado e eu não estava pronto. No entanto, isto foi o que mais me assustou: os anjos apanhavam algumas pessoas e me deixavam para trás. Também o abismo

1 Coríntios 15.52

1 Tessaloni- censes 4.13-18
Judas 15
João 5.28
2 Tessaloni- censes 1.8
Apocalipse 20.11-14
Isaías 26.21
Miquéias 7.16,17
Salmos 5.1-3
Daniel 10.7
Malaquias 3.2,3
Daniel 7.9,10

Mateus 3.12
Mateus 13.30
Malaquias 4.1

Lucas 3.17

1 Tessaloni- censes 4.16,17

Romanos 2.14,15

do Inferno abriu sua boca exatamente onde eu me encontrava. Minha consciência me afligia; e, segundo eu pensava, o Juiz estava sempre olhando para mim, parecendo muito indignado.

Intérprete disse a Cristão: Já considerou todas estas coisas?

Cristão: Sim, elas me trazem esperança e temor.

Intérprete: Bem, guarde em sua lembrança todas estas coisas, para que lhes sejam como um aguilhão, a incitá-lo avante no caminho que você deve prosseguir. Em seguida, Cristão começou a cingir os lombos e preparar-se para a viagem.

Intérprete acrescentou: O Consolador esteja sempre com você, bom Cristão, para guiá-lo no caminho que conduz à Cidade.[7]

Assim, Cristão se pôs a caminho, dizendo:

Aqui vi coisas raras, proveitosas,
Coisas agradáveis, temerosas
Em que posso me firmar,
No caminho que determinei andar
Que eu possa meditar e entender
As coisas que me foram mostradas
E a ti, ó bom Intérprete, agradecido ser.

---

7   Nossa segurança consiste em uma equilibrada medida de esperança e temor. Destituídos de esperança somos como um navio sem âncora; quando não somos restringidos pelo temor, somos como esse mesmo barco estando com todas as velas abertas mas sem lastro (1 Pedro 1.13-17). A verdadeira consolação é o resultado de vigilância, diligência e circunspeção. Que outras lições mais importantes ou mais convenientes poderiam ter sido escolhidas para firmar o novo convertido? A esperança e o temor são realmente os principais assuntos que os fiéis ministros da Palavra devem incutir, de maneira pública ou pessoal, em todos aqueles que começam a professar o evangelho.

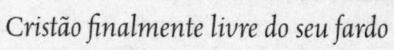
Cristão finalmente livre do seu fardo

CAPÍTULO 7

Cristão, finalmente, livre do seu fardo

$\mathcal{V}$i, em meu sonho, que o caminho pelo qual Cristão devia seguir era cercado em ambos os lados por um muro e que este muro tinha o nome de Salvação. Por esse caminho, o sobrecarregado Cristão correu, mas com muita dificuldade, por causa do fardo às suas costas.[1]

Isaías 26.1

---

1 Em vários aspectos, a iluminação divina fortalece as esperanças e os temores do crente, bem como aumenta sua diligência e sua consagração. Apesar disso, o crente pode ser oprimido por um senso habitual de culpa e, com freqüência, sentir-se abatido por temores, até que o Consolador, que glorifica a Cristo, recebe aquilo que pertence a Cristo e mostra-o para o crente (João 16.14). Quando ocorre essa iluminação divina, a alma contempla a cruz do Redentor. Então, a consciência da alma é purificada de suas obras mortas para servir o Deus vivo, por meio de uma simples confiança no sangue expiatório de Emanuel. Agora, o crente sente o peso do pecado somente quando é traído por este ou quando está lutando com tentações peculiares. Mas ele sempre encontra alívio

Correu desse modo até chegar em um lugar elevado, onde havia uma Cruz e, um pouco abaixo, no chão, um Sepulcro. Vi também em meu sonho que, no exato momento em que Cristão se deparou com a Cruz, o fardo caiu de suas costas e começou a rolar, continuando até que alcançou a entrada do sepulcro; caiu lá dentro, e não mais o vi.

Cristão sentiu-se muito feliz, aliviado e afirmou com intensa alegria: Ele me concedeu descanso, através de seu sofrimento, e vida, através de sua morte.

Quando Deus nos livra de nossa culpa e fardo, ficamos como aqueles que saltam de alegria.

Ele parou um pouco para olhar e se maravilhar, pois muito o surpreendeu o fato de que contemplar a cruz pudesse aliviá-lo de seu fardo. Olhava,[2] tornava a

---

ao contemplar a cruz.

2 Os temores de Cristão, em meio à sua alegria, transmitem a idéia de que o livramento da culpa do pecado, por meio da fé no sacrifício expiatório realizado por Cristo, tende a aumentar a humilhação, a tristeza por causa do pecado e o ódio para com ele, embora estes sentimentos se misturem com um agradável e consistente prazer. Ao utilizar os "três seres resplandecentes", John Bunyan talvez estava se referindo às ministrações dos anjos que contribuem à consolação dos herdeiros da salvação. A doutrina uniforme de Bunyan demonstra suficientemente que ele considerava as apreensões espirituais acerca da natureza da expiação como a única fonte de genuína paz e consolação. O "sinal na testa" significa a renovação da alma em direção à santidade, de modo que a mente de Cristo se manifeste na conduta exterior, juntamente com uma pública confissão de fé. O "rolo selado" denota a certeza da aceitação diante de Deus. Bunyan não tencionava atribuir essas realizações a qualquer outra pessoa, a não ser ao Espírito Santo, que capacita o homem a exercer, em ampla medida, suas afeições filiais para com Deus, visto que o Espírito de adoção testifica com a consciência do crente sobre o fato de que Deus se reconciliou com ele, havendo perdoado todos os seus pecados; de que ele está justificado por meio de sua fé na justiça de Emanuel e de que ele é um filho de Deus e herdeiro do céu. Essas coisas são claras e inteligíveis para aquele que experimentou essa feliz mudança e, portanto, continuam sendo a "intimidade do Senhor", para aqueles que o temem, "o maná escondido" e a "pedrinha branca", que sobre si tem "escrito um nome novo, o qual ninguém conhece, exceto aquele que o recebe" (Salmos 25.14; Apocalipse 2.17).

olhar, até que de seus olhos correram lágrimas, descendo pelas faces. Enquanto olhava e chorava, eis que três seres resplandecentes aproximaram-se e o saudaram, dizendo: A Paz esteja com você. *Zacarias 12.10*

O primeiro declarou: Seus pecados estão perdoados. *Marcos 2.5*

O segundo despiu-o de seus trapos, vestindo-o com uma nova roupa. *Zacarias 3.4*

O terceiro pôs-lhe um sinal na testa e deu-lhe um rolo selado, ordenando-lhe que o lesse, enquanto prosseguia em sua viagem, e o entregasse à Porta Celestial. Em seguida, os seres resplandecentes se foram. Cristão deu três pulos de alegria e prosseguiu, cantando: *Efésios 1.13*

> *Até aqui vim sobrecarregado com meus pecados;*
> *E nada pôde aliviar-me o sofrimento,*
> *Até este ponto! Que lugar é este?*
> *Será aqui o início de minha bem-aventurança?*
> *Será este o lugar*
> *Em que o fardo cairá de minhas costas?*
> *Aqui se arrebentarão as cordas que o prendiam?*
> *Bendita a cruz! E o túmulo! E mais bendito seja*
> *O Homem que vergonha e dor por mim sofreu!*

O Cristão pode cantar, apesar de sozinho, quando Deus realmente lhe dá alegria no coração.

CAPÍTULO 8

Cristão encontra estranhos companheiros de viagem

$\mathcal{E}$ ntão, vi em meu sonho que ele caminhou daquela forma, até que chegou em baixo, onde viu, um pouco afastado do caminho, três homens dormindo profundamente, com cadeias de ferro nos tornozelos. O nome de um era Simplicidade, o do outro, Preguiça, e do terceiro, Presunção.[1]

Simplicidade, Preguiça e Presunção.

---

1 Eles parecem ser peregrinos, mas estão um pouco fora do caminho, sonolentos e agrilhoados. Onde a verdade é pregada, sempre encontramos pessoas que se encaixam nessa descrição. Elas ouvem e falam a respeito do evangelho; tem convicções temporárias, que logo são abafadas. Tais pessoas estão agarradas ao mundo e descansam tranqüilamente em sua servidão ao pecado e a Satanás, porque apenas professam seguir o cristianismo. Elas rejeitam e deturpam toda instrução bíblica, por confundirem a forma com o poder da verdadeira piedade. E, se alguém tenta adverti-las quanto ao seu perigo, elas respondem: "Cuide de sua própria vida; não vemos qualquer perigo. Deixe-nos em paz". Assim, continuam dormindo

Cristão, vendo-os a dormir, desse jeito, aproximou-
-se para tentar acordá-los; e falou alto: Ei! Vocês são
como homens que dormem no topo de um mastro, pois o
Mar Morto está bem debaixo de vocês, um abismo sem
fundo. Acordem, saiam daí; mexam-se, e eu os ajudo
a retirar as cadeias. Disse-lhes também: Se aquele que
anda em derredor, como um leão que ruge, vier por aqui,
vocês lhe serão presa fácil. Com isso, abriram os olhos
e começaram a responder-lhe. Simplicidade afirmou:
Eu não vejo perigo; Preguiça disse: Quero dormir um
pouco mais; e Presunção: Cada um tem de andar com
seus próprios pés. Assim, deitaram-se novamente para
dormir. Cristão seguiu seu caminho.

*Provérbios
23.34*

1 Pedro 5.8

*Não há
nada que a
persuasão
possa fazer,
se Deus não
abrir os olhos.*

Contudo, ficou preocupado,[2] ao pensar que
homens, estando naquela situação perigosa, davam tão
pouco valor à bondade de quem graciosamente oferecia
ajuda, despertando-os, aconselhando-os e oferecendo-se
para auxiliá-los a retirar as cadeias que os prendiam.

Enquanto ele se preocupava, viu dois homens
pulando o muro, do lado esquerdo do Caminho
Estreito; e vinham com pressa em sua direção. Um
deles chamava-se Formalista; o outro, Hipocrisia.[3]

---

até que a morte e a condenação as desperta.

2 O verdadeiro cristão sempre se entristecerá quando pensa na vã confiança de muitos que professam seguir o cristianismo. Ele simpatiza com a
idéia de que toda pessoa aparentemente religiosa está buscando, com
sinceridade, a salvação de sua alma, mas a atenção do verdadeiro cristão
é atraída àqueles versículos das Escrituras que mencionam o joio no meio
do trigo e as virgens néscias entre as prudentes.

3 Formalista e Hipocrisia agem motivados por vanglória e buscam o louvor
dos homens no cristianismo que professam seguir e nas suas mais zelosas
realizações espirituais. O arrependimento, a conversão e a vida de fé não
somente causam muita repulsa a tais pessoas, como também destroem
o princípio pelo qual elas seguem seu falso cristianismo. Essas pessoas
sentem-se satisfeitas com uma forma de piedade e são mantidas em sua
postura por um grande número de cristãos nominais e pelo exemplo de

Como eu estava dizendo, achegaram-se a Cristão, o qual conversou com eles.

Cristão: Senhores, de onde vêm e para onde vão?

Formalista e Hipocrisia: Nascemos na terra da Vanglória e vamos ao Monte Sião, para louvar.

Cristão conversa com eles.

Cristão: Por que não entraram pela Porta que fica no começo do caminho? Não sabem que está escrito: *O que não entra pela porta,... mas sobe por outra parte, esse é ladrão e salteador?*

João 10.1

Formalista e Hipocrisia explicaram que, para todos os seus conterrâneos, ir até à Porta era considerado como dar uma volta muito grande. Por isso, o costume era tomar um atalho e pular o muro, como eles haviam feito.

Aqueles que andam no caminho, mas não entram pela Porta, pensam que podem dizer alguma coisa em vindicação de sua própria prática.

Cristão: Transgredir assim a vontade revelada do Senhor da cidade à qual vamos não será reputado como uma ofensa contra Ele?

Formalista e Hipocrisia lhe disseram que ele não precisava se preocupar com isso, porque o que faziam era costume e poderiam apresentar, se necessário, testemunhas que ofereciam prova de que o hábito já existia há mais de mil anos.

Cristão perguntou: Mas essa prática de vocês será aceita perante a lei, em um tribunal?

Formalista e Hipocrisia lhe disseram que o costume, permanecendo há mais de mil anos, sem dúvida seria admitido como algo legal por um juiz imparcial. Além disso, afirmaram eles, se entramos no caminho, que importa a maneira como o fizemos? Se estamos nele, já estamos nele. Você também está no caminho,

---

milhões deles em todas as épocas. Todavia, a confiança de tais pessoas não suporta a luz das Escrituras; por conseguinte, elas evitam um exame pessoal e tratam com desprezo e censura todos os que desejam convencê-las de seu erro fatal ou mostrar-lhes a verdadeira natureza do cristianismo evangélico.

mas, como percebemos, entrou pela Porta Estreita; e nós, que igualmente estamos no caminho, viemos pulando por cima do muro. Em que a sua condição é melhor do que a nossa?

Cristão: Eu ando pela norma de meu Senhor; e vocês, pelo rude labor de suas imaginações. Já são reputados como ladrões pelo Senhor do caminho; por isso, duvido que serão considerados homens sinceros no final do caminho. Entraram sozinhos sem a instrução dEle; e sairão sozinhos, sem a misericórdia dEle.

A isso pouco responderam, somente disseram-lhe que cuidasse de si mesmo. Então, vi que prosseguiram, cada um à sua maneira, sem muita conversa entre eles, exceto que os dois disseram a Cristão que, quanto à Lei e às Ordenanças, não duvidavam que poderiam obedecê-las tão conscientemente quanto ele. Por isso, afirmaram: Não vemos que você seja diferente de nós, a não ser pela capa que veste, que, conforme acreditamos, deve ter sido presente de alguns de seus vizinhos, para esconder a vergonha de sua nudez.

Cristão: Por obedecerem leis e ordenanças, vocês não serão salvos, visto que não entraram pela Porta. Quanto a esta capa que está em minhas costas, ela me foi dada pelo Senhor do lugar ao qual me dirijo, e, como vocês disseram, para cobrir minha nudez. Eu a tomei como sinal de sua bondade para comigo, pois antes tinha apenas trapos. Além disso, assim eu me consolo enquanto caminho: Certamente, quando eu chegar à porta da cidade, o Senhor dela me reconhecerá, para o meu próprio bem, visto que estou usando sua capa, a capa que Ele me deu gratuitamente no dia em que me despojou os trapos! Tenho também um sinal em minha fronte, o qual talvez vocês observaram e que ali foi colocado por um dos mais íntimos servos de meu Senhor, no dia em que meu fardo rolou de meus ombros.

Gálatas 2.16

Cristão colocou a capa de seu Senhor sobre suas costas e foi confortado. Também foi confortado pelo sinal e rolo do Senhor.

Digo-lhes, ainda, que naquela ocasião recebi também um rolo selado, para que me console com sua leitura, enquanto prossigo no caminho; também me ordenaram entregá-lo na Porta Celestial como garantia de minha entrada ali. Todas estas são coisas que duvido vocês sintam falta ou desejem, visto não terem entrado pela Porta Estreita.

A essas palavras nada responderam. Somente entreolharam-se e riram. Vi que todos seguiram caminhando, mas Cristão conservou-se na frente. Não conversava mais, exceto consigo mesmo, fazendo-o, por vezes, com suspiros[4] e, por vezes, consolado. Com freqüência lia o rolo que um dos seres resplandecentes lhe havia dado e pelo qual era revigorado.

Cristão conversa consigo mesmo.

---

4 Mesmo os cristãos que estão seguros de sua aceitação diante de Deus encontram motivo para suspiros. Nada pode excluí-los da inquietude que resulta do pecado que habita entre nós, com seus inevitáveis efeitos, e que resulta dos crimes e das misérias que eles testemunham ao seu redor.

CAPÍTULO 9

Cristão sobe o Monte da Dificuldade

Vi, então, que seguiram todos até chegarem ao Monte da Dificuldade,[1] onde havia, ao seu pé, uma fonte. No mesmo lugar, havia também dois outros caminhos, além daquele que vinha reto desde a Porta Estreita; um deles

Ele chega ao Monte da Dificuldade.

---

1 O Monte da Dificuldade representa as circunstâncias que exigem renúncia e esforço especial, circunstâncias que habitualmente provam a sinceridade do crente, depois que ele recebeu "boa esperança, pela graça". A oposição do mundo, a renúncia dos interesses temporais e a dolorosa tarefa de subjugar costumes maus e inveterados ou inclinações naturais — essas e outras provações semelhantes constituem um teste severo. Mas não existe qualquer esperança, exceto em avançar. E os encorajamentos recebidos por meio da pregação de um fiel ministro do evangelho preparam a alma para todo conflito e esforço. Ao contrário disso, aqueles que desejam principalmente, a qualquer custo, preservar seu crédito e sua confiança, se arriscarão em veredas perigosas e desastrosas, até que caiam publicamente em apostasia e se vejam emaranhados em alguma ilusão fatal e o povo de Deus não ouça mais falar sobre eles.

dirigia-se à esquerda; o outro, à direita, ao pé do monte. Mas o caminho estreito subia o monte em linha reta, e a subida chamava-se Dificuldade. Cristão foi à fonte, bebeu ali para se refrescar e logo começou a subir o monte, dizendo:

Isaías 49.10

> *Este monte, embora alto, anelo subir,*
> *A dificuldade não me ofenderá,*
> *Percebo que este é o caminho certo à vida.*
> *Anima-te, meu coração,*
> *Não desanimemos nem temamos.*
> *Embora difícil, é melhor o caminho certo seguir*
> *Do que o caminho errado, embora fácil,*
> *Cujo fim é a maldição.*

Os outros dois também chegaram ao pé do monte. Mas viram que era íngreme e elevado, havendo outros dois caminhos possíveis. Imaginando também que esses caminhos se encontrariam novamente, no outro lado do monte, com aquele pelo qual viram Cristão subir, resolveram ir por um desses outros caminhos. Ora, o nome de um destes caminhos era Perigo, o do outro, Destruição. Assim, um daqueles homens seguiu o caminho chamado Perigo, que o levou a um imenso bosque; o outro logo adentrou o caminho chamado Destruição, que o conduziu a um campo amplo, cheio de montanhas escuras. Ali tropeçou, caiu e nunca mais se levantou.

O perigo de se desviar do caminho.

Olhei para contemplar Cristão subindo o monte. Percebi que ele começou correndo, mas teve de mudar, para seguir andando e, depois, apoiando-se com as mãos e os joelhos, por causa do ângulo da subida.[2] Na metade

---

2 As dificuldades dos crentes freqüentemente parecem aumentar, enquanto eles avançam. E, à medida que avançam, eles percebem que mais intensos esforços são exigidos, mais intensos do que eles esperavam, especialmente

do caminho para o topo, havia uma árvore agradável, plantada pelo Senhor do monte, para revigoramento dos viajantes cansados. Ali chegou Cristão e sentou-se para descansar. Tirou do peito o seu rolo, lendo-o para seu consolo. Também começou a meditar na capa ou veste que recebera quando estava de pé junto à cruz. Assim, deleitando-se um pouco, finalmente, começou a cochilar e caiu em sono profundo, que o deteve naquele lugar quase até ao anoitecer. E, durante seu sono, o rolo caiu de suas mãos. Ora, enquanto ele dormia, veio alguém que o acordou, dizendo: *Vai ter com a formiga, ó preguiçoso; considera os seus caminhos e sê sábio.* Cristão despertou repentinamente e depressa seguiu seu caminho, apressando-se até que chegou ao topo do monte.

Chegando ali, vieram dois homens correndo em direção contrária; um chamava-se Temeroso, e outro, Desconfiança. Cristão perguntou-lhes: Senhores, o que os fez correr na direção errada? Temeroso respondeu que estavam indo à Cidade de Sião e haviam chegado àquele lugar difícil. Mas, disse ele, quanto mais avançamos, mais perigos encontramos. Por isso, volvemo-nos e estamos voltando.

Sim, afirmou Desconfiança, porque logo à nossa frente, no caminho, encontram-se dois leões (se dormindo ou acordados, não o sabemos); somente

Uma palavra de graça.

Aquele que dorme é um perdedor.

Provérbios 6.6

Cristão encontra Temeroso e Desconfiança.

---

quando estavam se regozijando no Senhor, que, apesar das dificuldades, os auxilia e providencia o necessário para que eles tenham refrigério e não desfaleçam. No entanto, é muito comum fazerem uma avaliação exagerada de sua própria perseverança; desse modo, eles relaxam sua vigilância e diligência. Então, a sonolência cai sobre eles, as trevas envolvem sua alma, as evidências de sua aceitação são obscurecidas ou perdidas. Os crentes são mais expostos à tentação quando a tranqüilidade exterior sucede grandes dificuldades, que eles suportaram com paciência e conscientização.

podíamos imaginar que, se chegássemos ao seu alcance, logo nos despedaçariam.[3]

Cristão exclamou: Vocês me atemorizam. Mas para onde me apressarei a fim de me sentir seguro? Se voltar a meu próprio país, que está destinado ao fogo e ao enxofre, certamente perecerei ali. Se puder chegar à Cidade Celestial, tenho certeza de que lá estarei em segurança. Preciso me aventurar. Voltar significa apenas a morte. Prosseguir significa medo da morte e a vida eterna mais adiante. Continuarei seguindo em frente. Temeroso e Desconfiança desceram o monte correndo; Cristão seguiu seu caminho. Porém, pensando novamente no que lhe falaram aqueles homens, pôs a mão no peito, procurando seu rolo, para que o lesse ali mesmo e fosse confortado. Procurou, mas não o encontrou.

Cristão treme de medo.

Cristão esquece o seu rolo onde ele o usou para obter conforto.

Cristão ficou em grande desespero, não sabendo o que fazer, pois lhe faltava aquilo que lhe servia de alívio e lhe deveria ser o passaporte para a Cidade Celestial. Passou a sentir-se muito perplexo, não sabendo o que

---

3 Algumas pessoas estão mais preparadas para lutar por meio das aflições do que por meio de enfrentar perigos. Convicções alarmantes as induzirão a exercer uma renúncia temporal e a esforçarem-se com diligência. No entanto, o próprio surgimento de perseguições as levará de volta a seus antigos procedimentos e a seus antigos companheiros. Por meio da incredulidade, da falta de confiança e da timidez, elas temem mais a ira dos homens do que a ira de Deus, sem considerarem quão facilmente o Senhor pode restringir e desfazer o mais severo perseguidor. Os verdadeiros cristãos avançam diante de todos os perigos. Uma auto-avaliação renovada pelas Escrituras tende a revelar para elas aquelas decadências e perdas, no que se refere ao vigor de sua afeição santa, e a mostrar as evidências de sua aceitação, que antes haviam escapado da percepção delas. As perplexidades, os temores, as tristezas, os remorsos, a redobrada diligência, as queixas e as reprovações pessoais de Cristão, demonstradas quando ele perdeu seu rolo e voltou para procurá-lo, retratam perfeitamente a experiência dos crentes humildes e conscientes, quando a falta de vigilância causou-lhes um estado de incerteza.

fazer. Finalmente, lembrou-se de que tinha dormido sob a árvore que havia na metade da subida e, caindo de joelhos, suplicou que Deus o perdoasse por sua atitude tola; em seguida, voltou para procurar seu rolo. Mas, em todo o caminho de volta, quem conseguirá expressar a profunda tristeza que invadiu-lhe o coração? Às vezes, suspirava; outras vezes, chorava e, muitas vezes, se recriminou por ter sido ingênuo a ponto de dormir naquele lugar que fora criado apenas para trazer um pouco de alívio ao seu cansaço. Portanto, foi assim que voltou, olhando cuidadosamente em ambos os lados, em todo o percurso, para ver se prazerosamente encontraria o rolo que tanto o havia consolado na viagem. Retornou dessa maneira até contemplar a árvore sob a qual se assentara e dormira. Entretanto, isso renovou ainda a sua tristeza, avivando em sua mente o erro de ter ele dormido. Por isso, lastimou seu sono pecaminoso, dizendo: Oh! desventurado homem que sou, por ter dormido durante o dia, por ter dormido em meio à dificuldade! por ter satisfeito a carne, usando para conforto de meu corpo aquele lugar de descanso que o Senhor do monte preparou somente para alívio do espírito dos peregrinos! Quantos passos caminhei em vão! (Isto foi o que aconteceu a Israel, e, por causa de seu pecado, foram mandados de volta pelo caminho do Mar Vermelho.) Agora sou obrigado a caminhar com tristeza, quando poderia estar andado com alegria, se não fora este sono do pecado. A esta hora já poderia estar bem adiante no caminho! Sou obrigado a percorrer esse trecho três vezes, quando precisaria caminhar apenas uma. Sim, agora também é muito provável que eu seja surpreendido pela noite, pois o dia está quase no fim. Ah! se eu não tivesse dormido!

Ora, a essa altura ele já estava na árvore novamente. Ali, por um tempo, assentou-se e chorou; mas, por fim

Ele está perplexo por causa do rolo.

Cristão lamenta seu cochilo tolo.

Apocalipse 2

1 Tessalonicenses 5.7,8

(assim como desejava), todo desconsolado, olhou para baixo e ali viu seu rolo. Pegou-o com tremor e pressa, colocando-o no peito. Quem pode expressar o quanto este homem ficou alegre,[4] quando novamente estava na posse de seu rolo? Pois o rolo era sua segurança de vida e a aceitação no porto desejado. Por isso, ele o guardou no peito, deu graças a Deus por dirigir seu olhar ao lugar onde estava o rolo e, com alegria e lágrimas, retomou a jornada. Oh! com que agilidade subiu o resto do monte! Contudo, antes de chegar ao topo, o sol se pôs; isto o fez lembrar novamente a vaidade de ter dormido. Assim, começou outra vez a lamentar consigo mesmo: Ó sono pecaminoso, o quanto fui prejudicado em minha viagem por sua causa![5] Preciso caminhar sem o sol, tendo a escuridão a encobrir o chão de meus pés, e ouvir o bramido de criaturas lúgubres, por causa deste sono pecaminoso!

Cristão encontra seu rolo onde o perdera.

Nesse momento, lembrou-se da história que Desconfiança e Temeroso lhe contaram, como se assustaram à vista dos leões. Cristão falava de novo consigo mesmo: Estas feras saem à noite para caçar sua presa e, se me encontrarem no escuro, como as enfrentarei? Como escaparei de ser despedaçado por elas? Assim, prosseguiu em seu caminho. Mas, enquanto lamentava

---

4 Por intermédio de extraordinária diligência e de uma renovada aplicação do sangue de Cristo, o crente há de recuperar a alegria de sua salvação. Todavia, ele tem de passar, com tristeza, diversas vezes no mesmo terreno pelo qual, se não fosse por causa de sua negligência, ele poderia ter passado imediatamente, com segurança.

5 Os crentes podem recuperar as evidências de sua aceitação diante de Deus e, apesar disso, sofrerem muitas aflições como resultado de sua falta de vigilância no passado. O Senhor repreende e disciplina a quem Ele ama. A comunhão com Deus pode ser suspensa mesmo quando os crentes não alimentam qualquer dúvida a respeito da salvação final. E o crente verdadeiramente arrependido está disposto a perdoar a si mesmo, quando se sente muito satisfeito, porque o Senhor o perdoou.

sua infelicidade, levantou os olhos, e eis que havia à
sua frente um palácio magnífico, cujo nome era Palácio
Belo, localizado à margem do caminho.[6]

6   Até aqui Cristão havia peregrinado sozinho; mas temos de considerá-lo
     como alguém que foi admitido à comunhão dos fiéis e unido a estes por
     meio das mais solenes e públicas ordenanças. Isso é representado pelo
     Palácio Belo e pela entrada do peregrino no palácio.

CAPÍTULO 10

Conversas edificantes no Palácio Belo

Então, vi em meu sonho que Cristão se apressou, para ver se poderia hospedar-se ali. Não andara muito, quando entrou em uma passagem estreita, distante uns duzentos metros da casa do porteiro; e, olhando bem à sua frente, enquanto avançava, viu dois leões no caminho.[1] Agora, pensou ele, vejo os perigos que levaram Desconfiança e Temeroso a voltar. (Os leões

---

1 Uma confissão pública expõe a pessoa a mais oposições dos seus parentes e vizinhos do que a uma atenção diligente em favor do verdadeiro cristianismo. E, nos dias de John Bunyan, essa confissão pública era um sinal para perseguição; por esse motivo, ele colocou dois leões no caminho que conduzia ao Palácio Belo. Os crentes são propensos a sentirem temor e desconfiança em tais ocasiões. Mas os pastores vigilantes do rebanho removem os temores dos crentes, e, por meio de admoestações oportunas, esses pastores animam tais crentes a prosseguirem, certos de que nada lhes fará qualquer mal e de que, eventualmente, tudo será benéfico para eles.

estavam acorrentados, mas ele não viu as correntes.) Cristão teve medo e pensou consigo mesmo em voltar pelo caminho, como eles, pois achou que apenas a morte o aguardava adiante. Mas o porteiro do Palácio, cujo nome é Vigilante, percebendo que Cristão havia parado, como se fosse voltar, gritou-lhe, dizendo: Sua força é tão pequena? Não tema os leões, pois estão acorrentados; foram colocados ali como instrumentos de prova da fé, onde ela existe, e para revelar aqueles que não a possuem. Passe bem pelo meio do caminho, e nenhum dano lhe sobrevirá.

Marcos 13.14

Vi que ele continuava a tremer, por medo dos leões. E, seguindo com cuidado as instruções do porteiro, ouviu-os urrar, mas não lhe fizeram nenhum mal. Então, bateu palmas e seguiu até chegar à porta.

Cristão indagou ao porteiro: Senhor, que casa é esta? Posso me hospedar aqui esta noite?

O porteiro logo respondeu: Esta casa foi construída pelo Senhor do monte. Ele a construiu para descanso e segurança dos peregrinos.

Depois quis saber de onde ele era e para onde estava indo.[2]

Cristão: Vim da Cidade da Destruição e vou ao Monte Sião; porém, como o sol já se pôs, desejo, se possível, hospedar-me aqui esta noite.

Porteiro: Qual é seu nome?

---

2   A pergunta do porteiro e a resposta de Cristão demonstram os sentimentos de John Bunyan a respeito da cautela com que os membros devem ser recebidos na comunhão dos fiéis. Também mostram com muita conveniência como os ministros do evangelho, por meio da conversa particular, podem formular uma avaliação sobre a profissão de fé de uma pessoa. Cristão especificou seu sono pecaminoso como o motivo que o levou a chegar tão tarde. Quando os crentes são oprimidos por dúvidas sobre a sua aceitação diante de Deus, eles se mostram relutantes em unirem-se ao povo de Deus.

Cristão: Meu nome agora é Cristão, mas a princípio meu nome era Desgraçado. Sou da raça de Jafé, que Deus persuadira a habitar nas tendas de Sem. *Gênesis 9.27*

Porteiro: Por que você chegou tão tarde? O sol já se pôs.

Cristão: Teria chegado mais cedo, se não fosse (desventurado homem que sou!) o ter eu dormido sob a árvore que fica no lado do monte! Se isto não me acontecera, teria chegado muito mais cedo. Todavia, meu cochilo fez-me perder a evidência que possuía, e segui adiante sem ela até terminar de subir o monte. Depois, procurando-a inutilmente, fui obrigado a voltar, em tristeza de coração, ao lugar onde havia dormido. Lá a encontrei, e agora cheguei.

Porteiro: Bem, vou chamar uma das virgens deste lugar, que o levará (se ela gostar de sua conversa) para conhecer o resto da família, de acordo com as regras da casa. Então, Vigilante tocou uma sineta, ao som da qual saiu pela porta da casa uma moça séria e linda, cujo nome era Discrição.[3] E indagou porque fora chamada.

O porteiro respondeu: Este homem está em viagem, da Cidade da Destruição ao Monte Sião. Mas, como está cansado e foi surpreendido pela noite, perguntou-me se poderia pousar aqui. Eu lhe disse que a chamaria e que, depois de uma conversa com ele, seria feito o que fosse do seu agrado, de acordo com a lei da casa.

Ela perguntou a Cristão de onde ele era, para onde estava indo, como havia entrado, o que tinha visto e encontrado no caminho; e ele lhe contou. Finalmente perguntou-lhe o nome.

---

3 A conversa de Discrição com o peregrino representa as precauções e as perguntas referentes ao caráter e às opiniões de alguém que professa seguir a Cristo; as perguntas e as precauções que podem ser usadas por qualquer grupo de crentes, a fim de impedir a entrada de pessoas impróprias em sua membresia.

Ele respondeu: Cristão é o meu nome; agora tenho mais desejo de passar a noite aqui, porque, conforme estou sabendo, esse lugar foi construído pelo Senhor do monte, para descanso e segurança de peregrinos.

Ela sorriu, mas seus olhos lacrimejaram. Depois de uma pequena pausa, ela disse: Chamarei dois ou três outros membros da família. Correu à porta e chamou Piedade, Prudência e Caridade, que, após conversarem um pouco mais com ele, levaram-no para conhecer a família.

Vários deles vieram ao seu encontro, à porta, dizendo: Entre, bendito do Senhor; esta casa foi construída pelo Senhor do monte, com o propósito de receber peregrinos como você.

Ele curvou a cabeça e os seguiu, entrando ali. Quando estava assentado, deram-lhe algo para beber[4] e concordaram que, enquanto o jantar era preparado, alguns conversariam com Cristão, para aproveitarem melhor o tempo. Piedade, Prudência e Caridade foram designadas para essa conversa. E começaram assim:

Piedade: Bom Cristão,[5] visto que fomos tão amáveis para você, recebendo-o em nossa casa hoje à noite, vamos conversar sobre todas as coisas que lhe aconteceram em sua peregrinação, se isto nos trouxer proveito.

Piedade conversa com Cristão.

Cristão: Com todo prazer, pois me alegra saber que estejam tão dispostas a conversar.

Piedade: O que a princípio o motivou a assumir esta vida de peregrino?

Cristão: O que me fez sair de minha terra natal foi

---

4   Ao utilizar a figura "deram-lhe algo para beber", Bunyan provavelmente estava se referindo às pregações e às meditações preparatórias que, com grande conveniência, naquela época introduziam a Ceia do Senhor.

5   A conversa de Piedade e de Paciência com Cristão foi subseqüente à sua admissão e representa a vantagem da comunhão dos santos, que, em certa proporção, conduz à glória de Deus e à edificação dos santos.

um som terrível que ecoava em meus ouvidos, ou seja, um som testemunhando que a destruição inevitável me assistia, se continuasse morando naquele lugar.

Como Cristão foi levado a deixar seu próprio país.

Piedade: Como você saiu de seu país para seguir esse caminho?

Cristão: Isto aconteceu de acordo com a vontade de Deus, pois, quando eu estava sob os temores da destruição, não sabia aonde ir. Mas, por acaso, veio ter comigo (quando eu tremia e chorava) um homem cujo nome é Evangelista. Ele me ensinou como chegar à Porta Estreita. De outro modo, eu não a teria achado; assim, entrei no caminho que me trouxe diretamente a esta casa.

Como ele chegou ao caminho de Sião.

Piedade: Mas você não passou pela casa do Intérprete?

Cristão: Sim, e ali vi coisas que não me sairão da lembrança, enquanto eu viver. Especialmente três coisas: que Cristo, a despeito de Satanás, mantém sua obra da graça no coração; que o homem pecou, a ponto de quase não ter esperança da misericórdia de Deus; e o sonho daquele que, enquanto dormia, pensava haver chegado o Dia do Juízo.

Uma repetição do que ele viu no caminho.

Piedade: Por quê? Você o ouviu contar seu sonho?

Cristão: Sim, foi um sonho tenebroso, em minha opinião. Meu coração afligiu-se, enquanto ele o contava; mas, apesar disso, estou contente porque o ouvi.

Piedade: Foi apenas isso que você viu na casa do Intérprete?

Cristão: Não, ele me levou até ao lugar onde vi um palácio magnífico e as pessoas que ali moravam, vestidas de ouro. Mostrou-me como veio um homem destemido e passou através dos homens armados que ficavam à porta, para impedi-lo de entrar, e como recebeu ordens de entrar e possuir a glória eterna. Estas coisas extasiaram meu coração! Poderia ter ficado na casa desse bom homem um ano inteiro, se não soubesse que havia um longo caminho a percorrer.

Piedade: O que mais você viu no caminho?

Cristão: O que mais?! Bem, andei um pouco adiante e vi uma pessoa, que em minha mente pareceu estar pendurado, sangrando, em um madeiro. Somente esta visão dele fez cair o fardo que estava em minhas costas (porque eu gemia sob um fardo opressivo), mas ali ele se retirou de mim. Aconteceu-me algo estranho, que eu nunca tinha visto: Sim, enquanto eu olhava para cima (pois ali não pude deixar de olhar), três seres resplandecentes chegaram-se a mim. Um deles testemunhou que meus pecados me estavam perdoados; o outro retirou-me os trapos e deu-me esta capa bordada que vocês estão vendo; e o terceiro colocou este sinal visível em minha testa, entregando-me esse rolo selado (com isso, ele o tirou de seu peito).

Piedade: Você viu algo mais além disso, não viu?

Cristão: As coisas que eu lhes contei foram as melhores; contudo, vi outros detalhes enquanto caminhava, como, por exemplo, três homens, Simplicidade, Preguiça e Presunção, deitados um pouco afastados do caminho, tendo cadeias de ferro em seus tornozelos. Mas pensam que pude acordá-los?! Também vi Formalista e Hipocrisia entrarem no caminho pulando o muro, para irem (segundo pretendiam) a Sião, mas depressa se perderam. Aconteceu como eu mesmo lhes havia dito, porém não quiseram crer. Acima de tudo, descobri que foi um *árduo esforço* subir este monte, um esforço tão difícil quanto o passar bem próximo à boca dos leões. É verdade que, se não tivesse sido pelo bom homem que está à sua porta, talvez eu teria voltado para trás. Agora, porém, agradeço a Deus porque estou aqui e porque vocês me receberam.

Prudência quis fazer-lhe algumas perguntas,

Prudência conversa com Cristão.

desejando ouvir suas respostas.[6]

Prudência: Às vezes, você não pensa no país de onde veio?

Cristão: Sim, com muita vergonha e aversão. Na verdade, se eu tivesse a mente fixa no país de onde saí, já teria encontrado uma oportunidade para retornar; mas agora desejo uma pátria melhor, isto é, a celestial.

O pensamento de Cristão sobre seu país natal.

Hebreus 11.15,16

Prudência: Você não traz consigo algumas coisas que antes lhe eram familiares?

Cristão: Sim, mas contra a minha vontade; especialmente minhas cogitações interiores e carnais, com as quais meus conterrâneos e eu muito nos alegrávamos. Porém, todas estas coisas me causam tristeza; e, se pelo menos fosse possível escolher o que me surgiria à mente, escolheria nunca mais pensar nestas coisas. Mas, quando desejo fazer aquilo que é melhor, o pior está comigo.

Cristão se desagrada com cogitações carnais.

A escolha de Cristão.

Romanos 7

Prudência: Às vezes, você não acha que estão vencidas aquelas coisas que, em outras ocasiões, lhe causam perplexidade?

Cristão: Sim, mas isto não é freqüente; e para mim são momentos preciosos aqueles em que isto me acontece.

As horas douradas de Cristão.

Prudência: Você consegue lembrar os momentos nos quais percebe que suas irritações às vezes estão como que vencidas?

---

6 As pessoas podem aprender, por meio do ensino humano, a professar sua crença em qualquer doutrina e, ao mesmo tempo, podem enganar-se em referência à verdadeira conversão. O melhor método de evitar esse perigo consiste em examinar a si mesmo diariamente e orar para ser preservado desse perigo. A prudência é especialmente exigida e há de sugerir-nos as perguntas e as respostas apresentadas nessa conversa. Os sentimentos mais íntimos do verdadeiro cristão explicarão melhor as respostas. Essas horas de ouro (preciosas e breves) são intensos desejos pela felicidade eterna do céu.

Cristão: Sim, quando penso no que vi diante da cruz; quando contemplo minha capa bordada; também quando examino o rolo que trago no peito e quando se intensificam meus pensamentos a respeito do lugar para onde estou indo.

Como Cristão consegue forças contra sua corrupção.

Prudência: E o que o faz tão desejoso de ir ao Monte Sião?

Cristão: Ah! Ali espero contemplar vivo aquele que, pendurado, esteve morto na cruz; espero livrar-me de todas as coisas que até hoje em mim constituem irritação. Dizem que lá não há morte e que habitarei na companhia de quem eu mais aprecio. Para lhes dizer a verdade, eu O amo, visto que por Ele fui liberto de meu fardo e estou cansado de minha enfermidade interior. Gostaria de estar onde não mais morrerei, na companhia daqueles que continuamente clamam: *Santo, Santo, Santo*.

O motivo de Cristão para estar no Monte Sião.

Isaías 25.8 Apocalipse 21.4

Então, Caridade perguntou-lhe: Você tem família? É casado?[7]

Caridade conversa com Cristão.

Cristão: Tenho uma esposa e quatro filhos pequenos.

Caridade: Por que você não os trouxe consigo?

Cristão chorou e disse: Ah! Eu o teria feito de boa vontade! Mas todos eles foram totalmente contrários à minha saída em peregrinação.

O amor de Cristão por sua esposa e filhos.

Caridade: Você deveria ter conversado com eles, procurando mostrar-lhes o perigo de ficarem para trás.

Cristão: Eu fiz isso. Contei-lhes também o que Deus me tinha revelado sobre a destruição de nossa

---

7 Quando um homem reconhece o valor de sua própria alma, ele se torna bastante solícito em relação à alma dos outros. O diálogo de Caridade com Cristão revela o que John Bunyan pensava sobre os deveres dos crentes, no que se refere a esse interesse mais importante e o que ele compreendia a respeito dos verdadeiros motivos pelos quais a mente carnal rejeita o evangelho.

cidade. Mas eu lhes parecia como alguém que estava brincando, e não me acreditaram.

Caridade: E você orou a Deus, para que abençoasse os conselhos que você lhes dava?

Cristão: Sim, com muito amor; vocês devem crer que minha esposa e pobres filhos eram muito queridos para mim.

Caridade: Você lhes contou sua própria tristeza e temor da destruição? Suponho que para você a destruição era bem visível!

O temor que o Cristão tem da perdição pode ser lido em seu semblante.

Cristão: Sim, falei várias, várias vezes. Também podiam perceber, através de minha expressão e lágrimas, os meus temores e como fiquei tremendo sob a compreensão do juízo que nos ameaçava. Tudo isso, porém, não foi suficiente para convencê-los a vir comigo.

Caridade: E o que disseram como justificativa para não virem?

Cristão: Bem, minha esposa tinha medo de perder este mundo; e meus filhos estavam entregues aos tolos deleites da juventude. Assim, por um motivo ou por outro, deixaram-me partir sozinho nesta peregrinação.

O motivo pelo qual sua esposa e filhos não o seguiram.

Caridade: Mas sua vida de vaidade não enfraqueceu aquilo que, por palavras, você disse a fim de persuadi-los no esforço de trazê-los consigo?

Cristão: Na verdade, não posso recomendar minha vida, pois estou consciente das muitas falhas que cometi entre eles. Sei também que um homem, pelo seu convívio, em pouco tempo pode destruir o que, por argumento ou persuasão, se esforçou para incutir aos outros, tendo em vista o bem deles. Contudo, posso dizer que tive muito receio de lhes dar ocasião, através de algum ato inconveniente, para se indisporem a vir na peregrinação. Sim, por isso me diziam que eu era muito exigente e que (por amor a eles) negava a mim

A boa conversa de Cristão diante de sua esposa e filhos.

mesmo coisas em que eles não viam nenhum mal. Não, acho que posso dizer que, se viram em mim algo que os impediu, foi minha grande sensibilidade em pecar contra Deus ou em fazer qualquer mal ao meu próximo.

Caridade: Realmente, Caim odiou seu irmão, porque suas próprias obras eram más, e as de seu irmão, boas. Se a sua esposa e seus filhos se ofenderam por isso, desse modo mostram-se implacáveis ao bem; e do sangue deles você livrou sua alma.

1 João 3.12
Se eles
perecerem,
Cristão estará
livre do seu
sangue.
Ezequiel 3.19

Agora vi em meu sonho que permaneceram sentados, conversando juntos, até que o jantar estivesse pronto.[8] Em seguida, assentaram-se para a refeição. Ora, a mesa estava repleta de pratos saborosos e de vinho fino. Toda a conversa à mesa se referia ao Senhor do monte, mais especificamente, sobre o que Ele havia realizado, por que o realizara e por que edificara essa casa. E, pelo que disseram, percebi que Ele havia sido um grande guerreiro, que combatera e vencera aquele que tinha o poder da morte, mas não sem grande perigo para Si mesmo; isto me fez amá-Lo ainda mais.

A conversa
estabelecida
com Cristão
durante o
jantar.

Pois, como disseram e conforme eu creio (afirmou Cristão), Ele fez isso com a perda de muito sangue. Mas o fato de que Ele o fez por genuíno amor à sua pátria foi o que trouxe glória e graça a tudo o que Ele realizou. Além disso, alguns daquela casa disseram que O haviam visto e falado com Ele, depois que morreu na cruz; atestam que, de seus próprios lábios, ouviram-No afirmar que ama intensamente os pobres peregrinos,

Hebreus
2.14,15

---

8 A administração da Ceia do Senhor é simbolicamente descrita nessa ocasião. Na Ceia, a pessoa, a humilhação, as aflições e a morte de Cristo são preservadas em perpétua recordação. Por contemplá-las solenemente, encontramos nossa alma mergulhada em profundo arrependimento, inspirada por confiança tranqüila, motivada a uma obediência prudente, zelosa e auto-renunciante, dilatada em ternas afeições pelos outros crentes e repleta de amor compassivo e perdoador para com seus velhos inimigos.

com um amor sem igual, do Oriente até ao Ocidente. Também apresentaram um exemplo do que afirmavam; e o exemplo foi que Ele se havia despojado de sua glória, para fazer isso em favor dos infelizes e que O ouviram afirmar que *não desejava habitar sozinho o Monte de Sião*. Disseram ainda que a muitos peregrinos Ele tornou príncipes, embora por natureza houvessem nascido como mendigos, e sua habitação original era o lixo.

Jesus Cristo torna mendigos em príncipes.

1 Samuel 2.8
Salmos 113.7

Assim, conversaram juntos até alta noite. Depois que se confiaram à proteção de seu Senhor, foram dormir. O peregrino deitou-se em um grande quarto, no andar superior, cuja janela se abria em direção ao nascer do sol. O nome desse quarto era Paz.[9] Ali dormiu até ao raiar do dia e, ao acordar, cantou:

Os aposentos de Cristão.

Onde estou agora?
Onde vejo o amor e o cuidado de Jesus,
Que por homens que são peregrinos providenciou
O amor que cuidou para que eu fosse perdoado
E habitasse bem próximo às portas do céu!

Pela manhã, todos se levantaram. E, após conversarem mais um pouco, disseram-lhe que não saísse antes que lhe mostrassem as *raridades* do lugar. Começaram levando-o ao arquivo,[10] onde lhe apresentaram registros muito antigos; nos quais, conforme recordo meu sonho, mostraram primeiro a

Cristão na sala do arquivo e o que ele viu lá.

---

9 Essa paz de consciência e serenidade de entendimento, que segue uma humilde e sincera profissão de fé em Cristo eleva a alma, colocando-a acima das inquietações e do alvoroço deste mundo inútil, e jorra dos raios curadores do Sol da Justiça.

10 A comunhão cristã possui a tendência de ampliar a familiaridade do crente com as Escrituras Sagradas, conduzindo-o ao aumento de sua fé, esperança, amor, paciência e vigor, fornecendo-lhe instrução para toda boa obra.

linhagem do Senhor do monte, demonstrando que, por geração eterna, Ele era Filho do Ancião de Dias. Ali também se encontravam registrados em maior detalhe os atos que Ele realizara e os nomes de milhares que Ele havia chamado ao seu serviço. Agora Ele já os colocara em habitações tais, que nem por extensão de dias, nem por deterioração da natureza, poderiam ser destruídas.

Em seguida, leram para o peregrino alguns dos atos dignos que alguns de seus servos haviam realizado: *subjugaram reinos, praticaram a justiça, obtiveram promessas, fecharam a boca de leões, extinguiram a violência do fogo, escaparam ao fio da espada, da fraqueza tiraram forças, fizeram-se poderosos em guerra, puseram em fuga exércitos dos estrangeiros.*

Hebreus 11.33,34

Em outra parte dos arquivos da casa, leram também registros que esclareciam como o Senhor deles estava disposto a receber, em seu favor, qualquer pessoa, inclusive aquelas que, em tempos anteriores, houvessem afrontado grandemente a Ele mesmo e aos seus procedimentos. Além disso, havia várias outras histórias de muitos outros acontecimentos famosos. Cristão pôde conhecê-los todos; eram coisas antigas e atuais, bem como profecias e predições que se cumprirão com certeza, tanto para terror e assombro dos inimigos como para conforto e consolo de peregrinos.

No dia seguinte, levaram-no à sala das armaduras,[11] onde lhe mostraram toda sorte de armamento que seu Senhor providenciara para os peregrinos, tais como espada, escudo, capacete, couraça, oração constante e calçados que não se desgastam. E o estoque era suficiente para equipar para o serviço de seu Senhor

Cristão entra na sala de armaduras.

---

11 A provisão que Deus proporcionou em Cristo e em sua plenitude. Devemos tomar toda a "armadura de Deus" e vesti-la, utilizando com diligência todos os meios da graça. E podemos ajudar outros a fazerem a mesma coisa, por meio de exortações, conselhos, exemplo, orações.

tantas multidões de homens quanto as estrelas do céu.

Mostraram alguns instrumentos com os quais alguns de seus servos haviam feito maravilhas:[12] a vara de Moisés, o martelo e a estaca da tenda com os quais Jael matou Sísera, os cântaros, as trombetas e as tochas com os quais Gideão pôs em retirada os exércitos de Midiã. Depois fizeram-no ver a aguilhada de bois que Sangar utilizou para matar seiscentos homens, a queixada com a qual Sansão fez tão grandes proezas, a funda e a pedra com que Davi venceu Golias, de Gate; a espada com que seu Senhor matará o Homem do Pecado, no dia em que ele se levantar contra a presa. Mostraram-lhe também muitas coisas excelentes; e com elas Cristão se deleitou. Feito isso, retiraram-se novamente ao descanso.

A Cristão são expostas coisas antigas.

Em meu sonho, vi que, no dia seguinte, Cristão se levantou para prosseguir a viagem, mas eles desejaram que ele demorasse mais um dia. Disseram que (se o dia fosse claro) lhe mostrariam as Montanhas Deleitáveis,[13] as quais, disseram, contribuiriam para seu conforto, porque essas montanhas se achavam mais perto do porto desejado do que o lugar onde eles no momento estavam. Ele consentiu em ficar. Logo que amanheceu, levaram-no ao alto da casa e mandaram-no olhar para o sul. Olhou e contemplou, à grande distância, um país montanhoso muito lindo, embelezado por matas,

Cristão vê as Montanhas Deleitáveis.

Isaías 33.16,17

---

12 As alusões à história bíblica transmitem a idéia de que os meios da graça se tornam eficazes pelo poder de Deus, do qual devemos depender, em obediência implícita às suas ordens.

13 As Montanhas Deleitáveis, vistas à distância, representam as sublimes contemplações dos privilégios e das consolações que alcançaremos nesta vida. As esperanças inspiradas preparam os crentes para avançarem e enfrentarem os perigos e as dificuldades. Tais esperanças podem ser desfrutadas somente em ocasiões especiais, quando o Sol da Justiça resplandece sobre a alma.

vinhedos, frutas de todas as espécies, flores e fontes de água — tudo era aprazível aos olhos. Cristão perguntou o nome daquele país; disseram-lhe que se chamava Terra de Emanuel. E acrescentaram: É tão conhecida por todos os peregrinos quanto este monte. Quando ali você chegar, verá a porta da Cidade Celestial, que os pastores daquela terra lhe indicarão.

Agora, Cristão pensava em seguir adiante;[14] eles estavam dispostos a deixá-lo ir. Mas, antes, disseram, vamos novamente à sala das armaduras. Chegando lá, vestiram-no, da cabeça aos pés, com toda armadura resistente, para eventuais assaltos pelo caminho. Estando assim equipado, Cristão saiu com seus amigos até à porta, onde perguntou ao porteiro se tinha visto passar qualquer peregrino. O porteiro respondeu: Sim.

Cristão quer seguir adiante.

Cristão parte armado.

Cristão: Por favor, você o conheceu?

Porteiro: Perguntei seu nome, ele me contou que era Fiel.

Cristão: Ah! Eu o conheço. Ele é da minha cidade, meu vizinho próximo, e veio do lugar onde nasci. A que distância você acha que ele estará?

Porteiro: A essa altura, já desceu o monte.

Cristão respondeu: Muito bem, bom porteiro, o Senhor esteja com você e lhe acrescente suas muitas bênçãos, pela bondade que você me demonstrou.

Como Cristão saúda o porteiro ao partir.

Ele começou a andar, mas Discrição, Piedade, Caridade e Prudência quiseram acompanhá-lo até ao pé do monte.[15] Seguiram juntos, reiterando suas conversas

---

14 Havendo renovado nossas forças, por esperarmos no Senhor, temos de avançar, com diligência crescente, para cumprir os deveres, preparados para resistir às tentações que freqüentemente nos assaltam após ocasiões especiais de consolação divina. Os ministros do evangelho devem advertir os novos convertidos a esperar provas e conflitos, recomendando-lhes companhias que lhes sirvam de auxílio durante sua peregrinação.

15 O Senhor habitualmente envia, de maneira alternada, experiências

anteriores, até chegarem à descida do monte.

Cristão comentou: Assim como foi difícil subir, assim também (até onde posso ver) parece que é perigoso descer.

Sim, disse Prudência, é verdade; pois é difícil um homem descer ao Vale da Humilhação, como você o fará agora, sem que escorregue no caminho. Por isso, saímos para acompanhá-lo na descida do monte. Então, ele começou a descer, mas com toda cautela; apesar disso, escorregou uma ou duas vezes.

O Vale da Humilhação.

No sonho, vi que essas boas companheiras (quando Cristão estava ao pé do monte) lhe deram um pão, uma garrafa de vinho, um cacho de uvas; e ele seguiu o seu caminho.

Enquanto Cristão esteve entre seus amigos piedosos seus lábios preciosos trouxeram refrigério suficiente para todas as suas aflições; e, quando ele se foi, dos pés à cabeça, estava vestido de armadura resistente.

consoladoras e humilhantes, a fim que o crente não se exalte, nem fique deprimido além do necessário. O Vale da Humilhação é um lugar adequadamente colocado após o Palácio Belo. O crente precisará muito do auxílio de discrição, piedade, prudência e caridade. Circunstâncias e experiências humilhantes despertam os males latentes do coração e com freqüência levam os homens a falarem e agirem inadvertidamente.

Cristão luta com Apoliom

CAPÍTULO 11

Batalha no Vale da Humilhação

Agora no Vale da Humilhação, o pobre Cristão enfrentou grandes dificuldades. Pois, tendo caminhado pequena distância, viu se aproximando um inimigo horrível, chamado Apoliom.[1] Cristão começou a sentir

---

1 John Bunyan depois de ter experimentado, em grau incomum, as mais terríveis tentações, provavelmente foi, por essa razão, motivado a falar sobre este assunto. Ele tinha em mente as sugestões interiores procedentes dos espíritos malignos. Estes parecem ter acesso peculiar à imaginação do homem e são capazes de criar imaginações que seduzem e aterrorizam, como se elas fossem realidade. Apoliom significa "destruidor" (Apocalipse 9.11); e, ao levar avante a sua obra de destruição, os anjos caídos se esforçam, utilizando vários artifícios, para impedir que os homens orem e para deixá-los temerosos das coisas que indispensavelmente mantêm a vida de fé. Se parece haver perigo em Cristão perseverar no caminho estreito, a ruína será inevitável, se ele desistir (pois, Cristão não tinha nenhuma peça de armadura para as suas costas). Quanto mais resolutamente ele resistisse à tentação, tanto mais imediatamente obteria de novo a sua

medo e a ponderar, em sua mente, se voltaria ou se permaneceria firme. Todavia, pensando bem, viu que não tinha nenhuma armadura para proteger-lhe as costas e concluiu que voltá-las para Apoliom lhe daria maior vantagem, facilitando que ele o atingisse com seus dardos. Portanto, resolveu aventurar-se e resistir. Pensou assim: Mesmo que eu tivesse em vista apenas salvar a vida, o melhor seria permanecer firme.

Cristão não tem armadura para as costas.

Cristão seguiu em frente, e Apoliom veio ao seu encontro.[2] Ora, o monstro tinha aparência horrenda. Estava revestido de escamas, como um peixe. Suas asas (que constituíam seu maior orgulho) eram como as de um dragão; os pés, semelhantes ao de um urso; do seu interior, procediam fogo e fumaça, e sua boca assemelhava-se à de um leão. Ao chegar perto de Cristão, olhou-o com semblante desdenhoso e começou a questioná-lo.

A resolução de Cristão, diante da aproximação de Apoliom.

Apoliom: De onde você vem? E para onde vai?

---

tranqüilidade e o inimigo fugiria dele.

2   A descrição de Apoliom retrata os terrores com os quais os espíritos malignos se esforçam para retirar do caminho aqueles que professam seguir a Cristo. Satanás pode transformar-se em um anjo de luz, que pode assumir qualquer forma conveniente aos seus propósitos. Satanás provavelmente atacará o crente, mostrando-lhe as diversas ocasiões em que se comportou de maneira errada, desde que confessou estar seguindo o evangelho, a fim de aumentar o seu temor de que, no final, ele estará entre os hipócritas. Quando a alma do crente sente-se desanimada e melancólica, Satanás se mostra assíduo em dizer-lhe que os passos dados foram pecados horríveis e inconsistentes com o estado de graça divina, fazendo-o com a mesma diligência que em outras ocasiões ele, Satanás, utiliza para persuadir os homens de que as mais flagrantes violações da Lei de Deus eram apenas trivialidades. O crente bem instruído jamais negará a sua responsabilidade nem amenizará a sua culpa, mas ele se abrigará no refúgio da graça gratuita do evangelho e receberá consolação, ao ser conscientizado de que agora odeia e se lamenta das reminiscências daqueles males nos quais, antes, ele vivia completamente sem remorsos; e, por conseguinte, o crente deduz que seus pecados, embora sejam muitos, foram perdoados.

Cristão: Vim da Cidade da Destruição, que é o lugar de todo o mal, e vou para a Cidade de Sião.

Discurso entre Cristão e Apoliom.

Apoliom: Por essas palavras, percebo que você é um de meus súditos; pois todo aquele país é meu; eu sou o seu príncipe e seu deus. Como você fugiu de seu rei? Se não esperasse que ainda me preste mais serviços, eu lhe abateria agora, de uma vez.

Cristão: De fato, nasci em seus domínios, mas seu serviço foi árduo, e seu salário era tal, que com ele um homem não poderia sustentar-se. Porque *o salário do pecado é a morte*. Por isso, quando atingi certa idade, fiz o que outras pessoas sensatas fazem: procurei ver se poderia consertar a mim mesmo.

Romanos 6.23

Apoliom: Não existe príncipe que tão leviana- mente esteja disposto a perder seus súditos, nem eu o perderei. Mas, visto que você reclamou de seu serviço e do salário, contente-se em voltar; e o que nosso país puder oferecer, estou lhe prometendo dar.

A bajulação de Apoliom.

Cristão: Já me comprometi com outro, o próprio Rei dos príncipes; e como posso, com justiça, retornar com você?

Apoliom: Você agiu conforme o ditado: "Trocou um mau por um pior". É comum àqueles que profes- savam ser servos dEle, depois de um tempo, fugirem e voltarem para mim. Faça isso, e tudo estará bem.

Apoliom desvaloriza o culto de Cristão.

Cristão: Votei a Ele minha fé e Lhe jurei fidelidade. Como posso voltar atrás e não ser enforcado como traidor?

Apoliom: Você fez o mesmo comigo; no entanto, estou disposto a esquecer tudo, se agora você deixá-Lo e voltar atrás.

Apoliom finge ser misericordioso.

Cristão: O que lhe prometi foi antes de me tornar um homem maduro. Além disso, sei que o príncipe sob cuja bandeira agora estou pode me absolver, sim, e perdoar também o que fiz em minha aliança com você. Além disso, ó Apoliom, destruidor, falando a verdade, estou apreciando muito o serviço deste Príncipe, seu salário, seu governo, sua companhia e seu país, mais do que as condições que você me oferece. Portanto, deixe-me em paz. Sou servo dEle e O seguirei.

Apoliom: Considere novamente, quando estiver com a cabeça fria, o que poderá encontrar no caminho em que você está. Você sabe que a maioria dos servos desse Príncipe tem um fim doloroso, porque transgridem contra mim e contra meus caminhos. Quantos já foram mortos vergonhosamente! Também você acha o serviço dEle melhor do que o meu, embora Ele nunca mais tenha saído do lugar em que está, a fim de livrar de nossas mãos qualquer daqueles que o servem. Mas, no que se refere a mim, quantas vezes, como todo o mundo sabe muito bem, dEle eu tenho livrado, por poder ou por fraude, aqueles que me serviram fielmente, mesmo quando já capturados por eles? Assim, livrarei também você.

Apoliom recorre ao penoso fim dos cristãos para dissuadir Cristão de persistir em seu caminho.

Cristão: A atitude dEle em não livrá-los no momento é proposital, para experimentar seu amor: se a Ele permanecerão apegados até ao fim. E o doloroso final a que chegarão, conforme você fala, é a maior glória deles; pois não têm muita esperança de um livramento no tempo presente, visto que esperam para receber sua glória, juntamente com a glória dos anjos, no dia em que seu Príncipe vier.

Apoliom: Você tem sido infiel em seu serviço para Ele. Como acha que receberá o salário dEle?

Cristão: Em que, ó Apoliom, tenho sido infiel a Ele?

Apoliom: Você desanimou no princípio de sua jornada, quando estava quase se afogando no Pântano do Desânimo. Você experimentou maneiras erradas para se

Apoliom acusa Cristão por suas fraquezas.

livrar de seu fardo, quando deveria ter esperado, até que o Príncipe o retirasse. Você dormiu pecaminosamente e perdeu seus objetos preciosos. Também foi quase persuadido a voltar, quando viu os leões. E, quando estava falando sobre a sua viagem e sobre o que ouviu e viu, em seu íntimo você desejava vanglória, em tudo que falou ou fez.

Cristão: Tudo isso é verdade, e muito mais, que você omitiu; mas o Príncipe a quem sirvo e honro é misericordioso e disposto a perdoar. Além disso, essas fraquezas me possuíram no seu país, pois foi lá que eu as adquiri; tenho gemido e me arrependido por causa delas e já obtive o perdão de meu Príncipe.

Apoliom, então, irrompeu em ira ardente,[3]

---

3 Se meditarmos corretamente sobre a permissão concedida por nosso Senhor a Satanás, no que se refere a Jó, e se a compararmos com o desejo do tentador para peneirar Simão Pedro, como se peneira o trigo, não ficaremos muito admirados a respeito do que Bunyan pretendia dizer. Este inimigo é, por vezes, gratificado com tal desígnio aparentemente favorável aos seus ataques; assim o caminho do crente se apresenta como totalmente dificultado. O senhor mesmo parece tê-lo abandonado. Isso proporciona a Satanás oportunidade de sugerir pensamentos severos a respeito de Deus e de seus caminhos, dúvidas a respeito da verdade das Escrituras. Muitos de seus "dardos inflamados" podem ser repelidos ou apagados por utilizarmos o escudo da fé. No entanto, há ocasiões em que tais dardos são lançados tão incessantemente, que a alma importunada, alarmada, oprimida e afligida mostra-se propensa a desistir de toda esperança. Assim, o inimigo fere o crente em seu entendimento, em sua fé e em seu comportamento. Mas, quando essas tentações permanecem por longo tempo, a resistência gradualmente se tornará mais fraca. Ele pode ser lançado ao chão, e sua espada pode cair de sua mão. Mas, o Advogado celestial roga por eles, para que a sua "fé não desfaleça" (Lucas 22.31-32). Embora Pedro tenha caído, como Judas Iscariotes, aquele não foi deixado a perecer, conforme aconteceu a este. Portanto, embora seja "pressionado quase até à morte" e esteja pronto a "desesperar da vida", o crente será ajudado, pela especial graça de Deus, a desembainhar novamente a sua espada. O Espírito Santo fará o crente recordar as Escrituras e o capacitará a descansar nas promessas e, deste modo, no final, o inimigo

dizendo: Sou inimigo deste Príncipe. Eu O odeio, bem como suas leis e seu povo. Vim com o propósito de fazer você recuar.

Apoliom, em fúria, lança-se sobre Cristão.

Cristão replicou: Apoliom, cuidado com o que você faz, porque estou na estrada do Rei, no Caminho da Santidade; portanto, cuide de si mesmo.

Apoliom se posicionou como obstáculo no meio do caminho e declarou: Quanto a isto, não tenho medo algum. Prepare-se para morrer, pois juro pelo meu antro infernal que você não irá adiante. Aqui derramarei sua alma!

Com isso, lançou um dardo inflamado contra o peito de Cristão. Mas este tinha em sua mão um escudo, com o qual desviou o dardo inflamado, defendendo-se do perigo.

Cristão puxou a espada, pois viu que era hora de agir. Apoliom com igual agilidade o atacou, lançando uma chuva de dardos, como granizo, pelo que, apesar de tudo que Cristão pôde fazer, Apoliom o feriu na cabeça, na mão e no pé. Isto fez Cristão recuar um pouco. Apoliom, logo continuou suas investidas, e Cristão criou coragem de novo, resistindo tão varonilmente quanto pôde. Esse combate árduo prosseguiu por mais de meio dia, até que Cristão ficou quase esgotado. Pois é preciso reconhecer que Cristão, por motivo de seus ferimentos, se tornou cada vez mais fraco.

Cristão foi ferido em seu entendimento e em sua fé.

Apoliom lança Cristão ao chão.

---

será expulso. A experiência pessoal ensinará alguns leitores a entender melhor essas coisas e a levarem em conta os erros daqueles que foram tentados. E outros devem aprender pelo testemunho de seus irmãos em Cristo a aceitarem a realidade dessas aflições, a se mostrarem simpáticos para com aqueles que sofrem e a não se unirem a Satanás (assim como o fizeram os amigos de Jó) para agravar as aflições desses crentes. Realmente, é muito importante ser um crente bem firmado na fé. Aqueles que não têm quaisquer princípios firmes, aos quais podem recorrer em tais emergências, sempre proporcionam vantagem a Satanás.

Apoliom, percebendo a sua oportunidade, aproximou-se de Cristão e, em luta corporal, causou-lhe uma tremenda queda, que fez a espada de Cristão voar de sua mão.

Em seguida, Apoliom disse: Agora estou certo de que você é meu.

Pressionado quase até à morte, Cristão começou a desesperar da vida. Mas, conforme Deus quis, enquanto Apoliom preparava um último golpe, para liquidar o bom homem, Cristão agilmente estendeu a mão para alcançar sua espada e, conseguindo pegá-la, disse: Ó inimigo meu, não te alegres a meu respeito; ainda que eu tenha caído, levantar-me-ei. E atingiu Apoliom com um golpe mortífero, que o obrigou a recuar, como quem tinha recebido um ferimento mortal. Cristão, percebendo isso, avançou novamente, dizendo: Não, *em todas estas coisas, porém, somos mais que vencedores, por meio daquele que nos amou.* Apoliom abriu suas asas de dragão e fugiu. Cristão não o viu mais.

A vitória de Cristão sobre Apoliom.

Miquéias 7.8.

Romanos 8.37 Tiago 4.7

Nesse combate, ninguém pode imaginar, a não ser que o presenciasse, quantos gritos e urros hediondos Apoliom emitiu, enquanto durou a luta. Falava como dragão. E, do outro lado, quantos suspiros e ais irromperam do íntimo de Cristão. Durante toda a luta, não o vi demonstrar qualquer expressão de prazer, exceto quando percebeu que tinha ferido Apoliom com sua espada de dois gumes. Então, ele realmente sorriu e olhou para cima. Esta foi a luta mais terrível que já presenciei.

Um breve relato do combate visto por um espectador.

Quando a batalha terminou, Cristão afirmou: Aqui darei graças Àquele que me livrou da boca do leão, Àquele que me ajudou contra Apoliom.

E o fez, dizendo:

Cristão dá graças a Deus pela libertação.

O grande Belzebu, capitão desse inimigo
Intentou minha ruína e para cá o enviou.
Bem armado e com ira infernal,
Em guerra atroz ele me envolveu.
Mas o bendito anjo Miguel me socorreu
E, por um golpe de espada, o inimigo fugiu.
Por isso, quero a Deus tributar constante louvor,
Agradecer e bendizer sempre seu nome santo.

Então, veio-lhe uma mão com algumas folhas da Árvore da Vida, que Cristão recebeu e aplicou aos ferimentos que havia recebido na batalha, sendo curado imediatamente.[4] Assentou-se ali para comer o pão e beber o vinho que ganhara um pouco antes. Agora, mais descansado, prosseguiu a viagem, com a espada desembainhada em sua mão, porque disse: Não sei, talvez outro inimigo esteja por perto. Mas, no vale, não se deparou com nenhuma outra afronta da parte de Apoliom.

Cristão continua sua jornada com a espada desembainhada.

---

4   Quando o crente obtém a vitória sobre a tentação, o Senhor mesmo cura todas as feridas que ele tiver recebido durante o conflito, perdoando os seus pecados, corrigindo os seus erros e renovando o seu vigor e a sua consolação. As mais aflitivas experiências freqüentemente são acompanhadas pela mais serena confiança e tranqüilidade de mente e pela maior alegria nos caminhos de Deus. "As folhas da árvore da vida" (Apocalipse 22.2) representam os benefícios presentes da redenção outorgada por Cristo. A "mão" pode ser uma figura daqueles que o Senhor utiliza como instrumentos para restaurar os seus desfalecidos servos. O crente, assim revigorado e curado, não descansa em uma vitória, prossegue adiante preparado para novos conflitos.

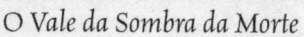
O Vale da Sombra da Morte

CAPÍTULO 12

Cristão vence a travessia do Vale da Sombra da Morte

O ra, no fim deste vale havia outro, chamado Vale da Sombra da Morte.[1] Cristão precisava atravessá-lo,

---

1 O Vale da Sombra da Morte parece que tinha o propósito de referir-se a uma variação das aflições íntimas, que tornam o crente relutante em cumprir seus deveres espirituais e apático na realização desses deveres. As palavras citadas do profeta descrevem o fatigante e imenso deserto pelo qual os israelitas jornadearam até à terra de Canaã; isso tipifica a peregrinação do crente, deste mundo ao céu. Disso podemos subentender que o autor pretendia dizer que, em geral, o crente deve esperar épocas de tais circunstâncias enfadonhas; e pouquíssimos crentes realmente serão isentos de tais circunstâncias. Todavia, não precisamos supor que Bunyan tencionava transmitir a idéia de que todos os crentes passam por essas provações em proporção e ordem semelhantes às de Cristão. "De banha e de gordura farta-se" a alma do crente; e, "com júbilo nos lábios", ele louva a Deus; mas, em outras ocasiões, o desânimo e a melancolia o oprimem. Os espíritos maus nunca falham, se obtiverem permissão, em tirar vantagem de um estado de desordem (no corpo ou na mente), em

porque o caminho à Cidade Celestial passava pelo meio desse vale, que é um lugar muito solitário. O profeta Jeremias o descreveu assim: Um deserto, uma terra de ermos e de covas, uma terra de sequidão e sombra da morte, uma terra em que ninguém (exceto Cristão) transitava, nem homem algum morava.

O Vale da Sombra da Morte.

Jeremias 2.6

No Vale da Sombra da Morte, Cristão se achou em pior situação do que na luta contra Apoliom, como você perceberá a seguir.

Vi em meu sonho que, ao chegar Cristão às margens do Vale da Sombra da Morte, encontraram-se com ele dois homens,[2] apressando-se por voltar; eram filhos daqueles que trouxeram um péssimo relatório sobre a boa terra. Cristão se dirigiu a eles com as seguintes palavras:

Os filhos dos espias voltam.

Números 13

Cristão: Para onde estão indo?

Os homens responderam: Para trás! Para trás! E desejamos que você faça isto, se ama a vida ou a paz.

Cristão exclamou: Por quê? Qual é o problema?

Homens: Qual é o problema? Íamos pelo caminho, como você está indo, até onde tivemos coragem; e, de fato, estávamos quase onde não podíamos mais voltar; porque, se tivéssemos avançado um pouco mais, não estaríamos aqui para lhe trazer a notícia.

---

iludir, em cativar, em causar perplexidade ou em corromper a alma. E, visto que nosso autor havia sido grandemente afligido dessa maneira, ele provavelmente tencionava retratar os detalhes de sua própria experiência na peregrinação de Cristão.

2　Estes homens eram espias, e não peregrinos. Eles representam aqueles que se relacionam com os filhos de Deus e trazem "um péssimo relatório sobre a boa terra", a fim de levarem as mentes de muitos a nutrir preconceitos contra os retos caminhos do Senhor. Eles se esforçam para justificar sua própria apostasia e expor ao desprezo a causa que abandonaram. No entanto, nada que eles afirmam pode levar o crente a concluir que ele errou o caminho e que seria aconselhável para ele voltar atrás; tais homens incitarão o crente à vigilância e à circunspeção.

Cristão perguntou: E o quê vocês encontraram?

Homens: Estávamos quase no Vale da Sombra *Salmos 44.19*
da Morte. Mas, por sorte, olhamos à frente e vimos o *Salmos 107.10*
perigo antes de chegar nele.

Cristão: O que viram?

Homens: O que vimos?! Ora, o próprio vale, que
é escuro como breu! Vimos também aparições, sátiros
e demônios do inferno. Ouvimos também naquele vale
uivos e gritos contínuos, como de um povo em aflição
indizível, jazendo ali em sofrimentos e cadeias. Por cima *Jó 3.5*
do vale, pairam as desanimadoras nuvens da confusão; *Jó 10.22*
e a morte também está sempre com as asas abertas,
sobrevoando-o. Em resumo, é tudo completamente
terrível, lúgubre e sem ordem.

Cristão falou: Por enquanto, nada vejo do que me *Jeremias 2.5*
disseram, senão o fato de que este é meu caminho para
o porto desejado.

Homens: Que este seja seu caminho. Não o
escolheremos para ser o nosso.

Assim, eles partiram, e Cristão seguiu o seu
caminho, ainda com sua espada desembainhada na mão,
temendo ser assaltado.

Em meu sonho, vi que até onde este vale se es- *Salmos 69.14*
tendia, havia ao lado direito uma vala muito profunda.[3]

---

3 Ao utilizar a expressão "vala muito profunda", Bunyan queria se referir à
presunção fatal da falsa doutrina, na qual os homens concluem que estão
seguros, sem qualquer justificação das Escrituras. O "perigoso lamaçal"
representa o extremo oposto — o desespero de viver sem a misericórdia
de Deus. Alguns concluem que não existe qualquer temor; outros, que
não há qualquer esperança. Está especialmente implícito neste conceito
o perigo ao qual o crente está exposto, ou seja, o perigo de descambar
para um desses extremos, quando ele passa por tempos de obscuridade
e falta de consolação. Muitas pessoas tranqüilizam a si mesmas presu-
mindo que são verdadeiros crentes e abusando da doutrina da perseverança final do crente; tais pessoas estão completamente enganadas. No
entanto, enquanto o verdadeiro crente, ao passar por circunstâncias de

Esta é vala para a qual os cegos têm guiado outros cegos, em todas as épocas, e onde ambos têm perecido miseravelmente. E mais, veja-se, ao lado esquerdo havia um perigoso lamaçal, no qual, mesmo que um homem bom caia, não encontra um lugar em que possa apoiar seu pé. Nesse lamaçal, certa vez caiu o rei Davi e, sem dúvida, ali teria morrido, não houvesse sido retirado por Aquele que é capaz.

Também, nesse mesmo vale o caminho era muitíssimo estreito; por isso, o bom Cristão sentiu-se desafiado ainda mais. Pois, ao procurar no escuro evitar a vala, à direita, estava sujeito a se desequilibrar e cair no lamaçal, à esquerda. E, quando procurava com muito cuidado escapar do lamaçal, estava prestes a cair na vala. Assim, prosseguiu.

Ouvi-o suspirar amargamente. Porque além dos perigos já mencionados, o caminho estava tão escuro, que muitas vezes, quando erguia o pé, para colocá-lo à frente, não sabia onde ou sobre o que deveria colocá-lo em seguida.

Percebi que a porta do inferno estava mais ou menos no meio desse vale, bem próximo à margem do caminho. Agora, Cristão pensou, o que farei? De quando em quando, saíam tantas chamas e fumaça, com faíscas e barulhos horríveis (coisas que protestavam contra a espada de Cristão, assim como Apoliom anteriormente), que ele foi forçado a embainhá-la e utilizar outra arma, chamada Oração Constante. Ele clamou, e pude ouvi-lo,

---

profundo desencorajamento, teme e evita tal presunção, ele é capaz de mergulhar em desespero; e pode ser levado a reputar como irreal todas as suas experiências passadas, e a classificar-se como os ouvintes de coração endurecido, e a concluir que para ele é inútil orar ou, de alguma maneira, buscar a Deus, e a permanecer em um desânimo enfraquecedor. O verdadeiro crente, porém, será constrangido a prosseguir avante e, pela fé, expulsará os seus inimigos.

dizendo: *Ó Senhor, eu te imploro, livra-me a alma.*

Assim, continuou andando por muito tempo, mas as chamas ainda vinham em sua direção. Também ele ouviu vozes sombrias e movimentos rápidos, de um lado para outro, de modo que, às vezes, imaginava seria despedaçado ou espezinhado como a lama das ruas. Ele viu esta cena assustadora e ouviu os barulhos terríveis, por vários quilômetros adiante em sua jornada. E, chegando em um lugar, onde ouviu uma legião de inimigos vindo em sua direção, Cristão parou e começou a pensar o que seria melhor fazer. Às vezes, tinha idéia de voltar para trás. Mas pensou que poderia estar na metade do vale, lembrando também como já havia vencido muitos perigos e que o perigo de voltar poderia ser maior do que o de prosseguir. Por isso, resolveu seguir em frente. Contudo, os demônios pareciam chegar cada vez mais perto. E, quando estavam quase para alcançá-lo, ele clamou com voz intensa: *Andarei na força do Senhor Deus.* Os demônios retrocederam e não mais se aproximaram de Cristão.

Uma coisa não deixarei de narrar:[4] observei que agora o pobre Cristão estava bastante confuso, a ponto de não conhecer sua própria voz. Eu percebi isto: exatamente quando ele passou perto da boca do abismo,

Efésios 6.18
Salmos 116.4

Cristão hesita por um momento.

---

4   A situação aqui descrita não é incomum entre crentes que passam por tentações intensas. As imaginações freqüentemente implicam em censuras severas contra Deus, seu serviço e suas ordens. No entanto, o temor e o ódio da parte do crente para com tais imaginações são evidências do amor de Deus. Mas, se essas imaginações coincidissem com o estado da mente dos verdadeiros crentes, elas lhes proporcionariam divertimento, pois "o pendor da carne é inimizade contra Deus" e, em muitos casos, poderiam ser impedidos de blasfemar somente por meio do temor da vingança divina. A intrusão de tais pensamentos deveria nos estimular a grande diligência na oração, à meditação piedosa e à adoração; pois, acima de todas as coisas, isto será reconhecido como um elemento que fechará, com muita eficácia, nossa mente para tais imaginações.

um dos demônios chegou por trás dele, de mansinho, e, sussurrando, sugeriu-lhe muitas blasfêmias deploráveis, que ele pensou haviam saído de sua própria mente. Isso perturbou Cristão, mais do que qualquer coisa que encontrara antes: pensar que ele agora blasfemava contra Aquele que ele tanto amava. Mas, se pudesse tê-lo evitado, ele o teria feito. No entanto, Cristão não teve iniciativa para tapar os ouvidos ou saber de onde vinham aquelas blasfêmias.

Cristão é levado a crer que disse blasfêmias, quando Satanás as sugeriu em sua mente.

Depois de ter viajado nessa condição aflitiva por considerável tempo, Cristão pensou que ouviu a voz de um homem,[5] como se estivesse à sua frente, dizendo: *Ainda que eu ande pelo vale da sombra da morte, não temerei mal nenhum, porque o Senhor está comigo.*

Salmos 23.4

Cristão ficou feliz, pelas seguintes razões:

1. Concluiu, por essas palavras, que, assim como ele mesmo, alguns que temiam a Deus estavam nesse vale.

2. Percebeu que Deus estava com eles, mesmo naquela situação obscura e desanimadora. E por que não estaria comigo? — ele pensou; embora, por causa do impedimento que assiste a este lugar, eu não o possa perceber.

Jó 9.10

3. Porque eventualmente esperava (se pudesse alcançar) ter alguém para acompanhá-lo na viagem.

Assim, ele prosseguiu e gritou ao que estava à sua

---

5 Nada sustenta mais eficazmente o crente tentado do que o aprendizado de que outras pessoas que ele considera como crentes passaram ou passam pelas mesmas circunstâncias. A idéia de que tal estado mental experimentado por eles é inconsistente com a fé verdadeira, dá ao inimigo vantagem sobre eles. Na verdade, isto põe à prova os meios de libertação dos crentes; em tempo devido aquela luz, afeto e consolação, pelas quais eles pranteavam, oravam, esperavam e dos quais tinham sede, os colocarão em lugar seguro. A percepção, agora mais clara, de que escaparam do perigo encherá seus corações de admirável gratidão pelo seu grande e gracioso Libertador.

frente, mas este não sabia o que responder, visto que
também imaginava estar sozinho. Eventualmente, a
manhã raiou. Cristão disse: O Senhor transformou em
manhã a sombra da morte.

Amós 5.8

Agora que amanheceu, ele olhou para trás, não
por desejo de voltar, mas para contemplar à luz do dia
os perigos que atravessara no escuro. Assim, viu mais
perfeitamente a vala que havia de um lado e o lamaçal,
do outro; viu também como era estreito o caminho que
passava entre os dois. Ainda observou como enxergava
as aparições, sátiros e demônios do abismo, mas todos
bem de longe; pois, após o raiar do dia, eles não chegam
perto. Contudo, lhe foram mostrados, segundo o que
está escrito: *Das trevas manifesta coisas profundas e
traz à luz a densa escuridade.*

*Cristão exulta
ao amanhecer.*

Jó 12.22

Cristão sentiu intensamente o livramento de todos
os perigos de seu caminho solitário. Esses perigos ele
percebia com maior clareza, embora os temesse mais do
que antes, porque a luz do dia os tornava mais evidentes.
Por aquela hora o sol estava nascendo, e isto era para
Cristão mais uma misericórdia, pois, devemos observar,
embora a primeira parte do Vale da Sombra da Morte
fosse perigosa, esta segunda parte,[6] que ele ainda tinha
a percorrer, era muito mais perigosa. De onde ele agora
estava até ao fim do vale, o caminho estava tão cheio
de ciladas, ardis, armadilhas e laços, e tão repleto de
fossas, abismos, buracos profundos e desníveis, que, se

*A segunda
parte
deste vale
perigosíssimo.*

6 Várias interpretações são apresentadas a respeito dessa segunda parte do
   vale. Entendemos que o crente não está em maior perigo do que ao se
   encontrar sob profundas aflições; que as astúcias e armadilhas do inimigo
   são muitas e tão diferentes, durante as várias etapas de nossa peregrinação,
   que impedem toda descrição ou enumeração. Se não fosse pelo fato de
   que o Senhor comprometeu-se a guiar seu povo, mediante a luz de sua
   Palavra e seu Espírito, os crentes nunca poderiam escapar de todas essas
   armadilhas

agora estivesse escuro como na ocasião em que transpôs a primeira parte do caminho e tivesse ele mil almas, com razão perderia todas elas. Mas, como eu disse, o sol estava nascendo justamente agora. Então, ele falou: Sua lâmpada ilumina minha cabeça e, guiado por sua luz, caminho pelas trevas.

Jó 29.3

Salmos 119.105

Nessa luz, portanto, Cristão chegou ao fim do vale. Vi em meu sonho que no fim desse vale havia sangue, ossos, cinzas e corpos destroçados de homens, exatamente de peregrinos que vinham por aquele caminho. Enquanto eu pensava qual seria a razão disso, vi um pouco à frente uma caverna em que dois gigantes, Papa e Pagão, habitavam em tempos antigos. Pelo poder e tirania desses gigantes, haviam sido mortos com crueldade os homens cujos ossos, sangue, cinzas estavam ali. Mas, curiosamente, por esse lugar Cristão passou sem muito perigo.

Depois, fiquei sabendo que Pagão morreu há muito tempo; e, quanto ao outro, embora ainda viva, está tão velho e, por causa das muitas esfoladas que levou, quando era mais jovem, ficou tão demente e com as juntas tão endurecidas, que agora não faz nada mais do que sentar-se à entrada de sua caverna, esboçando um sorriso arreganhado para os peregrinos, quando passam, e roendo as unhas, porque não consegue agir contra eles.

Vi que Cristão seguiu seu caminho. No entanto, ao contemplar o velho assentado à entrada da caverna, não sabia o que pensar, especialmente porque, embora o velho lhe tenha falado alguma coisa, não podia persegui-lo. Disse apenas isto: Vocês nunca se consertarão, até que mais de vocês sejam queimados. Mas Cristão permaneceu calado, nada demonstrando, e assim prosseguiu, não lhe sobrevindo nenhum mal.

Então, ele cantou:

Oh! quantas maravilhas! (Preciso aqui dizer.)
Que eu tenha sido preservado nessas aflições
Com que me deparei! Bendita seja a mão
Que de todas elas me livrou!
Perigos em trevas, demônios, inferno e pecado
Rodearam-me, enquanto passava por esse vale.
Armadilhas, abismos, ciladas e laços
Cercaram meu caminho; e, desamparado
Eu teria sido apanhado, assaltado e aniquilado.
Mas, visto que eu vivo, Jesus seja exaltado.

CAPÍTULO 13

Cristão encontra Fiel e aprende novos princípios

Seguindo pelo caminho, Cristão chegou a uma pequena subida, propositadamente preparada para que os peregrinos avistassem o que estava adiante.[1] Cristão subiu ali e, olhando mais à frente, viu Fiel em sua viagem.

---

1 Isso pode representar os momentos de encorajamento em que os crentes são incentivados a desejar a companhia de seus irmãos em Cristo; mas estes, por causa de experiências humilhantes, se dispuseram a evitar a companhia daqueles. O comportamento de Cristão transmite a idéia de que os crentes estão prontos a atrapalhar uns aos outros, ao fazerem de suas próprias conquistas e de seu progresso um padrão para seus irmãos em Cristo. Essa atitude freqüentemente dá lugar ao surgimento de vanglória e de autopreferência, que são os precursores de alguma experiência humilhante. Assim, os crentes são deixados a sentir sua necessidade de auxílio das próprias pessoas que eles imprudentemente subestimaram. Tais experiências, porém, unem esses crentes, mais intimamente, em sincera afeição.

Cristão falou bem alto: Ei! Ei! Espere, que eu serei seu companheiro. Fiel olhou para trás. Cristão chamou novamente: Espere, espere até que eu o alcance.

Mas Fiel respondeu: Não! Eu estou em perigo de vida, e o Vingador de Sangue me persegue.

Ouvindo essas palavras, Cristão ficou um tanto irritado e, fazendo um esforço máximo, logo alcançou Fiel e até o ultrapassou; portanto, o último se tornou o primeiro. Cristão sorriu vaidosamente, porque havia passado à frente de seu irmão. Mas, não prestando atenção onde colocava seus pés, de repente, tropeçou e caiu, não conseguindo se levantar, até que Fiel veio ajudá-lo.

Cristão ultrapassa Fiel.

Vi em meu sonho que prosseguiram amavelmente e conversaram com deleite sobre todas as coisas que lhes haviam acontecido em sua peregrinação.

A queda de Cristão o leva a andar junto com Fiel amorosamente.

Cristão começou assim: Meu bom e querido irmão Fiel,[2] estou contente por lhe ter alcançado e por ter Deus ajustado nossos espíritos, para que andemos como companheiros neste caminho tão agradável.

Fiel: Pensei, caro amigo, em ter sua companhia desde nossa cidade, mas você saiu na frente. Por isso, fui forçado a viajar sozinho nesta grande parte do caminho.

Cristão: Quanto tempo você ficou na Cidade da Destruição, antes de sair atrás de mim em sua peregrinação?

A conversa sobre o país de onde vieram.

Fiel: Até não agüentar mais; porque, algum tempo depois que você partiu, falava-se muito que nossa cidade seria em breve destruída por fogo do céu e completamente arrasada.

Cristão: O quê?! Seus vizinhos falaram assim?

---

2 Este episódio proporciona a Bunyan uma vantagem excelente em sua atitude de variar os caracteres e as experiências dos crentes na vida real, e de evitar, desse modo, o erro de tomar um único crente e torná-lo o padrão para os outros, no que se refere às circunstâncias do progresso da vida cristã.

Fiel: Sim, e por muitos dias isso esteve na boca de todos.

Cristão: E não houve mais ninguém, além de você, que saiu para escapar do perigo?

Fiel: Embora houvesse muita conversa, conforme já disse, concluí que não acreditavam firmemente nesse fato. Porque, mesmo no ardor da conversa, ouvi alguns criticando você e sua viagem desesperada (pois assim chamavam a sua peregrinação). Mas acreditei, e ainda acredito, que o fim da nossa cidade virá com fogo e enxofre do céu. Por isso, fugi.

Cristão: Você não ouviu nada sobre o vizinho Vacilante?

Fiel: Sim, Cristão, ouvi que ele o seguiu até chegar ao Pântano do Desânimo; onde, como alguns disseram, ele caiu. Mas ele não quis que soubéssemos que isso havia acontecido. Porém, tenho certeza de que ele estava bem sujo com aquele tipo de lama.

Cristão: E o que disseram os vizinhos?

Fiel: Desde que voltou, ele tem sido objeto de escárnio entre todas as pessoas. Alguns zombam dele e o desprezam, e quase ninguém lhe dá serviço. Ele agora está sete vezes pior do que se nunca houvesse saído da cidade.[3]

O modo como Vacilante é visto quando volta para casa.

Cristão: Por que se mostram tão contrários a ele, visto que também desprezam o caminho que ele abandonou?

Fiel: Ah! os vizinhos dizem: Dane-se ele; é um vira-casaca! Não foi leal à sua confissão! Acho que, por ter abandonado o caminho, Deus suscitou até mesmo os inimigos dele, para o menosprezarem e o transformarem em um provérbio.

Jeremias 29.18,19

---

3 Os apóstatas com freqüência se envergonham de reconhecer que tiveram convicções; seus indolentes companheiros não os consideram sinceros na causa da impiedade e, por isso, rejeitam sua covardia.

Cristão: Você não conversou com ele antes de sair?

Fiel: Encontrei-o uma vez na rua, mas ele me olhou de soslaio, com maldade, estando no lado oposto, como quem se envergonhava do que tinha feito. Por isso, não abri a boca para ele.

Cristão: Bem, quando a princípio me pus a caminho, esperava o melhor para ele; mas agora receio que perecerá na destruição da cidade. Pois com ele aconteceu o que afirma o provérbio verdadeiro: *O cão voltou ao seu próprio vômito: e, a porca lavada voltou a revolver-se no lamaçal.*

2 Pedro 2.22

O cão e a porca.

Fiel: Esse também é o meu receio no caso dele, mas quem pode ocultar o que há de acontecer?

Cristão: Bem, Fiel, vamos deixá-lo de lado e falar sobre as coisas que, de imediato, mais nos interessam. Conte-me agora sobre o que você encontrou no caminho para cá; porque sei que você encontrou algumas coisas. Do contrário, escreva-se que foi um milagre.

Fiel: Escapei do pântano em que, percebo, você caiu e cheguei à Porta Estreita sem aquele perigo.[4] Mas encontrei uma moça chamada Sensualidade, que gostaria muito de me ter prejudicado.

A investida de Sensualidade sobre Fiel.

Cristão: Ainda bem que você escapou da rede dessa moça. José foi assediado por ela e escapou como você; mas isso quase lhe custou a vida. E o que ela lhe fez?

Gênesis 39.11-13

Fiel: Você não imagina (mas talvez já sabe algo

---

4 Alguns homens são preservados de experimentarem temores que causam desespero, por receberem percepções mais claras sobre as verdades gerais do evangelho. E, por isso, eles avançam com menos hesitação e impedimento, recorrendo a Cristo para a sua salvação. Mas, talvez, os seus hábitos de vida os tornam mais suscetíveis a outros tipos de tentações. Eles podem estar em maior perigo por causa das fascinações das concupiscências da carne. Desse modo, utilizando maneiras diferentes, o Senhor faz que seu povo seja sensível à sua própria corrupção e fraqueza; igualmente, Ele modera a tentação ou se interpõe em favor do livramento deles, a fim de que sejam preservados e ensinados a atribuírem a glória ao nome do Senhor.

a respeito) que língua lisonjeira ela possuía. Veio com tanta persistência, para me fazer desviar juntamente com ela, prometendo-me todo tipo de contentamento.

Cristão: Ela não lhe prometeu o contentamento de uma boa consciência?

Fiel: Você sabe o que quero dizer: todo contentamento carnal.

Cristão: Graças a Deus que você escapou dela. Aqueles que o Senhor abomina cairão na sua rede.

Provérbios 22.14

Fiel: Sim, mas não sei se escapei dela completamente ou não.

Cristão: Ora, creio que você não consentiu com os desejos dela.

Fiel: Não, não para me prostituir; pois lembrei-me de um velho Escrito que eu tinha visto: *Os seus passos conduzem-na ao inferno*. Por isso, fechei meus olhos, porque não quis ser enfeitiçado por sua aparência. Ela zangou-se comigo, e eu segui meu caminho.

Provérbios 5.5 Jó 31.1

Cristão: Você não encontrou nenhum outro ataque, enquanto vinha?

Fiel: Quando cheguei ao pé do Monte chamado Dificuldade, encontrei-me com um homem bem velho, que me perguntou o que eu era e para onde estava indo. Eu lhe disse que era um peregrino, indo à Cidade Celestial. Então, o velho homem disse: Você parece um rapaz honesto. Não gostaria de morar comigo, pelo salário que lhe darei? Perguntei-lhe o nome e onde morava. Ele disse que se chamava Adão e que morava na Cidade do Engano. Perguntei-lhe qual era seu trabalho e que salário oferecia. Ele me contou que seu trabalho era muitos deleites; e o salário, que no final eu me tornaria seu herdeiro. Perguntei também que casa e que outros servos ele tinha. Contou-me que sua casa era mantida com todas as delícias do mundo e que seus servos eram aqueles que ele tinha gerado. Perguntei-lhe

Ele recebe a investida de Adão.

Efésios 4.22

quantos filhos ele tinha. Respondeu que eram apenas três filhas: *Concupiscência da Carne, Concupiscência dos Olhos* e *Soberba da Vida*; e que eu poderia casar-me com todas, se quisesse. Em seguida, perguntei quanto tempo ele queria que eu morasse com ele. Respondeu que era enquanto ele mesmo estivesse vivo. *1 João 2.16*

Cristão: E a que conclusão você e ele chegaram, finalmente?

Fiel: Ora, a princípio eu me achei um pouco inclinado a acompanhá-lo, porque falava muito bem;[5] mas, olhando na sua testa, enquanto conversávamos, vi escrito: Despoja-te do velho homem com seus feitos.

Cristão: E depois?

Fiel: Começou a inquietar-me a idéia de que, apesar de suas palavras e suas lisonjas, quando me tivesse em sua casa, ele me venderia como escravo. Portanto, ordenei-lhe que parasse de falar, porque eu não chegaria nem perto da porta de sua casa. Ele me amaldiçoou e disse que mandaria alguém atrás de mim, alguém que tornaria o caminho amargo à minha alma.

Então, voltei-me para ir embora. Mas, quando me virei para sair de lá, senti que ele me deu um beliscão tão forte, que pensei haver levado consigo um pedaço de mim. Isto me fez exclamar: *Desventurado homem que sou!* Assim, prossegui meu caminho, subindo pelo monte. *Romanos 7.24*

Ora, quando eu estava na metade da subida, olhei

---

5   Esses crentes, que, por meio de uma fé consistente e de uma confiança segura, suportam durezas com mais alegria do que seus irmãos, estão freqüentemente expostos a perigo maior, proveniente do encanto de objetos exteriores que estimulam as propensões remanescentes de sua natureza pecaminosa. O velho Adão, ou seja, a natureza pecaminosa, se torna uma constante armadilha para muitos crentes, por meio de sua intensa saudade dos prazeres, das riquezas, das honras e do orgulho do mundo. E a vitória não pode ser assegurada sem muita luta, aflição, fé consistente e oração fervorosa.

para trás, e alguém vinha atrás de mim, veloz como o vento. Ele me alcançou mais ou menos no lugar onde fica o banco, sob a árvore.

Foi exatamente ali, disse Cristão, que me sentei para descansar, mas, sendo vencido pelo sono, deixei cair e perdi este rolo que levo no peito.

Fiel: Mas, irmão, ouça-me até ao fim. Logo que o homem me alcançou, foi uma palavra e uma pancada só. Ele me derrubou e deitou por terra, como morto. Porém, quando me recuperei um pouco, perguntei-lhe por que me batia. Ele disse que foi por causa de minha inclinação secreta a favor de Adão. E, com isso, deu-me outro golpe certeiro no peito, fazendo-me cair para trás; e fiquei a seus pés, desacordado. Quando voltei à consciência, clamei por misericórdia. Mas ele respondeu: Não sei demonstrar misericórdia; e derrubou-me novamente. Sem dúvida, teria dado cabo de mim, se ali não viesse alguém que lhe ordenou a parar de afligir-me.

Cristão: Quem foi esse que o mandou parar?

Fiel: Eu não o conheci a princípio. Mas, quando passou, percebi os furos em suas mãos e em seu lado. Concluí que foi nosso Senhor. Então, subi o monte.

O temperamento de Moisés.

Cristão: Aquele homem que o alcançou foi Moisés.[6] Ele não poupa a ninguém, nem sabe como demonstrar misericórdia àqueles que transgridem sua lei.

---

6 A doutrina de Moisés não difere essencialmente da doutrina de Cristo. Mas a outorga da Lei, que constituiu um ministério de condenação para todos os pecadores, tornou-se uma parte tão proeminente na dispensação mosaica (na qual o evangelho foi apresentado na forma de sombra e tipos), que as Escrituras afirmam: "A lei foi dada por intermédio de Moisés", enquanto "a graça e a verdade vieram por intermédio de Cristo", especialmente porque as sombras não estavam mais em uso, quando a realidade chegou. O evangelho proporciona alívio àqueles que sentem-se justamente condenados pela lei. Todavia, esses terrores produzem profunda humilhação e grande simplicidade de dependência da misericórdia de Deus em Cristo, pois "o fim da lei é Cristo, para justiça de todo aquele que crê".

Fiel: Eu o sei muito bem; esta não foi a primeira vez que ele se encontrou comigo. Foi ele quem veio ao meu encontro, quando eu morava seguro em minha casa, e me contou que queimaria a casa comigo dentro, se eu ficasse ali.

Cristão: Mas você não viu a casa que está no topo do monte, em cuja subida Moisés o encontrou?

Fiel: Sim, e vi também os leões, antes de chegar lá. Quanto aos leões, acho que estavam dormindo, porque era por volta do meio-dia. E, como eu ainda tinha o restante do dia pela frente, passei pelo Porteiro e desci o monte.[7]

Cristão: Ele me disse que o viu passando. Eu queria que você tivesse visitado aquela casa; teriam lhe mostrado muitas raridades que seriam quase impossível esquecê-las, enquanto vivesse. Diga-me: você não encontrou ninguém no Vale da Humilhação?

Fiel: Sim, encontrei-me com um homem chamado Descontentamento,[8] que estava disposto a me persuadir

A investida de Descontentamento sobre Fiel.

---

7   Isto parece significar que, na opinião de Bunyan, mesmo os crentes eminentes, às vezes, recusam-se a manter comunhão com seus irmãos. Ele julgou isso como um erro, insinuado na atitude de Fiel em não chamar alguém na casa de Intérprete, mas não o reputou como um motivo suficiente para que outros crentes não se unam cordialmente com esses irmãos eminentes.

8   Enquanto alguns crentes não são muito tentados por temores e conflitos íntimos, outros são mais tentados por degradação, censura, ridículo e perdas exteriores que líderes religiosos colocam diante deles. Uma pessoa pode, a princípio, se encorajar com a esperança de evitar as peculiaridades que lhe trouxeram inimizade e desprezo de alguns que professam crer no evangelho. Mas a experiência e o conhecimento posterior o constrangerão a adotar e a admitir sentimentos, bem como a associar-se com pessoas que o mundo despreza. E, considerando a si mesmo como alguém resolutamente compelido, por sua consciência, a assumir uma conduta que lhe assegura o rótulo de entusiasta e tolo, a perda de amigos e as várias formas de mortificação, ele será poderosamente assaltado pelo descontentamento.

a voltar com ele. Tinha como seu motivo o fato de que o vale era completamente destituído de honra. Além disso, Ele me disse que ir lá era a maneira de desobedecer a todos seus amigos, tais como Orgulho, Arrogância, Vaidade, Glória Mundana e outros, os quais, conforme ele falou, sabia que ficariam muito ofendidos, se ele se fizesse tão idiota, a ponto de andar por esse vale.

Cristão: Bem, e como você lhe respondeu?

Fiel: Disse-lhe que, embora todos esses indivíduos mencionados por ele com razão reivindicassem que eram meus parentes (pois na realidade eram meus parentes, segundo a carne), desde que me tornei um peregrino, rejeitaram-me, como também eu os rejeitei. Por isso, agora não representavam nada para mim, exceto pessoas que nunca pertenceram à minha linhagem. Contei-lhe também que, em referência a este vale, ele estava retratando-o incorretamente. Porque antes da honra vem a humildade; e um espírito soberbo precede a queda. Portanto, eu lhe disse, prefiro atravessar este vale em busca da honra que foi desprezada pelos mais sábios a escolher aquilo que Descontentamento considerou mais digno de nossas afeições.

A resposta de Fiel para Descontentamento.

Cristão: Você não encontrou mais ninguém no vale?

Fiel: Sim, encontrei-me com um indivíduo cujo nome era Vergonha.[9] No entanto, de todos os que

A investida de Vergonha.

---

9 Algumas pessoas, quando capacitadas a vencer tentações referentes ao seu descontentamento com a reprovação do mundo, mostram-se inclinadas a serem influenciadas pela falsa vergonha; a confessarem sua fé em Cristo de uma maneira tímida e cautelosa; a sentirem medo de falar tudo que pensam em alguns lugares e na companhia de determinadas pessoas; a evitarem parcialmente a companhia daqueles que elas deveriam amar e estimar muito, para que não sejam envolvidos no desprezo lançado sobre eles; a se mostrarem reservadas e inconstantes em participar das ordenanças de Cristo, em protestar contra o pecado e a impiedade, em testemunhar a verdade e em se esforçar para promoverem o evangelho. A

encontrei na peregrinação, acho que este era quem possuía o nome mais errado. Descontentamento poderia dizer "não", depois de uns argumentos e algo mais. Mas este ousado Vergonha, de cara lavada, nunca faz isso.

Cristão: Por quê? O que ele disse a você?

Fiel: Ora! Fez objeção à própria religião. Afirmou que era lamentável, vil, desprezível um homem dar atenção à religião. Disse que uma consciência sensível era uma coisa efeminada. Afirmou também que um homem ficar vigiando suas palavras e atitudes, de modo a privar-se daquela liberdade jactanciosa à qual se acostumaram os bravos Espíritos dos Tempos, o transformaria no ridículo da época. Argumentou também: entre os poderosos, ricos ou sábios, sempre foram poucos os que tinham opinião semelhante à minha e que nenhum deles possuía esse tipo de opinião, antes de serem persuadidos a tornarem-se tolos e a demonstrarem uma disposição voluntária, para arriscarem-se à perda de tudo, em troca de ninguém sabe o quê. Além disso, fez objeção ao estado inferior e à humilde condição daqueles que foram os peregrinos dos tempos em que eles viveram, bem como à sua ignorância e falta de compreensão de todas as ciências naturais. Sim, queria que eu concordasse sobre muito mais coisas do que estas que estou relatando, tais como: que era vergonhoso alguém assentar-se choramingando

I Coríntios 1.26

I Coríntios 3.18

Filipenses 3.7,8

João 7.48

---

excessiva aflição que essa vergonha ilógica e pecaminosa causa a alguns crentes — uma vergonha contrária ao seu discernimento, convicções, argumentos, esforços e orações — forneceu a Bunyan a idéia de que esse inimigo "era quem possuía o nome mais errado". Existem algumas pessoas que dificilmente obtêm o melhor que este falso nome lhes pode oferecer; e esse nome sempre lança dúvidas sobre a sinceridade de tais pessoas, dúvidas tanto para elas mesmas quanto para os outros. Mas os crentes que florescem se elevam a um nível superior ao dessas pessoas, por meio das considerações mencionadas nesse diálogo e por meio da oração fervorosa e perseverante.

e lamentando, ao ouvir um sermão, e voltar para casa suspirando e gemendo; que era uma vergonha alguém pedir perdão ao vizinho, por causa de pequenas falhas, ou restituir o que se tirou de outrem. Disse também que a religião torna um homem estranho para os grandes, por causa de alguns pecados (que ele chamou por nomes bonitos), e o faz reconhecer e respeitar os inferiores, por serem da mesma Fraternidade Religiosa. E perguntou: Isto não é uma vergonha?

Cristão: O que você respondeu?

Fiel: O que respondi?! A princípio eu não sabia o que dizer. Sim, ele me colocou em tanta dificuldade, que meu sangue subiu ao rosto. Vergonha fez tudo isso e quase me venceu. Mas finalmente comecei a ponderar: aquilo que é sobremodo estimado entre os homens é abominação para Deus. E pensei mais: Vergonha me conta o que os homens são, mas nada me fala sobre o que Deus ou a sua Palavra é. Pensei também: no Dia do Juízo seremos destinados à vida ou à morte não de conformidade com os prepotentes espíritos do mundo, e sim de conformidade com a sabedoria e a lei do Altíssimo; portanto, o que Deus afirma é o melhor, mesmo que todos os homens do mundo estejam contra. Visto que Deus prefere sua religião e uma consciência sensível; visto que aqueles que se tornaram tolos por causa do Reino dos Céus são os mais sábios; e visto que o pobre que ama Cristo é mais rico do que o mais exaltado homem da terra, que odeia a Cristo: Vergonha, vá embora. Pois você é inimigo da minha salvação. Como hei de concordar com você e agir contra o meu soberano Senhor? Como vou encará-Lo, quando Ele voltar? Se eu me envergonhar de seus caminhos e de seus servos, como posso esperar a bênção? Mas Vergonha foi realmente um vilão audacioso; quase não pude livrar-me de sua companhia. Sim, ele estaria

Lucas 16.15

Marcos 8.38

me perseguindo, sussurrando continuamente em meus ouvidos, uma ou outra das enfermidades ligadas à religião. Mas finalmente eu lhe disse que estava perdendo seu tempo, ao tentar-me nesse assunto; porque as coisas que ele desprezava eram exatamente aquelas em que eu via maior glória. Assim, finalmente consegui deixar para trás este importuno. E, quando eu me livrei dele, comecei a cantar:

> As tentações com que se deparam,
> Os homens que são obedientes à chamada celestial,
> São múltiplas e convenientes à carne,
> E vêm, e vêm, e vêm novamente,
> Para que nós, agora ou em qualquer momento,
> Sejamos por elas apanhados e vencidos.
> Oh! que os peregrinos sejam então sóbrios,
> Vigilantes e, como homens, livrem-se delas!

Cristão: Estou feliz, meu irmão, por você ter enfrentado esse vilão com tanta coragem. Pois entre todos, como você falou, parece-me que ele possui mesmo o nome errado. Ele é tão ousado, a ponto de nos seguir nas ruas e procurar nos envergonhar diante de todos os homens, ou seja, fazer-nos ficar envergonhados daquilo que é bom; mas, se ele próprio não fosse audacioso, nunca tentaria agir dessa maneira. Continuemos a resistir-lhe, porque, apesar de toda a sua bravura, ele promove os tolos e a ninguém mais. *Os sábios herdarão a honra, disse Salomão, mas os loucos tomam sobre si a vergonha.*

Provérbios 3.35

Fiel: Acho que devemos clamar, suplicando ajuda contra Vergonha, Àquele que deseja que sejamos valentes em favor da verdade, na terra.

Cristão: O que você diz é verdade. Mas não encontrou mais ninguém naquele vale?

Fiel: Não, não encontrei. Pois tive o sol brilhando em todo o restante daquela parte do caminho e também no Vale da Sombra da Morte.[10]

Cristão: Foi bom para você, mas sei que foi muito diferente para mim. Quase logo que entrei no vale, enfrentei um combate demorado e terrível contra aquele inimigo atroz, Apoliom. Sim, na verdade pensei que ele me teria matado, especialmente quando me derrubou e me esmagou, como se pretendesse me despedaçar. Pois, quando me derrubou, minha espada voou de minha mão. Apoliom disse estar certo de que me ganharia. Mas clamei a Deus; Ele me respondeu e me livrou de todos os meus temores.

Depois entrei no Vale da Sombra da Morte e não tive luz nenhuma até quase metade do Caminho. Várias vezes pensei que seria morto ali; porém, finalmente raiou o dia, o sol surgiu, e passei pelo restante do vale com mais facilidade e calma.

Lamentações 3.22-23

Vi também, em meu sonho, que ao prosseguirem, Fiel repentinamente olhou para o lado e viu um homem cujo nome era Loquaz, caminhando a certa distância,[11]

---

10 Cristão, em grande medida, escapou das tentações peculiares que assaltaram Fiel e demonstrou simpatia para com ele. E Fiel não reputou como visionárias ou imaginárias as melancólicas experiências de Cristão. Um crente pode ser exposto a tentações que outro crente desconhece. Neste caso, o primeiro necessita de muita simpatia, o que raramente encontra; enquanto aqueles que se mostram severos para com ele estão sujeitos a serem afligidos e frustrados de outra maneira. Desse modo, os crentes freqüentemente são levados a censurarem, desprezarem ou não apreciarem uns aos outros, fundamentados exatamente naquilo que deveria torná-los conselheiros úteis e companheiros encorajadores.

11 O personagem agora apresentado é uma figura admirável, produzida pela mão de um mestre e extraída de algum original notável que reflete exatamente muitas pessoas de todas as épocas e lugares onde as verdades do evangelho são conhecidas. Loquaz recebe esse nome não apenas por causa de sua eloqüência, mas também por causa da peculiaridade de sua

ao lado deles (pois nesse lugar havia espaço para todos caminharem). Era um homem alto, de melhor aparência à distância do que perto. A esse homem Fiel se dirigiu assim:

A descrição de Loquaz.

Fiel: Amigo, aonde vai? Ao País Celestial?

Loquaz: Sim, vou àquele mesmo lugar.

Fiel: Isso é bom. Espero que tenhamos sua boa companhia.

Loquaz: Com boa vontade, serei seu companheiro.

Fiel: Então, vamos juntos e passaremos nosso tempo conversando sobre coisas proveitosas.

Loquaz: Falar sobre coisas boas é muito agradável, com vocês ou com qualquer outra pessoa. E estou contente por ter encontrado aqueles que se inclinam a tão boa obra. Pois, falando a verdade, são poucos os que se interessam em passar assim o seu tempo (quando em viagem), mas escolhem, antes, falar sobre coisas sem nenhum proveito; e isso me tem sido um aborrecimento.

Fiel e Loquaz começam a conversar.

Loquaz não gosta de algumas conversas.

Fiel: De fato, isso é lamentável, pois que coisa é tão digna de ser usada pela língua dos homens como as coisas concernentes ao Deus celestial?

Loquaz: Gosto imensamente de você, porque sua conversa está cheia de convicção. E acrescentarei: o que é tão agradável e tão proveitoso quanto o conversar sobre as coisas de Deus?

Que coisas causam tanto deleite? (Isto é, se um homem se deleita em coisas maravilhosas.) Por exemplo: se um homem se deleita em falar sobre História ou

---

confissão religiosa, que proporcionou amplo assunto à sua propensão natural e o capacitou a demonstrar seus talentos, procurando atribuir crédito à igreja, sem o incômodo e o custo da piedade prática e pessoal. Tais faladores vãos aparecem especialmente quando a confissão religiosa é fácil, barata e traz reputação. No entanto, a confissão religiosa de tais pessoas, enganadora à distância, não suportará uma investigação detalhada e rigorosa.

o sobre o mistério das coisas; ou se um homem aprecia muito conversar sobre milagres, maravilhas ou sinais, onde ele encontrará coisas escritas e expressas de maneira tão agradável como nas Escrituras Sagradas?

Fiel: Isso é verdade. Mas ser beneficiado por tais coisas, em nossa conversa, deve ser nosso objetivo.

Loquaz: Isto foi o que eu disse, porque falar sobre tais coisas é muito proveitoso; visto que, fazendo isto, um homem poderá obter conhecimento de muitas coisas, tal como a vaidade das coisas terrenas e o benefício das coisas do alto. Por meio desse tipo de conversa, um homem pode aprender sobre muitas coisas em geral, particularmente sobre a necessidade do novo nascimento, a insuficiência de nossas obras, a necessidade da justiça de Cristo, etc. Além do mais, um homem poderá aprender o que significa arrepender-se, crer, orar, sofrer ou outras coisas semelhantes. E, igualmente, poderá aprender quais são as grandes promessas e consolações do evangelho, para seu próprio conforto. E mais, poderá saber como refutar opiniões falsas, vindicar a verdade e instruir os ignorantes.

O discurso de Loquaz.

Fiel: Tudo isso é verdade, e estou contente por ouvir essas coisas da sua parte.

Loquaz: Infelizmente, a falta delas é a causa pela qual poucos entendem a necessidade de fé, e a de uma obra da graça em sua alma, a fim de receberem a vida eterna; mas vivem ignorantemente nas obras da lei, pelas quais um homem não pode, de modo algum, alcançar o Reino dos Céus.

Fiel: Mas, com licença, o conhecimento celestial dessas coisas[12] é um dom de Deus. Nenhum homem as

---

12 Os crentes entusiastas e emocionais, que não se mostram muitos firmes em seu discernimento e em sua experiência, são facilmente atraídos pelos discursos de pessoas que falam com grande fluência e engano sobre vários assuntos, aparentando piedade e verdade. O discurso de Loquaz

alcança por esforço humano ou por apenas falar sobre elas.

Loquaz: Tudo isso eu sei muito bem. Pois um homem nada pode receber, a menos que dos céus lhe seja dado; tudo resulta da graça, não das obras; e posso apresentar-lhe cem versículos bíblicos para confirmar isso.

O bravo Loquaz.

Fiel: Bem, então, qual é o assunto sobre o qual neste momento fundamentaremos nossa conversa?

Loquaz: O que você quiser. Falarei sobre coisas celestiais ou coisas terrenas; coisas morais ou coisas evangélicas; coisas sagradas ou profanas; coisas do passado ou do futuro; coisas estrangeiras ou nacionais; coisas essenciais ou circunstanciais; contanto que tudo seja feito para nosso proveito.

Agora Fiel começou a admirar-se e, aproximando-se de Cristão (que em todo esse tempo estava andando sozinho), disse-lhe (em voz suave): Que bravo companheiro temos! Certamente este homem será um excelente peregrino.

Fiel é enganado por Loquaz.

Ao ouvir essas palavras, Cristão sorriu modestamente e disse: Este homem com quem você tanto simpatizou é capaz de enganar, com sua língua, vinte pessoas que não o conhecem.[13]

Cristão desmascara Loquaz diante de Fiel.

---

foi copiado, com admirável exatidão, de grande número de pessoas que aprendem a falar doutrinariamente sobre assuntos da experiência cristã, dos quais eles nunca sentiram nem o poder nem a eficácia em sua alma. A menos que a humildade e o amor estejam unidos a uma proporcional profundidade de julgamento e exatidão de discernimento, os homens são seduzidos a sancionar aquilo contra o que eles deveriam protestar e a admirar aqueles que eles deveriam evitar.

13 Os crentes não ousam aprovar pessoas que professam o cristianismo e, ao mesmo tempo, o desonram; que enganam os simples, servem de tropeço para os que demonstram esperança de que se converterão, injuriam os que observam e oferecem ao inimigo uma razoável objeção à verdade. O amor nos constrange a correr o risco de sermos reputados como pessoas sem

Fiel: Então você o conhece?

Cristão: Se o conheço?! Sim, melhor do que ele mesmo.

Fiel: Por favor, o que ele é?

Cristão: Seu nome é Loquaz; habita em nossa cidade. Admiro-me de que ele lhe seja um estranho, mas sei que nossa cidade é grande.

Fiel: Ele é filho de quem? Em que lado ele mora?

Cristão: Ele é filho de um indivíduo chamado Bem-Falante e morava na Rua da Tagarelice; todos os que lhe são familiares o conhecem pelo nome de Loquaz da Rua da Tagarelice. Mas, apesar de sua linguagem delicada, ele não merece confiança.

Fiel: Ora, parece um rapaz bonito.

Cristão: Isto ele é para aqueles que não o conhecem bem, pois tem melhor aparência fora de sua terra; perto de casa, ele é bastante feio. Ao dizer que ele é um rapaz bonito, você me faz lembrar o que tenho observado no trabalho do pintor cujos quadros se mostram melhores à distância, porém, de perto, são desagradáveis.

Fiel: Estou pronto a pensar que você está brincando, porque você sorriu.

Cristão: Deus me livre de estar brincando neste assunto (embora tenha sorrido) ou de ter acusado falsamente alguém. Posso lhe revelar mais sobre ele. Este homem aceita qualquer companhia e qualquer conversa. Assim como agora conversou com você, assim também conversa quando está no bar. E, quanto mais bebida vai à sua cabeça, mais dessas coisas ele fala com seus lábios. A religião não tem lugar em seu coração, ou em sua casa, ou em seu procedimento. Tudo que ele possui

---

caridade, por desmascararmos os hipócritas e desenganarmos os iludidos. Devemos mostrar que tais inúteis faladores pertencem ao mundo.

está apenas na *língua*, e sua religião consiste em fazer barulho com essa língua.

Fiel: Não diga! Então, estou muito enganado a respeito desse homem.

Cristão: Enganado! Com certeza. Lembre-se do provérbio: Falam, mas não fazem; e *o reino de Deus consiste não em palavra, mas em poder*. Ele fala sobre oração, arrependimento, fé e novo nascimento; mas sabe tão-somente falar acerca destes assuntos. Já estive com sua família e o observei tanto em casa como fora de casa; sei que estou dizendo a verdade sobre ele. Sua casa é tão vazia de religião quanto a clara de um ovo é destituída de sabor. Ali não há nem oração, nem sinal de arrependimento do pecado. Sim, o ignorante, de conformidade com sua própria natureza, serve muito melhor a Deus do que ele. Esse Loquaz é a própria mácula, reprovação e vergonha da religião para todos que o conhecem. Por causa dele, é difícil existir uma palavra boa em favor da religião em todo aquele lado da cidade onde mora. Assim dizem as pessoas comuns que o conhecem: Ele é um santo fora de casa e um diabo no lar. Sua pobre família tem esta opinião, por ele ser tão rude e tão irracional com os empregados, que nem sabem mais como agir ou falar com ele. Os homens que com ele negociam dizem que é melhor lidar com um maometano, porque este lhes oferece um tratamento mais justo. Esse Loquaz (se for possível) vai mais longe, a ponto de defraudar, lograr e ultrapassá-los. Além disso, cria os filhos para seguirem seus passos. Se percebe em qualquer deles uma insensata timidez (pois assim ele qualifica a primeira evidência de uma consciência sensível) chama-os de bobos e teimosos e não os emprega para muita coisa, nem os recomenda aos outros. De minha parte, tenho a opinião de que ele, com sua vida má, já levou muitos a tropeçar e cair; e, se

Mateus 23
1 Coríntios
4.20

Loquaz fala muito, mas faz pouco.

Sua casa é vazia de religião.

Ele é uma mácula para a religião.
Romanos
2.24,25

O provérbio que o segue.

Os homens evitam lidar com ele.

Deus não intervir, ainda será a ruína de muitos outros.

Fiel: Bem, meu irmão, preciso crer em você; não só porque você afirma conhecê-lo, mas também porque você avalia as pessoas como um cristão. Pois não posso pensar que você fale essas coisas por má vontade, mas porque elas são realmente como você diz.

Cristão: Se eu não o conhecesse mais do que você, talvez pensasse sobre ele como você pensou a princípio. Sim, houvesse ele sido avaliado somente por aqueles que são inimigos da religião, eu teria pensado que era uma falsa acusação (uma sorte que procede, muitas vezes, da boca de homens maus e recai sobre nomes e declarações de homens bons). Mas todas essas coisas, sim, e muitas outras igualmente ruins, que conheço de experiência própria, posso utilizar como provas da culpa dele. E, ainda, os homens bons têm vergonha de Loquaz e não podem chamá-lo irmão, nem amigo. A própria menção de seu nome entre eles os faz enrubescer de vergonha, se o conhecem.

Fiel: Bem, vejo que *falar* e *fazer* são duas coisas diferentes e, daqui em diante, observarei melhor essa distinção.[14]

---

14 Loquaz parece haver sido apresentado no livro com o propósito de que o autor tivesse uma oportunidade legítima para afirmar seus sentimentos em referência à natureza prática do cristianismo, para o que muitos em seus dias não se importavam em atentar. Essa notável alegoria estabeleceu plenamente a importante distinção entre uma fé viva e uma fé morta, do que depende todo o assunto. A linguagem utilizada nesta passagem é exatamente a mesma que hoje é rotulada como legal. A "prática" é acuradamente definida como o efeito infalível daquela vida interior que é o âmago do verdadeiro cristianismo. A fé verdadeira realmente justifica, visto que ela estabelece o relacionamento e a união do pecador com Cristo; mas ela sempre "atua pelo amor" e influencia o crente à obediência. Por conseguinte, a inquirição, no Dia do Juízo, será a respeito dos inseparáveis frutos da fé, ao invés de a respeito de suas propriedades e de sua natureza essencial.

Cristão: Na verdade, são mesmo duas coisas distintas, tão distintas quanto a alma e o corpo; pois assim como o corpo sem alma é uma carcaça morta, assim também o falar, se estiver sozinho, é uma carcaça morta. A alma da religião é a prática; *a religião pura e sem mácula, para com o nosso Deus e Pai, é esta: visitar os órfãos e as viúvas nas suas tribulações e a si mesmo guardar-se incontaminado do mundo.*

A carcaça da religião.

Tiago 1.27
Tiago 1.23-26

Loquaz não está ciente disso; acha que o *ouvir* e o *falar* o tornarão um bom Cristão; assim, engana sua própria alma. O ouvir equivale apenas ao semear da semente. O falar não é suficiente para provar que na realidade o fruto está presente no coração e na vida. Estejamos certos de que no Dia do Juízo Final, os homens serão julgados de acordo com seu fruto. Naquele dia, não lhes será dito: *Vocês creram*? E sim: *Foram praticantes ou só falantes*? E, de conformidade com isso, serão julgados. O fim do mundo é comparado à nossa colheita; e você sabe que na colheita os homens não olham para nada, exceto o fruto. Naquele dia, qualquer coisa que não resulte da fé será rejeitada. Digo isto para mostrar-lhe o quanto será insignificante a conversa de Loquaz naquele dia.

Mateus 13
Mateus 25

Fiel: Isso me traz à memória as palavras de Moisés, quando descreveu o animal limpo. Ele disse que era o animal limpo que tinha a unha fendida e ruminava; não apenas ruminava, mas também possuía a unha fendida. A lebre rumina, mas, apesar disso, é imunda, porque sua unha não é fendida. De fato, isto se parece com Loquaz; ele rumina, busca conhecimento; mas não tem a unha fendida, isto é, não se aparta do caminho dos pecadores. Pelo contrário, assim como a lebre, ele tem a pata como a de um cão ou a de um urso e, portanto, é imundo.

Levítico 11
Deuteronômio 14

Fiel se convence da maldade de Loquaz.

Cristão: Você expressou, conforme eu sei, o verdadeiro sentido evangélico desses textos. E acrescentarei outra coisa: Paulo classificou alguns homens, sim, os bons *faladores*, como *bronze que soa* e *címbalos que retinem*, ou seja, como ele explica em outra passagem bíblica, *coisas sem vida, que só emitem sons*; coisas inanimadas, isto é, sem a verdadeira fé e a graça do evangelho; e, conseqüentemente, coisas que nunca serão colocadas no Reino do Céu, entre aqueles que são filhos da vida; embora a conversa desses bons faladores seja parecida à linguagem ou à voz de um anjo.

1 Coríntios 13.1-3

1 Coríntios 14.7

Loquaz gosta de coisas sonoras mas sem vida.

Fiel: Bem, a princípio não apreciei muito a companhia dele e, agora, a detesto. O que faremos para nos livrar dele?[15]

Cristão: Aceite meu conselho e faça o que lhe digo; logo você descobrirá que ele se aborrecerá de sua companhia também, a não ser que Deus toque no coração dele e o converta.

Fiel: O que você deseja que eu faça?

Cristão: Olhe. Procure-o e comece alguma conversa séria sobre o poder da Religião. Pergunte claramente (quando ele tiver aprovado o assunto, pois isto ele fará), se esse poder da Religião está estabelecido no coração, na casa ou no procedimento dele.

Fiel adiantou-se novamente e disse para Loquaz: Olá, o que se passa? Como você está agora?

Loquaz: Muito bem, obrigado. Pensei que a essa altura já teríamos conversado bastante.

---

15 Quando falamos aos perdidos que professam o cristianismo, devemos sempre conservar em mente dois fatos, quer para nos livrarmos de tais companheiros astutos e desonrosos, quer para utilizarmos os meios corretos de convencê-los de seu erro fatal. Afirmações claras e específicas daquelas coisas pelas quais os verdadeiros são distinguidos dos hipócritas mais enganadores (ou na conversa, ou na pregação) têm o propósito de desenganar e deixar alarmados aqueles que falsamente professam seguir o cristianismo; e constituem a mais ampla peneira através da qual os irrecuperáveis podem ser joeirados da companhia dos verdadeiros crentes.

Fiel: Bem, se você quiser, conversaremos agora; e, como você me deixou escolher o assunto, que seja este: De que maneira a graça salvadora de Deus se revela, quando está no coração do homem?

Loquaz: Percebo, então, que nossa conversa deve ser sobre o poder das coisas. Bem, este é um assunto muito bom, e estou pronto a respondê-lo. Aceite esta minha resposta, em resumo: Primeiramente, quando a graça de Deus está no coração, ela causa ali um grande protesto contra o pecado. Em Segundo...

A revelação falsa de Loquaz sobre a obra da Graça.

Fiel: Não, espere. Vamos considerar um assunto de cada vez. Acho que era melhor você dizer: A graça se manifesta inclinando a alma a detestar o seu pecado.

Loquaz: Ora, que diferença há entre protestar contra e detestar o pecado?

Fiel: Oh! Existe muita diferença. Um homem pode protestar contra o pecado, por sagacidade política, mas não pode odiá-lo sem uma antipatia piedosa contra ele. Já ouvi muitos clamarem contra o pecado, no púlpito, muitos que, apesar disso, conseguem muito bem tolerar o pecado em seu coração, sua casa e seu procedimento. A esposa de Potifar, no caso de José, clamou em alta voz, como se fosse muito santa, mas, apesar disso, estava disposta a cometer uma imundície com ele. Alguns clamam contra o pecado de maneira semelhante à mãe que grita com a criancinha no seu colo, chamando-a de menina suja e malcriada, mas logo depois cobre-a de beijos e abraços.

A crítica ao pecado não é sinal de graça.

Gênesis 39.15

Loquaz: Percebo que você quer me pegar.

Fiel: Não, imagine! Apenas sou a favor de estabelecer as coisas corretamente. Mas qual é a segunda coisa pela qual você comprova uma descoberta da obra da graça no coração?

Loquaz: Um grande conhecimento dos mistérios do evangelho.

Fiel: Este sinal deveria ter sido o primeiro; porém, sendo o primeiro ou o último, é falso. Pois o conhecimento, grande conhecimento, pode ser obtido acerca dos mistérios do evangelho, sem existir qualquer obra da graça na alma. Sim, ainda que um homem possua todo o conhecimento, poderá não ser nada e, conseqüentemente, não ser um filho de Deus. Quando Cristo perguntou: *Sabeis estas coisas?*, e os discípulos responderam: "Sim", ele acrescentou: *Bem-aventurados sois se as praticardes*. Ele não outorga bênção por meio do *conhecer* as suas coisas, e sim por meio do *praticá-las*. Pois existe um conhecimento que não é acompanhado pela prática: Aquele que sabe a vontade de seu Senhor e não a pratica.... Um homem pode ter conhecimento semelhante ao de um anjo e não ser um cristão; portanto, a evidência que você apresentou não é verdadeira. Na realidade, *saber* é uma coisa que agrada aos faladores e aos jactanciosos; mas *praticar* é o que agrada a Deus. A verdade é que o coração não pode ser bom sem conhecimento, pois, sem este, o coração não é nada. Por conseguinte, há dois tipos de conhecimento:[16] o conhecimento que se fundamenta na especulação das coisas e o conhecimento que está acompanhado da fé e do amor, o conhecimento que leva o homem a fazer, de todo coração, a própria vontade de Deus. O primeiro serve ao Falador; mas o verdadeiro

Grande conhecimento não é sinal de Graça.

I Coríntios 13

Os dois tipos de conhecimento.

---

16 O conhecimento espiritual, obtido por meio de uma crença implícita no firme testemunho de Deus, sob o ensino do Espírito Santo, produzindo um amor sincero para com a verdade revelada, sempre é humilhante, santificador e transformador. Mas o conhecimento especulativo é apenas uma noção das coisas divinas, separado do interesse do próprio indivíduo por tais coisas ou distante de qualquer apreensão correta da excelência e da importância delas; é um conhecimento que ensoberbece o coração, alimenta as paixões carnais e perniciosas, deixando o possuidor desse conhecimento sob o poder do pecado e de Satanás.

cristão não se contenta em ficar sem o outro tipo. *Dá-me* *entendimento, e guardarei a tua lei; de todo o coração a cumprirei.*

Verdadeiro conhecimento acompanhado de diligência.

Salmos 119.34

Loquaz: Você quer me pegar novamente. Isto não edifica.

Fiel: Bem, então, por favor, proponha outra evidência da maneira como essa obra da graça se manifesta, onde ela se encontra.

Loquaz: Eu não, porque não chegaremos a um acordo.

Fiel: Ora, se você não quer, permita-me que o faça?

Loquaz: Fique à vontade.

Fiel: A obra da graça na alma se revela quer seja para aquele que a possui, quer seja para os circunstantes. Para aquele que a possui, ela se manifesta assim: concede-lhe a convicção do pecado, especialmente da corrupção de sua natureza e do pecado de incredulidade[17] (por causa do qual ele será amaldiçoado, se não achar misericórdia da parte de Deus, pela fé em Jesus Cristo). Esta percepção e a sensibilidade das coisas espirituais produzem nele tristeza e vergonha pelo pecado. Ele descobre também, revelado para si mesmo, o Salvador do mundo e a necessidade absoluta de acertar seu relacionamento com ele, para obter a vida; com isso, ele descobre que tem fome e sede de Cristo; e recebe a promessa de que esta fome, esta sede, etc. serão satisfeitas. Agora, sua alegria, sua paz e seu amor pela santidade, seus anseios de conhecê-Lo mais e de servi-Lo neste mundo são proporcionais à força ou à

Um bom sinal de Graça.

João 16.8,9
Romanos 7.24
Salmos 38.18
Jeremias 31.19
Gálatas 2.16
Atos 4.12
Mateus 5.6
Apocalipse 21.6

---

17 O ensino divino convence um homem de que ele está condenado justamente por causa de sua transgressão da Lei e de que não pode ser salvo, a menos que obtenha interesse nos méritos de Cristo, pela fé. John Bunyan evidentemente pretendia afirmar que a iluminação do Espírito Santo capacita o homem a entender, crer, admirar e amar a verdade bíblica a respeito de Cristo.

fraqueza de sua fé em seu Salvador. Mas afirmo também que, embora a obra da graça se revele desta maneira aos que a possuem, raramente eles são capazes de concluir que esta é uma obra da graça, porque suas corrupções atuais e seu raciocínio danificado fazem que sua mente julgue erroneamente este assunto. Portanto, daquele que possui esta obra é exigido um discernimento íntegro, antes que possa chegar firmemente à conclusão de que isso seja uma obra da graça.

Aos outros esta obra se manifesta assim: 1) Por uma confissão experimental de sua fé em Cristo. 2) Por uma vida correspondente a essa confissão, ou seja, uma vida de santidade: santidade de coração, santidade na família (se ele tem família) e santidade de procedimento no mundo. Estas, agindo no íntimo deles, freqüentemente os ensinam a abominar seu pecado e a detestar ocultamente a si mesmos, por causa dos pecados que cometem, e suprimi-los em sua família, promovendo a santidade no mundo, não apenas por falar, como pode fazer uma pessoa hipócrita ou tagarela, e sim por uma sujeição prática, em fé e amor, ao poder da Palavra. Agora, meu senhor, a esta breve descrição da obra da graça e da maneira como ela se revela, se sua vontade é refutá-la, você pode falar. Se não, permita-me fazer-lhe uma segunda pergunta.

Romanos 10.10
Filipenses 1.27
Mateus 5.9
João 14.15
Salmos 50.23
Jó 42.5,6
Ezequiel 20.43

Loquaz: Não, meu papel agora não é refutar, apenas ouvir. Faça-me sua segunda pergunta.

Fiel: Você já *tem experiência* da primeira parte dessa descrição da obra da graça? Sua vida e procedimento testemunham isto? Ou sua religião está somente em suas *palavras*, em sua *língua* e não em suas *atitudes* e na *verdade*? Por favor, se você está disposto a me responder isto, não diga mais do que aquilo ao que você sabe Deus poderá dizer: "Amém", e além daquilo pelo que sua consciência não o possa justificar. *Porque não é aprovado quem a si mesmo se louva, e sim aquele a quem o Senhor louva.* Além disso, dizer que sou assim e assim, quando meu procedimento e todos meus vizinhos afirmam que estou mentindo, é uma grande iniqüidade.

2 Coríntios 10.18

Então, Loquaz começou a ruborizar-se. Mas, recuperando-se, respondeu o seguinte: Agora você se refere à experiência, à consciência e a Deus, apelando a Ele para justificação daquilo que podemos dizer. Esse tipo de conversa eu não esperava, nem estou disposto a responder tais perguntas, visto que não estou obrigado a fazê-lo, a menos que você arrogue para si mesmo o direito de ser um Catequista. E, ainda que você faça isso, posso recusar torná-lo meu juiz. Mas, por favor, você poderia me dizer por que me faz tais perguntas?

Loquaz se desgosta com a pergunta de Fiel.

Fiel: Porque o vi ansioso por falar e eu não sabia que você só tinha conceitos. Além disso, contando-lhe toda a verdade, ouvi que você é um homem cuja religião se acha no falar e que seu proceder desmente o que seus lábios professam. Dizem que você é uma nódoa entre os cristãos; que sua religião é injuriada por seu procedimento ímpio; que alguns já tropeçaram diante de suas atitudes perversas e que muitos outros estão em perigo de serem destruídos por isso. Sua religião, um bar, a cobiça, a impureza, a blasfêmia, a mentira e as vãs companhias, etc., todos permanecem juntos. No seu caso, é verdadeiro o provérbio que se disse a respeito de uma prostituta, ou seja, "ela é uma vergonha para todas as mulheres"; assim também você é uma vergonha para todos os que professam ser religiosos.[18]

A razão da pergunta de Fiel.

A sinceridade de Fiel para com Loquaz.

---

18 Não basta afirmar assuntos práticos e experimentais de uma maneira bastante clara e discernidora; temos de aplicá-los à consciência dos homens, utilizando as perguntas mais solenes e pessoais. Essa maneira clara de lidar com os ouvintes é a melhor evidência de um amor sincero. Esse tipo de atitude, infelizmente, em nossos dias é considerada como

Loquaz: Visto que você está pronto a aceitar as informações que ouve e a julgar tão precipitadamente, somente posso concluir que você é um homem impertinente ou melancólico, não merecedor de que se interaja consigo. Por isso, Adeus.

Loquaz se afasta de Fiel.

Cristão alcançou Fiel e disse ao seu irmão: Contei--lhe o que iria acontecer; não pôde haver harmonia entre suas palavras e as paixões dele. Loquaz prefere deixar sua companhia a reformar sua própria vida. Mas ele já se foi, e, conforme eu disse, deixe-o ir; a perda é tão-somente dele mesmo. Poupou-nos o trabalho de nos afastarmos dele, porque, se persistisse em agir de acordo com sua própria natureza (como suponho que fará), ele teria sido apenas uma nódoa em nossa companhia. Além disso, como o apóstolo afirmou: *Guardem-se dos tais*.[19]

O bom escape.

Fiel: Mas estou contente porque tivemos esta pequena conversa com ele. Pode acontecer que ele pense outra vez sobre ela. No entanto, falei claramente com ele; portanto, estou livre de seu sangue, se ele perecer.

Cristão: Você fez bem ao falar com ele tão às claras como o fez. Hoje em dia, há pouco dessa abordagem fiel às pessoas, e isso torna a religião tão mal cheirosa

---

inconsistente com a cortesia. Em muitos casos, uma tentativa de utilizar tais perguntas seria considerada uma afronta e uma ofensa direta aos ouvintes. Em alguns círculos evangélicos, o zelo para com a honra do evangelho e o amor pela alma do homem são gravemente sacrificados em favor da cortesia nesta época de insinceridade.

19 Essa norma apostólica é muitíssimo importante. Se todos os que adornam "a doutrina de Deus, nosso Salvador" se afastassem de tais pessoas, o mundo seria compelido a perceber a diferença que existe entre os hipó-critas e os verdadeiros crentes. Essa também é a maneira mais eficaz de compelir ao auto-exame aqueles que enganam a si mesmos e, deste modo, fazer que sintam-se envergonhados e humilhados através do verdadeiro arrependimento. Ao mesmo tempo, o afastar-se deles tenderia a privar essas pessoas da influência que freqüentemente elas utilizam para enganar e perverter aqueles crentes esperançosos e inquiridores, mas instáveis.

às narinas de muitos. Pois são tolos loquazes as pessoas cuja religião consiste apenas em suas palavras e que são devassas e vaidosas em seu procedimento, de modo que (sendo tantas vezes admitidas à comunhão dos piedosos) confundem o mundo, desonram o cristianismo e entristecem os sinceros. Gostaria que todos abordassem tais pessoas como você o fez agora; pois, ou elas se conformariam mais à religião, ou a companhia dos santos seria muito desagradável para elas.

Então, Fiel respondeu:

Vejam como Loquaz a princípio se exaltou!
Quão ousadamente falou!
E como a si mesmo todos atraiu!
Mas, logo que Fiel conversou
Sobre a obra no coração,
À semelhança da lua cheia que minguou,
Loquaz declinou.
Isso acontecerá a todos,
Exceto aos que conhecem
A obra no coração.

Evangelista os alcança novamente.

Eles se alegram em vê-lo.

Deste modo, eles prosseguiram falando sobre o que tinham visto pelo caminho e, assim, tornaram brando o caminho que, sem dúvida, de outro modo lhes teria sido entediante; pois agora atravessavam um deserto.

Ora, quando estavam quase saindo desse deserto, Fiel subitamente olhou para trás e observou que alguém estava vindo; e ele o reconheceu. Olhe! — disse Fiel a seu irmão, veja quem está vindo! Cristão olhou e disse: É meu bom amigo Evangelista. Sim, meu bom amigo também, disse Fiel, pois foi ele quem me ensinou o caminho para a Porta Estreita.

Sua exortação para eles.

Evangelista os alcançou, saudando-os assim: A paz esteja com vocês, amados, e com aqueles que os ajudam.

João 4.36
Gálatas 6.9
1 Coríntios 9.24-27

Cristão: Bem-vindo, bem-vindo, meu bom Evangelista. Ver seu semblante traz à minha lembrança sua antiga bondade e o trabalho incansável que realizou para meu eterno bem.

Mil vezes bem-vindo! — disse o bom Fiel. Sua companhia, ó doce Evangelista, é bastante agradável para nós, pobres peregrinos!

Evangelista perguntou: Então, o que lhes aconteceu, meus amigos, desde o momento em que nos separamos pela última vez? Com o que se encontraram e como têm se comportado?

Cristão e Fiel lhe contaram todas as coisas que lhes haviam ocorrido no caminho e com que dificuldade tinham chegado até ali.

Evangelista falou: Muito me alegro, não porque vocês encontraram tribulações, e sim porque foram vencedores e, por esse motivo, permanecem no caminho até hoje (apesar das muitas fraquezas). Devo dizer-lhes que estou muito contente pelo que houve; estou contente por mim e por vocês. Eu semeei, e vocês colheram; e vem o dia em que tanto o que semeou como o que colheu se alegrarão juntos; isto, se vocês ficarem firmes; pois, no tempo devido, colherão, se não desfalecerem. A coroa está diante de vocês, uma coroa incorruptível. Portanto, corram de maneira a alcançá-la. Existem alguns que se dispuseram a alcançar esta coroa e se puseram a caminho, mas, depois de terem ido longe, vieram outros e a tomaram deles. Conservem o que têm, para que ninguém lhes tome a coroa. Vocês ainda se acham ao alcance dos ataques do diabo. Não resistiram até ao sangue, na luta contra o pecado. Tenham o Reino sempre diante de vocês e creiam firmemente nas coisas invisíveis. Não permitam que nada desse mundo penetre em vocês. E, acima de tudo, vigiem seus próprios corações e as paixões que neles existem, porque são

Apocalipse 3.11

Jeremias 17.9

enganosos acima de todas as coisas e desesperadamente corruptos. Sejam firmes como a rocha; vocês têm a seu favor todo o poder do céu e da terra.[20]

Cristão agradeceu-lhe a exortação, mas disse que desejavam lhes falasse mais, para ajudá-los no restante do caminho. E, sabendo bem que ele era profeta, preferiam que falasse sobre as coisas que lhes poderiam acontecer e como poderiam resistir e vencer. A esse pedido Fiel também consentiu. Evangelista prosseguiu, falando o seguinte:

Eles são gratos pela exortação.

Filhos, vocês já ouviram, na palavra da verdade do evangelho, que deverão entrar no Reino dos Céus passando por muitas tribulações. Também, que em cada cidade laços e aflições aguardam por vocês; portanto, não podem esperar ir longe em sua peregrinação sem que elas apareçam, de uma maneira ou de outra. Vocês já experimentaram em si mesmos uma parte da verdade desses testemunhos, e mais ainda lhes sobrevirá imediatamente. Pois, agora, como vêem, estão quase saindo deste deserto e logo chegarão a uma cidade que avistarão à sua frente. Naquela cidade serão atacados severamente por inimigos que se esforçarão para matá-los; e estejam certos de que um ou ambos têm de selar com sangue o testemunho que sustentam. Mas o necessário é ser fiel até à morte, e o Rei lhes dará a Coroa da Vida. Aquele que morrer ali, embora não seja

Ele prediz os problemas que eles encontrarão na Feira da Vaidade e os encoraja a ficarem firmes.

Apocalipse 2.10

---

20 Pretendendo representar, em seguida, os seus peregrinos como pessoas expostas à perseguição severa, bem como mostrar, em uma cena, o que os crentes devem esperar e ao que podem ser expostos por causa da inimizade do mundo, John Bunyan com muita conveniência apresenta esta cena interessante do encontro de Evangelista com os peregrinos, oferecendo advertências, exortações e encorajamentos adequados. O ministro do evangelho cujos esforços fiéis conduzem alguém ao caminho da salvação habitualmente possui grande influência, sendo considerado com especial afeição, mesmo quando circunstâncias diversas o têm colocado à distância.

por morte natural e talvez sofra dores intensas, ainda estará em melhor situação do que seu companheiro; não somente porque chegará primeiro à Cidade Celestial, mas também porque escapará de muitos sofrimentos que o outro encontrará no restante da viagem. Mas, quando chegarem à cidade e cumprir-se o que agora lhes disse, lembrem-se das palavras de seu amigo, portem-se como homens e entreguem (em bom procedimento) suas almas a Deus, o Fiel Criador.[21]

Aquele cujo destino é o sofrimento, será vencedor sobre seu irmão.

---

21 Fundamentado em seu conhecimento das Escrituras e em sua ampla experiência e observação, o pastor fiel é capaz de prever muitas coisas das quais as pessoas não estão cientes. Ele sabe antecipadamente que, "através de muitas tribulações", os crentes têm de entrar no reino de Deus. Crentes tímidos, por causa dessas tribulações, sempre são tentados a escolher a solicitude e a obscuridade, por amarem a quietude e a segurança, e a negligenciarem aqueles serviços para os quais eles estão qualificados. Mas, quando os crentes forem chamados a circunstâncias públicas, eles precisam de instruções e admoestações especiais

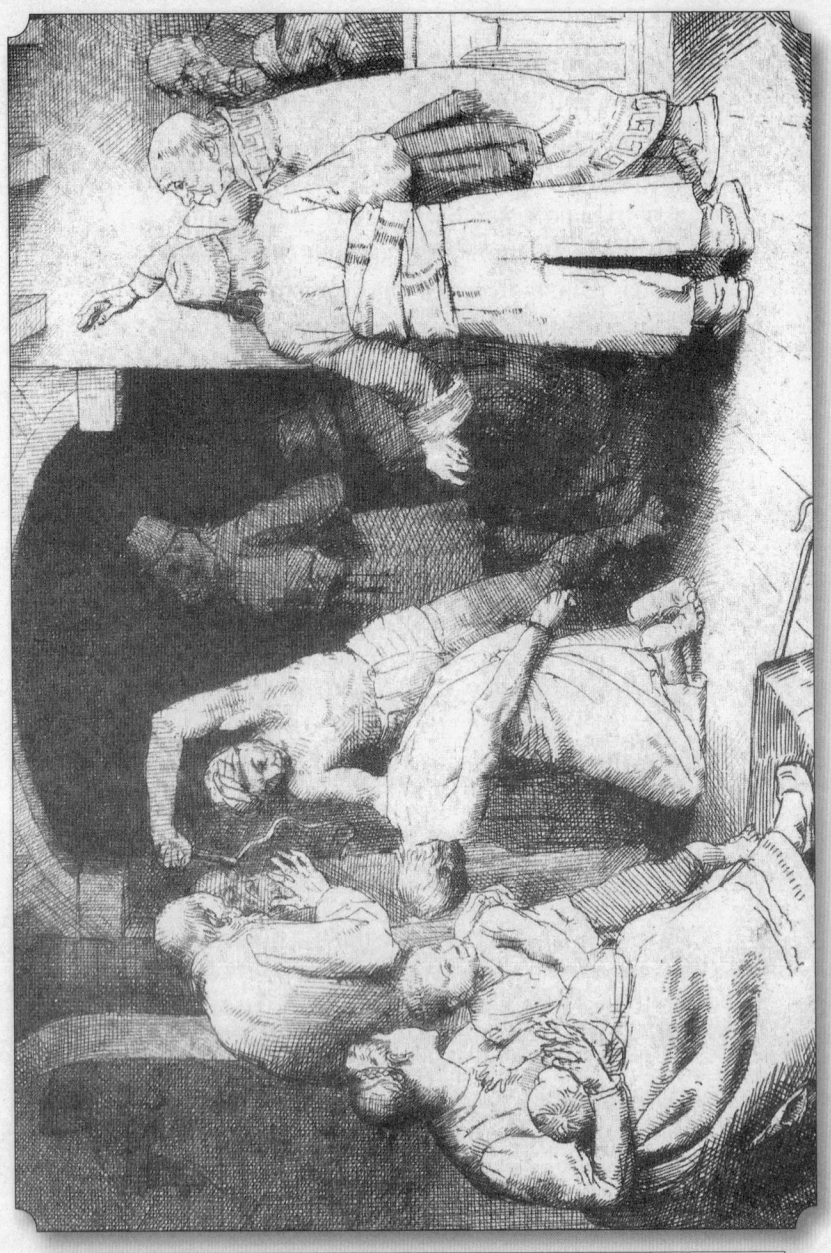

 O martírio de Fiel

CAPÍTULO 14

A Feira da Vaidade e o martírio de Fiel

Então vi em meu sonho que, ao saírem do deserto em pouco tempo viram à sua frente uma cidade cujo nome é Vaidade, e nela havia uma feira, chamada Feira da Vaidade. Essa feira está aberta o ano inteiro; tem o nome de Feira da Vaidade porque a cidade onde funciona é mais leviana do que a própria vaidade; também porque tudo o que se vende ou procede dali é vaidade. No dizer do sábio: *Tudo é vaidade.*

Eclesiastes 1 Eclesiastes 2.11,17

Essa feira não é uma coisa nova, e sim bastante antiga; eu lhes mostrarei a origem dela.

A antigüidade da feira.

Há quase cinco mil anos, existiam peregrinos caminhando à Cidade Celestial, assim como esses dois homens honestos. Belzebu, Apoliom e Legião, juntamente com seus companheiros, percebendo através do percurso seguido pelos peregrinos, que seu caminho à Cidade Celestial passava pela Cidade da

Vaidade, estabeleceram ali uma feira, em que seriam vendidos todos os tipos de vaidade e que perduraria o ano inteiro. Portanto, nesta feira, todas as espécies de mercadorias são vendidas, tais como: casas, terras, profissões, lugares, honras, status, títulos, países, reinos, concupiscências da carne, prazeres; e deleites de todo tipo, como prostitutas, esposas, maridos, crianças, senhores, escravos, vidas, sangue, corpos, almas, prata, ouro, pérolas, pedras preciosas e muitas outras coisas semelhantes.

As mercadorias desta feira.

Além disso, nessa feira, em todo o tempo, podem ser vistos jogos, mágicas, trapaças, peças de teatro, tolos, imitadores, enganadores e patifes de todos os tipos. Também se vêem, gratuitamente, roubos, assassinatos, adultérios, perjúrios, tudo em cores vivas.

Assim como em outras feiras menores, há diversas vielas e ruas com nomes apropriados, onde certos tipos de mercadorias são vendidos.

Na Feira da Vaidade, igualmente, existem os lugares, as vielas, as ruas apropriadas (ou seja, países e reinos) onde as mercadorias da feira são encontradas mais depressa. Existe a Rua Inglesa, a Francesa, a Italiana, a Espanhola, a Alemã, onde vários tipos de vaidades são vendidos. Mas, como em outras feiras, certa comodidade é a principal de toda a feira, assim também os artigos de Roma e suas mercadorias são os mais promovidos nessa feira. Somente a nossa nação inglesa e algumas outras têm se antipatizado com essa feira.[1]

As ruas desta feira.

I Coríntios 5.11

---

1   Evidentemente, Bunyan planejou mostrar em sua alegoria as dificuldades, as tentações e os sofrimentos aos quais o crente está exposto neste mundo mau. Muitos ímpios podem molestar o mesmo crente por diversas vezes, e alguns talvez o atormentem em cada etapa de sua peregrinação. A Feira da Vaidade representa o estado ímpio das coisas do mundo, especialmente naqueles lugares populosos onde o verdadeiro cristianismo

Ora, como eu disse, o caminho que conduz à Cidade Celestial passa exatamente pela cidade onde essa grande feira é mantida. E todo aquele que deseja ir à Cidade Celestial e não passar por esse povoado, necessariamente precisa sair do mundo. O próprio Príncipe dos príncipes, quando esteve aqui, passou por esse povoado, para chegar à sua terra; e Ele fez isso também em dia de feira. Sim, pensando bem,

Cristo passou por esta feira.

Mateus 4.8
Lucas 4.5-7

é negligenciado e perseguido; e, com certeza, essa feira representa o "mundo inteiro" que "jaz no Maligno", distinto da igreja dos pecadores redimidos. Satanás tem a permissão de excitar perseguição severa, em alguns lugares e ocasiões, enquanto em outras épocas ele é restringido. Bunyan teve muitas oportunidades de presenciar essas feiras, que eram realizadas em uma cidade e, depois, em outra. Ele também testemunhou os resultados perniciosos produzidos sobre os princípios, a moralidade, a saúde e as circunstâncias dos jovens. Sem dúvida, Bunyan achou que essas feiras eram uma armadilha bastante perigosa para pessoas sérias e esperançosas quanto ao evangelho. As pessoas do mundo cobiçam, buscam, anelam e contendem por coisas temporais que satisfazem os sentidos, fazendo-o com diligência e avidez, de modo que seu comportamento reflete adequadamente o egoísmo, o alvoroço, o engano, o desperdício, a grande desordem e o tumulto de uma feira repleta de pessoas. As vantagens, os prazeres, as honras, as possessões e as distinções do mundo são temporais e frívolos, à semelhança dos acontecimentos de uma feira-livre. No entanto, esse fluxo de vaidades é mantido durante todo o ano, porque a mente carnal sempre anela por uma ou por outra trivialidade mundana. Quando nossos primeiros pais foram vencidos para se unirem à apostasia de Satanás, eles deixaram "o manancial de águas vivas e cavaram cisternas rotas, que não retêm as águas"; e a idolatria de buscar felicidade na criatura, ao invés de no Criador, tem sido universal, em toda a posteridade deles. Desde que a promessa de um Salvador abriu uma porta de esperança para o homem caído, o tentador tem procurado continuamente seduzi-lo por meio de objetos exteriores ou induzi-lo, por meio do terror da aflição ou do sofrimento, a negligenciar "tão grande salvação". Mesmo as coisas que são lícitas, quando buscadas e possuídas de uma maneira que não é coerente com o buscar "em primeiro lugar o reino de Deus e a sua justiça", tornam-se uma sedução de Satanás para atrair os pecadores à sua armadilha fatal.

foi Belzebu, o principal soberano desta feira, quem o convidou a comprar suas vaidades. Sim, Belzebu o teria feito o Senhor da feira, se Ele apenas lhe reverenciasse, quando passou por aquele lugar. E, por ser Ele uma Pessoa tão honrosa, Belzebu levou-O de uma rua a outra, mostrando-lhe todos os reinos do mundo em pouco tempo, para que (se possível) seduzisse aquele Ser bendito a rebaixar-se e comprar algumas de suas vaidades. Mas o Príncipe dos príncipes não tinha inclinação por nenhuma mercadoria; assim, deixou a cidade sem gastar qualquer centavo nessas vaidades. Esta feira, portanto, é uma coisa antiga, de longa duração, e bem grande.

Cristo não comprou nada na feira. Os peregrinos entram na feira.

Ora, estes peregrinos, como eu já disse, tinham de passar[2] por essa feira. E realmente fizeram isso. Mas eis que, ao entrarem na feira, todas as pessoas dali foram despertadas, e a própria cidade permaneceu como se estivesse tumultuada, em volta deles; isto, por vários motivos.

A feira fica tumultuada por causa deles.

Primeiro: os peregrinos estavam vestidos com um tipo de vestimenta diferente da roupa de qualquer pessoa que negociava ali. As pessoas da feira estavam grandemente interessadas em ficar olhando. Umas diziam que os peregrinos eram tolos; outras, que eram loucos; havia também quem afirmasse que eles eram homens esquisitos.

A primeira razão para o tumulto.

1 Coríntios 2.7,8

---

2   O verdadeiro cristianismo não permite que os crentes escondam na terra o seu "talento" ou ponham a sua candeia "debaixo do alqueire". Todos eles têm de passar por esta feira. Nosso Senhor e Salvador suportou todas as tentações e sofrimentos deste mundo mau e não foi, de maneira alguma, impedido ou enredado por eles, tampouco procurou evitá-los na menor instância. Toda a conduta de nosso Senhor, bem como sua severa rejeição da insolente oferta do tentador, demonstra enfaticamente a sua opinião sobre todas as coisas terrenas e nos revela um exemplo da parte dEle, para seguirmos os seus passos.

Segundo: assim como estranhavam a sua roupa, também se admiravam de sua fala, porque poucos podiam entender o que diziam. Naturalmente, eles falavam a língua de Canaã, mas os que mantinham a feira eram os homens deste mundo. Por conseguinte, de uma ponta à outra da feira, cada pessoa parecia um bárbaro para a outra.

A segunda razão para o tumulto.

Terceiro: os vendedores não achavam nada divertido que estes peregrinos considerassem desprezíveis todas aquelas mercadorias; não se importavam sequer em olhá-las. E, se eles os chamavam para comprar, tampavam seus ouvidos e exclamavam: *Desvia os meus olhos, para que não vejam a vaidade*; e olhavam para cima, significando que seus interesses e negócios estavam no céu.³

A terceira razão para o tumulto.

Salmos 119.37

Alguém, vendo-lhes as atitudes, perguntou em tom de zombaria: O que vão comprar?! Mas eles o fitaram com seriedade e disseram: Nós compramos a Verdade.

A quarta razão para o tumulto.

Com isso, houve também uma ocasião de maior desprezo: alguns escarneciam, outros insultavam; alguns reprovavam-nos, e outros chamavam os demais para bater neles. Finalmente, as coisas ficaram sobremodo

Provérbios 23.23

Eles são escarnecidos.

---

3 Crentes firmes, que manifestam seu caráter entre as pessoas do mundo e nunca fingem seus sentimentos, sempre despertam esse tipo de oposição. Mas os que professam ser crentes e se acomodam, escapam de tal oposição. Uma dependência reverente da justiça e da expiação realizadas por Cristo, para nossa aceitação diante de Deus, produz grande injúria naqueles que confiam em suas próprias obras para sua justificação. A conformidade com o Redentor e a obediência aos seus mandamentos são atitudes reputadas como esquisitas e meticulosas na opinião daqueles que andam "segundo o curso deste mundo". Eles julgam o verdadeiro cristão como alguém insano ou bizarro, por conta de suas peculiaridades. A conversa do verdadeiro cristão, temperada com piedade, humildade e espiritualidade, difere muito das conversas libertinas dos ímpios; o verdadeiro cristão fala sobre o amor de Cristo e a satisfação da comunhão com Ele, enquanto os ímpios blasfemam do bom nome que foi invocado sobre o crente.

tumultuadas e agitadas, tornando-se a situação na feira *O tumulto na*
completamente confusa. O príncipe da feira foi avisado; *feira.*
ele desceu rápido e delegou alguns de seus amigos
mais achegados para interrogarem esses homens, por
causa de quem a feira quase foi transtornada. Então,
os peregrinos foram trazidos para serem examinados.

Os interrogadores lhes perguntaram de onde eles *Eles são*
vinham, para onde estavam indo e o que faziam ali, *interrogados.*
vestidos com roupas tão estranhas?

Os homens logo contaram que eram peregrinos
e forasteiros no mundo e estavam indo à sua própria
pátria, Jerusalém Celestial. Também disseram que não *Eles dizem*
haviam dado motivo, quer aos homens da cidade, quer *quem são e de*
aos negociantes, para que os injuriassem assim e os *onde vêm.*
impedissem de seguir em sua viagem. A única coisa que *Hebreus*
haviam feito fora responder a alguém que perguntou *11.13-16*
o que desejavam comprar, afirmando que desejavam
comprar a Verdade.

Mas aqueles que tinham sido designados para
examiná-los acreditavam apenas que eles eram loucos *Eles são tidos*
e idiotas ou pessoas que vieram pôr em confusão toda *por loucos,*
a feira. Por esse motivo, prenderam, açoitaram, sujaram *desacreditados*
e puseram-nos na prisão, a fim de que se tornassem um *e lançados na*
espetáculo para todos os feirantes.[4] Ali permaneceram *prisão.*
por algum tempo, tornando-se objetos de zombaria,

4	Os crentes podem esperar que aumentarão a censura e os insultos da parte
	de seus desprezadores e que toda confusão e prejuízo serão atribuídas a
	eles. "Estes que têm transtornado o mundo chegaram também aqui"; "eles
	perturbaram excessivamente a cidade" — assim, Satanás utiliza a ocasião
	para incitar a perseguição e teme que os servos de Deus semeiem seus
	princípios. Os mais valiosos membros de uma comunidade são banidos,
	encarcerados ou assassinados. Com certeza, Bunyan extraiu muitos de seus
	retratos de originais que ele conhecia muito bem. Nos mártires de Fox,
	encontramos um exemplo autêntico que satisfaz plenamente esta alegoria.
	Os Atos dos Apóstolos nos oferecem um ponto de vista semelhante sobre
	este assunto.

malícia ou ira dos espectadores. O príncipe da feira sorria diante de tudo que lhes acontecia. Mas, como os peregrinos eram pacientes, não revidando insultos por insultos, pelo contrário, bendizendo e retribuindo palavras boas pelas más e bondade pelas injúrias recebidas,

O comportamento deles na prisão.

alguns homens da feira, que eram mais observadores e menos preconceituosos do que os outros, começaram a repreender e culpar os mais ignorantes pelos abusos contínuos com que eram injuriados os dois peregrinos.

Alguns homens da feira discordam a respeito dos peregrinos.

Por esta causa, esses também eram insultados; alguns disseram que eles eram tão ruins quanto os homens na prisão, que pareciam parceiros dos dois e deviam compartilhar os infortúnios deles. Alguém respondeu que, pelo visto, os homens eram quietos, sóbrios e não desejavam mal a ninguém; que havia muitos feirantes que mereciam ser postos na prisão, sim, e até no pelourinho, mais do que os homens que haviam sido injuriados. Depois de ambos os lados proferirem muitas palavras (enquanto isso, os peregrinos se comportaram sábia e prudentemente diante deles), começaram a trocar socos entre eles mesmos e a machucarem-se uns aos outros.

Então, esses dois homens foram levados novamente para diante de seus interrogadores e ali acusados de serem culpados do alvoroço que acontecera na feira. Em seguida, foram açoitados sem compaixão e lhes colocaram correntes; foram obrigados a caminhar acorrentados de um lado ao outro da feira, servindo de exemplo e terror aos outros, para que ninguém mais falasse a seu favor ou se unisse a eles.

Eles são considerados os autores da confusão.

Eles são levados, acorrentados, de um lado ao outro, para amedrontar aos outros.

No entanto, Cristão e Fiel comportaram-se ainda mais sabiamente, recebendo com tanta mansidão e paciência a ignomínia e a vergonha lançada sobre eles, que alguns dos homens da feira foram conquistados ao seu favor (embora poucos em comparação com o

Eles conquistam a simpatia de alguns homens da feira.

restante). Isto suscitou fúria ainda maior na outra parte, a ponto de resolverem matar os dois homens. Portanto, ameaçaram que nem a prisão nem as correntes serviam ao intento deles, mas que deviam morrer por causa do abuso que haviam praticado e por iludirem os homens da feira.[5]

Os adversários resolvem matá-los.

Foram mandados de volta à prisão, até que futuras ordens fossem pronunciadas a seu respeito. Assim, foram encarcerados novamente, e seus pés, presos no tronco.

Eles são aprisionados novamente e levados a julgamento.

Aqui eles também lembraram aquilo que seu fiel amigo Evangelista lhes havia dito e sentiram-se ainda mais confirmados em seu caminho e sofrimento, por aquilo que ele havia dito lhes aconteceria. Também consolavam um ao outro, afirmando que aquele cuja sentença fosse morrer teria o melhor destino; então, cada um deles desejava intimamente receber esse tratamento preferencial. Mas, entregando-se à disposição completamente sábia dAquele que governa todas as coisas, com bastante contentamento permaneceram na condição em que estavam, até que algo diferente lhes acontecesse.

Então, designado o horário conveniente, foram

_____

5   O desprezo, a injustiça e a crueldade com que os perseguidores ameaçam afligir os discípulos de Cristo lhes proporcionam uma ocasião para conhecerem aquele amável comportamento e atitude que se harmonizam com os preceitos das Escrituras. E, ainda que intensa perseguição, ao final, for determinada para eles, a prudência perseverante, a humildade e a paciência, em meio a toda a fúria de seus inimigos, serão o testemunho deles na consciência de muitos. O cristianismo deles parecerá atraente na proporção em que seus perseguidores expõem sua horrível corrupção. Deus estará com os verdadeiros cristãos, para confortá-los e livrá-los; Ele será honrado por meio do comportamento e da confissão deles. Mas, quando os crentes são provocados a retribuir a ira com vingança ou a agir de maneira contrária aos preceitos claros das Escrituras, eles trazem culpa para a sua própria consciência, servem de tropeço aos seus irmãos, endurecem seus corações e abrem a boca de seus opositores, desonram a Deus e ao evangelho e satisfazem o grande inimigo de suas almas.

levados a julgamento, para serem condenados. Chegada a hora, foram colocados diante dos inimigos e acusadores. O juiz chamava-se Dr. Ódio-ao-Bem. A acusação de ambos era igual em substância, embora com variações na forma. Continha o seguinte:

Eles eram inimigos e perturbadores do comércio da cidade; haviam causado perturbação e divisões e atraído um partido a suas próprias e periculosíssimas opiniões, em desprezo à lei do príncipe da cidade.

A acusação deles.

Fiel começou a responder que apenas havia se colocado em oposição àquilo que era contrário Àquele que é mais sublime do que os homens mais elevados. Quanto à perturbação, disse ele, não fiz nenhuma, visto que eu mesmo sou um homem de paz. Quanto às pessoas que a nós aderiram, foram ganhas por observação de nossa verdade e inocência, apenas volvendo-se do pior para o melhor. E, quanto ao rei sobre o qual vocês falam, visto que é Belzebu, o inimigo de nosso Senhor, eu resisto a ele e todos seus anjos.[6]

Fiel responde por si próprio.

Foi proclamado que, se alguém tivesse algo a dizer em favor de seu senhor, o rei, contra o réu no tribunal, que se apresentasse e desse as provas. Entraram três testemunhas,[7] Inveja, Superstição e Bajulador. Foi-lhes

---

6 A narrativa alegórica foi elaborada de tal maneira que revela os motivos secretos que influenciam os homens a perseguirem seus semelhantes indefesos. E os próprios nomes utilizados revelam os diversos princípios corruptos que existem no coração, do qual resultam essas atitudes atrozes. A interferência do cristianismo espiritual na cobiça, na ambição e nas buscas sensuais dos homens constituem o fundamento da exortação.

7 Os nomes dessas testemunhas revelam o caráter dos instrumentos mais ativos da perseguição. Mesmo Pilatos foi capaz de perceber que os escribas e sacerdotes judeus estavam agindo motivados por inveja. Homens eruditos, que não conhecem o poder da piedade, têm sido afetados, a ponto de menosprezarem os pregadores e ensinadores do evangelho. Se não possuem autoridade para silenciar os ministros do evangelho, os eruditos amedrontarão seus ouvintes que se encontram no alcance da

perguntado se conheciam o réu que estava diante da corte e o que tinham a dizer contra o réu e a favor do senhor deles, o rei.

Apresentou-se Inveja e disse: Meritíssimo, conheço este homem há muito tempo e atesto sob meu juramento diante desta honrosa Magistratura, que ele é...

Inveja começa a acusação.

Juiz: Um momento, que ele faça seu juramento.

Fizeram-no prestar o juramento. Em seguida, ele disse: Meritíssimo, este homem, apesar de seu nome aceitável, é um dos mais vis de nosso país; não respeita nem o príncipe, nem o povo, nem a lei, nem os costumes. Pelo contrário, faz tudo que pode para convencer todos os homens a respeito de suas idéias desleais, que em geral ele chama de Princípios de Fé e de Santidade.[8] Ainda mais, eu mesmo o ouvi dizer, em certa ocasião, que o cristianismo e os costumes de nossa Cidade da Vaidade são completamente opostos e irreconciliáveis. Com essas palavras, Meritíssimo, ele não somente condena todas as nossas atividades

---

influência dos pregadores do evangelho. Se esses homens eruditos não podem persuadir "as autoridades que existem", para que estas interfiram, empregarão reprovações, ameaças ou mesmo opressão, a fim de obstruir o sucesso dos ministros do evangelho. E, se as autoridades se envolverem na perseguição, elas assumirão o controle do caso como promotores e teste-munhas. Evidentemente, esta era a situação nos dias de John Bunyan; e a história do Antigo e do Novo Testamento, bem como os relatos autênticos de perseguição, fornece a mesma opinião sobre o assunto.

8 A prática habitual de perseguidores invejosos tem sido a de reputar aqueles que recusam conformar-se com a religião nacional como indivíduos infiéis e contrários ao governo civil de seu país, porque tais indivíduos consideram justo obedecer a Deus antes do que ao homem! Quão sério é o fato de que algumas pessoas que confessam o cristianismo, aceitem tais calúnias! Essas pessoas zombam das autoridades ou fazem do cristianismo um pretexto para, de sua posição, interferirem nos assuntos políticos; e, com a tentativa de perturbar a paz da comunidade, essas pessoas fortalecem, em grande medida, os preconceitos dos homens contra as doutrinas do evangelho.

louváveis, como também nos condena por praticá-las.

O juiz lhe disse: Você tem algo mais a dizer?

Inveja: Meritíssimo, muito mais eu poderia falar, porém não quero fatigar a corte. Mas, se necessário, quando os outros senhores tiverem apresentado suas evidências, a fim de que nada falte para condená-lo, estenderei meu testemunho.

Ordenaram-lhe que aguardasse.

Em seguida, chamaram Superstição e mandaram que olhasse o réu. Também perguntaram o que poderia dizer contra ele e a favor de seu senhor, o rei. Depois que prestou juramento, começou a falar.

Superstição: Meritíssimo, não tenho grande conhecimento desse homem, nem desejo conhecê-lo melhor; mas sei que ele é um sujeito perigoso, pela conversa que tive com ele outro dia nesta cidade. Pois, em tal ocasião, eu o ouvi dizer que nossa religião nada era, por não ser do tipo pelo qual um homem pode agradar a Deus. O Meritíssimo sabe muito bem a que conclusão direta nos levam essas palavras dele, ou seja, que adoramos em vão, estamos ainda em nossos pecados e, finalmente, seremos condenados. Isso é tudo que tenho a dizer.[9]

Superstição é o próximo a depor.

Então, ordenaram que Bajulador prestasse juramento e dissesse o que sabia contra o réu e a favor do senhor deles, o rei.

---

9 Superstição representa outra classe de perseguidores (os mais importantes perseguidores freqüentemente são incrédulos mascarados). Para esta classe de perseguidores, as tradições, as invenções humanas, ritos e formas parecem ser decentes, veneráveis e sagrados, constituindo a essência da religião. As verdades, as ordenanças e os mandamentos de Deus são anulados, para que os homens não os obedeçam! Aquilo que é pomposo e opressivo parece algo meritório para essa classe de perseguidores. E o excitamento das paixões naturais é reputado como o auxílio mais necessário ao exercício da devoção.

Bajulador: Meritíssimo e todos os senhores presentes, esse rapaz eu conheço há muito tempo e já o ouvi dizer coisas que não devem ser mencionadas; porque ele injuriou nosso majestoso príncipe Belzebu e falou com desprezo a respeito de seus honrosos amigos, cujos nomes são: o Sr. Velho-Homem, o Sr. Deleite-Carnal, o Sr. Comodidade, o Sr. Desejo-de--Vanglória, o experiente Sr. Luxúria, o Sr. Voracidade e todos os outros de nossa nobreza. Ele também afirmou que nenhum desses nobres deveria continuar existindo nesta cidade. Além disso, não teve medo de xingá-lo, Meritíssimo, o senhor que agora foi designado para julgá-lo. Ele o chamou de vilão ímpio e muitos outros termos difamantes, com os quais sujou o nome dos cavalheiros desta cidade.[10]

O testemunho de Bajulador.

Todos os pecados são soberanos importantes.

Logo que Bajulador prestou seu depoimento, o juiz dirigiu a palavra ao prisioneiro, no banco dos réus, dizendo: Você, Renegado, Herege e Traidor, ouviu o que esses senhores honestos testemunharam contra sua pessoa?

Fiel: Posso falar algumas palavras em minha própria defesa?

Juiz: Senhor, você não merece viver mais, e sim ser morto imediatamente aqui mesmo; contudo, para que todos vejam nossa gentileza para com você, ouçamos o que tem a dizer.

---

10 Bajulador representa um grupo de instrumentos que os perseguidores utilizam constantemente, ou seja, indivíduos que não possuem qualquer princípio religioso. Se os seus superiores estão dispostos a perseguir, eles oferecerão sua ajuda. Eles bajulam, a fim de conseguirem prosperidade no mundo, sendo este o grande objetivo pelo qual eles sacrificam prontamente todas as demais coisas. Os nomes dos indivíduos contra os quais Fiel se dirigiu mostram que o seu crime consistiu em protestar, por meio de palavras e atos, contra os pecados e não em injuriar as pessoas e os superiores.

Fiel: Eis minha reposta ao que o Sr. Inveja disse: *A defesa de*
eu nunca falei nada além disso: quaisquer normas, ou   *Fiel.*
leis, ou costumes, ou pessoas que sejam francamente
contrárias à Palavra de Deus opõem-se completamente
ao cristianismo. Se estou enganado nisso, convençam-
-me de meu erro, e estou pronto, diante de todos, para
fazer minha retratação.

Quanto ao segundo testemunho, o do Sr. Superstição, e à sua acusação contra mim, falei apenas o
seguinte: na adoração de Deus, exige-se uma fé que
procede dEle; esse tipo de fé não pode haver sem que
Deus mesmo revele sua própria vontade. Portanto, na
adoração a Deus, o que for acrescentado e não estiver
de acordo com a revelação divina não pode ser realizado
senão por meio de uma fé humana, uma fé que não
ganhará a vida eterna.

Quanto ao que disse o Sr. Bajulador, eu respondo
(evitando termos semelhantes aos que ele afirmou
que proferi, quando ele disse que eu xinguei): o
príncipe desta cidade, com todos os seus tumultos, e
seus assessores, cujos nomes foram pronunciados por
este senhor, estão mais preparados para estarem no
inferno do que nesta cidade e país; e que o Senhor tenha
misericórdia de mim.[11]

Então, o juiz voltou-se ao júri (que durante
esta audiência estivera de pé para ouvir e observar):

---

11 Os crentes, ao enfrentarem tal circunstância, deveriam se mostrar mais
preocupados com a honra de Deus do que com sua própria honra e segurança. Eles devem utilizar a ocasião para prestar um testemunho resoluto
a respeito das verdades, dos mandamentos e das ordenanças das Escrituras. Nada que seja feito sem a confirmação expressa das Escrituras pode
ser proveitoso à vida eterna; e tudo que for introduzido no cristianismo,
contrariando a norma sagrada das Escrituras, tem de ser uma abominação.
A fé humana pode ser agradável ao homem, mas sem a fé vinda de Deus
é impossível agradá-Lo.

Senhores jurados, vejam esse homem, sobre o qual se
levantou tão grande tumulto nessa cidade. Ouviram
também o que estes ilustres senhores testificaram
contra ele. Também ouviram sua resposta e confissão.
Agora está no íntimo de cada um de vocês a decisão
de enforcá-lo ou de livrar sua vida; mas ainda acho
conveniente instruí-los em nossa lei.

*O discurso
do juíz
perante ao
júri.*

Houve um decreto promulgado nos dias de Faraó,
o grande servo de nosso príncipe, estabelecendo
que, para não se multiplicarem os homens de uma
religião contrária e crescerem, até se tornarem fortes
demais para o rei, os do sexo masculino deveriam
ser lançados no rio. Houve também um decreto nos
dias de Nabucodonosor, o grande, outro dos servos
de nosso príncipe, estabelecendo que, se alguém não
se prostrasse e adorasse sua imagem de ouro, fosse
lançado numa fornalha ardente. Também promulgou-se
um decreto, nos dias de Dario, estabelecendo que, por
determinado tempo, quem invocasse qualquer deus
e não a ele próprio, Dario, seria jogado na cova dos
leões. Ora, este rebelde infringiu a essência dessas leis,
não só em pensamento (o que não devemos suportar),
como também em palavra e ação, o que certamente é
intolerável.

Êxodo 1

Daniel 3

Daniel 6

No que se refere a Faraó, sua lei foi elaborada
segundo uma suposição, como prevenção de danos,
quando nenhum crime estava ainda aparente. Mas aqui
temos um crime evidente. Quanto ao segundo e ao
terceiro exemplos,[12] percebam que ele disputou contra

---

12 Dificilmente podemos encontrar uma descrição mais justa e satírica de
   tais iniqüidades "legais" do que a apresentada nesta passagem do livro.
   Os decretos mencionados (com uma irônica e bem copiada referência ao
   estilo e ao costume; e, em tais decretos são baseadas habitualmente as
   acusações dadas aos jurados) demonstram que padrões os legisladores e
   magistrados perseguidores de Fiel, decidiram seguir e qual reino eles se

nossa religião; e, pela traição que confessou, merece sofrer a morte.

Então, se retirou o júri de doze homens, cujo nomes eram Sr. Cegueira, Sr. Injustiça, Sr. Malícia, Sr. Lascívia, Sr. Libertinagem, Sr. Temeridade, Sr. Altivez, Sr. Malevolência, Sr. Mentira, Sr. Crueldade, Sr. Ódio--à-Luz e o Sr. Implacável. Cada um deles apresentou aos demais seu parecer pessoal contra Fiel, e, assim, por voto unânime, concluíram em julgá-lo culpado, perante o juiz.

O júri e seus nomes.

Pois, o primeiro deles, o Sr. Cegueira, que era o relator, disse: Vejo claramente que esse homem é um herege. Depois falou o Sr. Injustiça: Homens como esse devem ser lançados fora da terra. Concordo, disse o Sr. Malícia, pois odeio até a aparência dele. Em seguida, falou o Sr. Lascívia: Nunca pude suportá-lo. Nem eu, afirmou o Sr. Libertinagem, pois ele estaria sempre condenando minha maneira de ser. Enforquem-no, enforquem-no, disse o Sr. Temeridade. É um homem miserável, disse o Sr. Altivez. Meu ânimo se levanta contra ele, declarou o Sr. Malevolência. É um patife, disse o Sr. Mentira. Enforcamento é pouco para ele, falou o Sr. Crueldade. Vamos eliminá-lo de uma vez, afirmou o Sr. Ódio-à-Luz. E o Sr. Implacável: Ainda que eu ganhasse o mundo inteiro como presente, não me poderia reconciliar com ele; portanto, vamos apresentá-lo como culpado, digno de morte. E assim fizeram. Portanto, dentro em pouco Fiel foi condenado a ser levado de onde estava ao lugar de onde tinha vindo e

O veredicto de cada um deles.

Eles o consideraram culpado de morte.

---

esforçam para manter. John Bunyan queria levar o leitor a deduzir que os protestantes nominais estão realmente envolvidos na culpa daqueles pagãos perseguidores e de seus sucessores anticristãos. Isto acontece quando tais protestantes promulgam leis que exigem conformidade aos seus próprios credos e ritos e infligem punições sobre os que pacificamente discordam de tais leis.

ali sofrer a morte mais cruel que pudesse ser inventada.

Levaram-no para fora, para fazer-lhe conforme sua lei. Primeiramente, açoitaram-no; depois, esbofetearam--no; em seguida, feriram sua carne com facas. Depois disso, apedrejaram-no e o furaram com suas espadas; por último, queimaram-no na estaca, até às cinzas. Assim findou a vida de Fiel.[13]

Agora, vi que atrás da multidão havia uma carruagem e uma parelha de cavalos esperando por Fiel, o qual (logo que seus adversários o mataram) foi apanhado por ela, sendo levado diretamente através das nuvens, com som de trombeta, pelo caminho mais curto à Porta Celestial. Mas, quanto a Cristão, ele teve uma suspensão temporária de seu julgamento e foi levado de novo à prisão; ali ficou por um tempo. No entanto, Aquele que domina sobre tudo, que controla o poder da ira de seus inimigos, agiu de maneira que Cristão desta vez escapou deles e seguiu seu caminho.[14] E, enquanto prosseguia, cantou, dizendo:

---

13 Todos os que se mostram dispostos a lançar mão da autoridade de magis-trados contra aqueles de opinião contrária a deles em assuntos religiosos deveriam considerar atentamente a desprezível e horrenda figura, aqui retratada com a mais correta justiça, de toda a raça dos perseguidores e de seu caráter, princípios, motivos e conduta; a fim de aprenderem a odiar e temer essa prática anticristã e de evitarem a mais remota afinidade com ela. Por outro lado, aqueles que estão expostos à perseguição deveriam estudar o caráter e a conduta de Fiel, para aprenderem a sofrer manifes-tando um espírito cristão e adornarem o evangelho em meio a intensas aflições.

14 Quando o crente completou a sua obra, a ira dos homens pode receber a permissão de realizar a remoção desse crente para a sua herança celestial. No entanto, todo o poder e a malícia da terra e do inferno são completa-mente incapazes de por fim à vida de qualquer crente, enquanto não se completarem os propósitos de Deus referentes a esse crente. Deste modo, os apóstolos foram preservados vivos durante a perseguição realizada por Satanás, e Pedro foi libertado das mãos de Herodes.

Bem, Fiel, tu professaste fielmente
A teu Senhor, com quem serás bendito;
Quando os infiéis,
Com todos os seus inúteis deleites,
Estão gritando
Por causa de suas aflições infernais.
Canta, Fiel, canta; e que teu nome permaneça.
Pois, ainda que te mataram, tu continuas vivo.

A canção que Cristão compôs sobre Fiel após a sua morte.

Vi em meu sonho que Cristão não foi adiante sozinho, porque veio alguém, cujo nome era Esperança (que se tornou cheio de esperança, ao contemplar as palavras e o procedimento de Cristão e de Fiel nos sofrimentos da feira), e juntou-se a ele, entrando em um pacto fraternal, ao dizer-lhe que seria seu companheiro. Por conseguinte, um morreu para testemunhar a Verdade; e outro se levantou das cinzas do primeiro, para acompanhar Cristão em sua peregrinação. Esperança também disse a Cristão que muitos outros homens da feira demorariam, mas viriam depois.[15]

Cristão tem um outro companheiro.

Há outros homens na feira que o seguirão.

---

15 "O sangue dos mártires é a semente da Igreja", pois os sofrimentos corretamente suportados constituem a mais convincente e útil das pregações.

CAPÍTULO 15

Sr. Interesse-Próprio e seus amigos

Vi que, logo após saírem da feira, eles alcançaram alguém que ia à sua frente, cujo nome era Interesse-Próprio.

Perguntaram-lhe: Qual é sua terra, senhor? Aonde vai por esse caminho? Respondeu-lhes que vinha de Boas-Palavras e se dirigia à Cidade Celestial (porém não lhes contou seu nome).

De Boas-Palavras? — disse Cristão. Existe lá alguém bom?

Interesse-Próprio respondeu: Sim, eu espero.

Cristão: Por favor, senhor, como posso chamá-lo?

Interesse-Próprio: Sou um estranho para vocês, e vocês, para mim. Se estão seguindo por esse caminho, me alegrarei em desfrutar de sua companhia. Se não, tenho de me contentar.

Cristão replicou: Já ouvi falar sobre a cidade de

Eles alcançam Interesse-Próprio.

Provérbios 26.25

Interesse-Próprio reluta em dizer seu nome.

Boas-Palavras; e, se bem me recordo, dizem que é um lugar próspero.

Interesse-Próprio: Sim, pode ter certeza; e lá tenho muitos parentes ricos.

Cristão: Por favor, quem são seus parentes em Boas-Palavras, se não for muita ousadia minha perguntar?

Interesse-Próprio: Quase toda a cidade. Em especial, o Sr. Vira-Casaca, o Sr. Contemporizador e o Sr. Boas-Palavras (de cujos ancestrais a cidade originalmente tomou o seu nome). Também o Sr. Afago, o Sr. Duas-Caras, Sr. Qualquer-Coisa e o vigário da paróquia, o Sr. Duas-Línguas, que era irmão de minha mãe, por parte de pai. E, falando a verdade, tornei-me um nobre de boa qualidade, apesar de meu bisavô ter sido um barqueiro que olhava em uma direção e remava em outra; e eu adquiri a maior parte de meus bens nessa mesma ocupação.

Cristão: Você é casado?

Interesse-Próprio: Sim, e minha esposa é uma senhora muito virtuosa. Ela é filha da Sra. Astúcia. Portanto, minha esposa veio de família honrosa e adquiriu um nível de educação tão elevado, que sabe se conduzir bem para com todos, tanto para com príncipes como para com camponeses. É verdade que na religião divergimos daqueles que são mais conservadores, mas somente em dois aspectos pequenos. Primeiro, nunca lutamos contra os ventos e as marés. Segundo, somos sempre muito zelosos, quando o Sr. Religião anda com sapatos de prata; gostamos muito de passear com ele na rua, se o sol está brilhando e as pessoas o aplaudem.[1]

A esposa e os familiares de Interesse-Próprio.

No que Interesse-Próprio difere dos outros na religião.

---

1 Quando Deus concede tranqüilidade à igreja, os hipócritas se multiplicam mais do que os verdadeiros cristãos. O nome deste personagem, dos seus parentes e dos moradores de sua cidade natal não somente descrevem seu caráter e sua situação original, mas também denotam a natureza de sua

Cristão afastou-se um pouco para o lado e disse ao companheiro Esperança: Estou achando que este indivíduo é um tal de Interesse-Próprio, que vem de Boas-Palavras; e, se for ele, temos em nossa companhia um velhaco sem igual em toda a região.

Esperança disse: Pergunte-lhe, pois ele não deve ter vergonha de seu nome.

Cristão achegou-se a ele novamente e disse: Você conversa como se soubesse mais do que todas as pessoas; e, se não estou enganado, acho que tenho como adivinhar quem é você. Seu nome não é Interesse-Próprio, de Boas-Palavras?[2]

Interesse-Próprio: Esse não é meu nome; na realidade é um apelido colocado em mim por alguns que não me suportam. Eu preciso contentar-me em agüentá-lo como uma censura, assim como outros homens bons têm suportado seus apelidos antes de mim.

Como Interesse-Próprio recebeu este nome

Cristão: Mas você nunca deu ocasião aos homens para lhe chamarem por esse nome?

Interesse-Próprio: Nunca! Nunca! O pior que

---

confissão religiosa. Os crentes, ao considerarem seus próprios princípios e seu comportamento passado, referem-se a eles com vergonha e ódio. Os hipócritas, porém, quando censurados por pecados evidentes, procuram justificá-los, afirmando que Cristo veio para salvar os pecadores e mostra-se misericordioso para com o pior deles. A grande diferença entre todo esse grupo de pessoas e os verdadeiros cristãos consiste em duas coisas: os crentes buscam a salvação de sua alma e, ao mesmo tempo, almejam ser úteis a seus semelhantes; os hipócritas professam ser cristãos para obterem amigos, vantagens, clientes ou aplausos. Os crentes seguem constantemente o Senhor, apesar das tribulações que surgem por causa da Palavra de Deus; quando são expostos à reprovação ou à perseguição, os hipócritas anulam ou negam a sua confissão de serem cristãos, ao invés de ganharem outros por meio dela.

2   As pessoas do mundo, que admitem seu próprio caráter, sabem como servir a Mamom, ao desprezarem e negligenciarem a Deus e o verdadeiro cristianismo.

eu já fiz para lhes dar ocasião de me colocarem esse apelido foi isso: sempre tive a sorte de mudar, na hora certa, minha opinião conforme a onda dos tempos, não importando qual era essa onda; e minha chance era me aproveitar disso. Mas, se as coisas vêm assim para meu lado, devo considerá-las como bênção; e que os maliciosos não me cumulem de reprovações.

Cristão: Pensei mesmo que você era o homem a respeito de quem eu tinha ouvido falar; e, dizendo-lhe o que penso, receio que esse nome lhe pertence com mais exatidão do que você está disposto a querer que pensemos.

Interesse-Próprio: Bem, se imaginam assim, não posso fazer nada. Vocês descobrirão que sou uma companhia razoável, se me admitirem como companheiro.

Ele deseja continuar na companhia de Cristão.

Cristão: Se quer ir conosco, terá de se posicionar contra o vento e a maré; todavia, percebo que isto é contrário à sua opinião. Também deverá confessar a religião, tanto em seus trapos quanto em sapatos de prata; e defendê-la, quer esteja ela presa em algemas, quer esteja caminhando nas ruas com aplausos.

Interesse-Próprio: Vocês não podem impor isso, nem tornarem-se senhores absolutos de minha fé. Deixem-me com minha liberdade e permitam-me andar com vocês.

Cristão: Nem um passo mais, a não ser que você faça o que eu propus, assim como já o fizemos.

Interesse-Próprio respondeu: Nunca abandonarei meus velhos princípios, visto que são inofensivos e vantajosos.[3] Se não posso acompanhá-los, tenho de

Interesse-Próprio e Cristão se separam.

---

3. Quando os hipócritas são acusados de seu comportamento duplo e seus pecados óbvios, eles atribuem isso à perseguição e classificam-se como o bendito grupo de pessoas a respeito das quais "todos os tipos de males são falsamente proferidos, por causa do nome de Cristo". O apóstolo Paulo aconselhou-nos sobre esses indivíduos: "Apartai-vos deles".

fazer o que fazia antes de vocês me alcançarem, ou seja, andar sozinho, até que me alcance alguém que se alegre com minha companhia.

Vi em meu sonho que Cristão e Esperança o deixaram e mantiveram-se bem distantes, à sua frente. Um deles, olhando para trás, viu três homens seguindo o Sr. Interesse-Próprio e, quando o alcançaram, fizeram--lhe uma reverência formal e um elogio. Os nomes deles eram Apego-ao-Mundo, Amor-ao-Dinheiro e Avareza; já eram antigos conhecidos do Sr. Interesse-Próprio. Pois, quando ainda meninos, foram colegas na escola do Sr. Cobiça, na cidade de Amor-ao-Lucro, na província da Avidez, no Norte. Esse professor lhes ensinara a arte de lucrar, quer por violência, fraude, adulação, mentira ou fingimento, com aparência de religião. Esses quatro cavalheiros tinham aprendido muito da arte de seu mestre, de modo que cada um deles poderia ter estabelecido por si mesmo uma escola dessas.

Ele faz novos companheiros.

Bem, como eu disse, quando chegaram e saudaram um ao outro, Amor-ao-Dinheiro perguntou a Interesse--Próprio: Quem são aqueles que estão adiante de nós, no caminho? Pois Cristão e Esperança estavam ainda à vista.

Interesse-Próprio: São dois homens simples que vêm de longe e que, à sua maneira, estão em peregrinação.

O caráter dos peregrinos.

Amor-ao-Dinheiro: Que pena! Por que não esperaram, para que tivéssemos sua boa companhia; porque eles e nós, e espero que você também, senhor, todos estamos em peregrinação, certo?[4]

---

4 Os personagens aqui apresentados confessavam ser peregrinos e dese-javam, enquanto o sol estava resplandecendo, andar juntamente com os peregrinos, contanto que estes lhes permitissem reter o mundo, amar o dinheiro e ganhar tudo, sem importarem-se com o que aconteceria à fé, à santidade, à honestidade, à piedade, à verdade e ao amor! A cobiça,

Interesse-Próprio: Sim, realmente estamos. Mas os homens que estão à nossa frente são tão rígidos, amam tanto suas próprias idéias e demonstram tão pouca estima pelas opiniões dos demais, que, por mais piedoso que alguém seja, se não dança ao gosto deles em todas as coisas, tem sua companhia rejeitada por eles.

Avareza: Isso é mau; porém, já lemos a respeito de alguns que são excessivamente justos,[5] e sua inflexibilidade prevalece com eles, de modo que julgam e condenam a todos, exceto a si mesmos. Mas diga-nos quais e quantas são as coisas em que vocês discordaram?

Interesse-Próprio: Ora, eles, conforme sua maneira inflexível, concluem que é seu dever prosseguir sua viagem ignorando todo o clima, enquanto eu aguardo os ventos e a maré. Eles são favoráveis a arriscar tudo de uma vez para Deus; eu sou a favor de aproveitar todas as vantagens, para assegurar minha vida e minha posição. Eles são a favor de sustentarem suas idéias, mesmo quando todos os demais estão contra; mas eu

---

quer consista em tentar obter dinheiro com ganância, para acumular ou esbanjar; quer consista em adquirir importância, autoridade ou prazer; quer consista em manter a magnificência e a soberba da vida; quer consista em pertinência, quando os deveres de homem exigem que este abandone a pertinência, é um pecado que não podemos definir com tanta facilidade quanto outros. A cobiça é um pecado que, em comparação a outros pecados, é o que encontra mais lugar entre as pessoas religiosas. O homem rico e todos os que estão se tornando ricos são aqueles que têm mais necessidade de examinarem a si mesmos e de vigiarem com zelo seu próprio coração, mais do que qualquer outra pessoa; porque eles serão menos advertidos e censurados francamente, em particular ou em público, menos do que seus inferiores.

5   Estas palavras provavelmente tinham o propósito de precaver-nos contra o excessivo zelo para com alguns aspectos da vida espiritual, em detrimento de outros aspectos; ou tinham o objetivo de precaver-nos contra extremos que sempre afastam os homens da piedade vital. "Eles deturpam as Escrituras para a sua própria perdição" (2 Pedro 3.16).

sou a favor da religião até onde os tempos e a minha segurança suportam-na. Eles são a favor da religião, mesmo quando ela lhes traz aflições e desprezo; porém, eu sou a favor dela quando caminha em sapatos de ouro e com aplausos, em dia de sol.

Apego-ao-Mundo: Sim, e firme-se nisso, bom Sr. Interesse-Próprio, pois, de minha parte, considero tolo aquele que, tendo a liberdade de reter o que possui, é tão falto de sabedoria a ponto de perdê-la. Sejamos prudentes como serpentes; é melhor aproveitar as oportunidades, enquanto o sol resplandece. Considere a abelha, que permanece quieta durante todo o inverno, atarefando-se apenas quando pode ter proveito e prazer. Deus, às vezes, manda a chuva e, às vezes, o sol. Se eles são tolos a ponto de andar na chuva, estejamos contentes em caminhar no bom tempo. De minha parte, prefiro mais a religião que se estabelece com a segurança da bênção de Deus sobre nós. Pois quem que é governado por sua razão pode imaginar o seguinte: visto que Deus nos deu as coisas boas desta vida, Ele deseja que as guardemos por amor a Ele. Abraão e Salomão ficaram ricos na religião. E Jó afirmou que um homem bom ajuntará ouro como o pó. Mas o homem bom não deve ser como os homens que estão adiante de nós, no caminho, se eles são realmente como você os descreveu.[6]

Avareza: Acho que estamos todos de acordo nesse assunto; portanto, não precisamos falar mais sobre isso.

---

6   Muitos que ouvem a pregação do evangelho e esperam tornar-se crentes elaboram e moldam seus credos e suas atitudes, tendo em vista acomodarem-se à sua época e agradarem aqueles com os quais eles vivem. Eles nunca se recordam com seriedade de que são apenas despenseiros de vantagens providenciais, das quais um dia terão de prestar contas. Por isso, eles citam e pervertem as Escrituras para dar uma aparência enganosa a esta vil idolatria.

Amor-ao-Dinheiro: Não, não precisamos de mais palavras sobre esse assunto; pois quem não crê nas Escrituras, nem na razão (e observem que temos as duas apoiando nosso ponto de vista), não sabe a liberdade que possui e não busca sua própria segurança.

Interesse-Próprio: Irmãos, conforme se vê, estamos todos caminhando em peregrinação e, para melhor nos desviarmos das coisas más, dêem-me licença para propor-lhes a seguinte pergunta:

Suponhamos que um homem, um pastor de igreja ou um comerciante, tenha diante de si a vantagem de conseguir as boas bênçãos desta vida, mas não pode consegui-las, a menos que, na aparência, se torne extraordinariamente zeloso em alguns pontos de religião com os quais não tenha mexido antes; será que não pode usar estes recursos para alcançar seu objetivo e, assim mesmo, ser um homem bem honesto?

Amor-ao-Dinheiro: Percebo o âmago de sua pergunta; e, com a permissão desses bons cavalheiros, tentarei formular uma resposta. Primeiro, para me dirigir à pergunta no que se refere a um pastor. Suponhamos que o pastor seja um homem digno, que está ministrando em uma igreja de bem poucos recursos, e esteja de olho em outra maior, muito mais próspera. Agora ele tem uma oportunidade de obtê-la, ainda que para isso tenha de mostrar-se mais estudioso, pregar com mais freqüência e zelo e, porque o temperamento das pessoas o exige, alterar alguns de seus princípios. Em minha opinião, não vejo motivo pelo qual o homem não pode fazer isso (contanto que tenha vocação) e, muito mais, ser um homem honesto. Por quê?

1. Seu desejo por uma igreja maior é lícito (isso não pode ser contestado), visto que a oportunidade é colocada diante dele pela Providência. Então, se ele puder, a aceita, não levantando dúvidas por motivo de consciência.

2. Além disso, seu desejo por aquela posição o torna um homem mais estudioso, um pregador mais zeloso, etc, e, deste modo, um homem melhor; sim, isto o obriga a melhorar suas capacidades, o que está de acordo com a mente de Deus.

3. Agora, quanto à atitude de consentir com a índole de seu povo, tendo que negar, para servi-lo, alguns de seus princípios, isto assegura: a) que ele possui um temperamento abnegado; b) tem um proceder amável e cativante; c) portanto, está mais apto para a função pastoral.

4. Concluo, então, que um pastor que troca um *pequeno* por um *grande* ministério, não deve ser, por esse motivo, julgado como cobiçoso; pelo contrário, visto que ele aprimora suas capacidades e habilidades, deve ser considerado alguém que segue sua vocação e a oportunidade que lhe foi colocada nas mãos para fazer o bem.[7]

Passemos à segunda parte da pergunta, que se refere ao comerciante que você mencionou. Suponha que ele seja um homem que tem apenas um negócio modesto no mundo, mas que, tornando-se religioso, possa melhorar seu comércio, talvez obter uma esposa rica ou mais e melhores clientes na sua loja. Em minha opinião, não vejo motivo para que isso não seja feito legitimamente. Por quê?

1. Tornar-se religioso é uma virtude, não importando os meios pelos quais um homem se torne assim.

2. Não é ilícito conseguir uma esposa rica, ou mais

---

7   Existe um humor satírico no caso hipotético afirmado com muita severidade nesta passagem. O clérigo busca em primeiro lugar um rico benefício (não "o reino de Deus e a sua justiça" ou a glória de Deus, na salvação de almas). Para alcançar este seu objetivo primário, ele recorre à atitude de agradar o homem. Por milhares e milhares de vezes, essa figura se torna uma horrível realidade!

clientes em seu comércio.

3. Além disso, o homem que obtém essas vantagens, assumindo a religião, consegue o que é bom com aqueles que são bons, ao tornar-se ele mesmo bom. Então, eis aqui uma boa esposa, bons clientes e bom lucro — tudo isso como resultado do ato de tornar-se religioso, que é bom. Portanto, tornar-se religioso, a fim de obter todas essas coisas, é um projeto bom e lucrativo.

Essa resposta, que o Sr. Amor-ao-Dinheiro deu à pergunta do Sr. Interesse-Próprio, foi grandemente aplaudida por todos, concluindo eles que era uma solução muito saudável e vantajosa. E, visto que, conforme pensaram, nenhum homem seria capaz de contradizê-la, e visto que Cristão e Esperança ainda estavam ao alcance de serem chamados, resolveram entre si assaltá-los com a pergunta, logo que os alcançassem; e, mais ainda, porque os dois anteriormente haviam se oposto ao Sr. Interesse-Próprio.

Chamaram-nos... eles pararam e esperaram os quatro se aproximarem.

Estes resolveram, enquanto andavam, que não seria o Sr. Interesse-Próprio e sim o velho Sr. Apego-ao--Mundo quem lhes dirigiria a pergunta, pois supunham que, com isso, a resposta viria sem o remanescente calor da discussão travada entre o Sr. Interesse-Próprio e os dois peregrinos, quando se separaram um pouco antes.

Encontraram-se, então, e após rápidas saudações, o Sr. Apego-ao-Mundo propôs a pergunta a Cristão e a seu companheiro, pedindo que respondessem, se fossem capazes.

Cristão lhes disse: Até mesmo um recém-nascido na religião pode responder dez mil perguntas como esta. Pois, se é ilícito seguir a Cristo em busca de pão, como está relatado em João 6, quanto mais abominável é fazer dele e da religião um pretexto para desfrutar o mundo? Somente os pagãos, os hipócritas, os diabos e as bruxas possuem essa opinião.

1. Pagãos — pois, quando Hamor e Siquém quiseram adquirir as filhas e o gado de Jacó e viram que não havia outro meio de obtê-los, exceto por serem circuncidados, disseram a seus companheiros: Se todo homem entre nós for circuncidado, como eles já são circuncisos, seu gado, seus bens e todos seus animais não serão nossos? As filhas e o gado dos filhos de Jacó era o que desejavam os siquemitas, e sua religião foi o pretexto que usaram para chegar a eles. Leiam toda a história em Gênesis 34.20 a 23.

2. Os fariseus hipócritas também possuíam essa religião. Orações longas eram seu pretexto; todavia, seu intento era conseguir as casas das viúvas, e a maior maldição foi a sentença que Deus lhes pronunciou (Lucas 20.46,47).

3. Judas, o diabo, também seguia essa religião. Ele foi religioso por causa da bolsa de dinheiro, para apoderar-se de seu conteúdo; mas ele perdeu-se, foi lançado fora, era o próprio Filho da Perdição.

4. Simão, o mago, também era seguidor dessa religião, porque desejou ter o Espírito Santo, para que com isso ganhasse dinheiro, e Pedro pronunciou-lhe uma sentença que estava de acordo com seu caráter (Atos 8.19-22).

5. Nem consigo fugir à idéia de que um homem, se assume a religião por amor ao mundo, com certeza a desprezará em troca do mundo. Pois, tão certo quanto Judas visava ao mundo, quando se tornou religioso, assim também vendeu a religião e seu Senhor por amor ao mundo. Responder a pergunta afirmativamente, como percebo que vocês fizeram, e aceitar tal resposta como autêntica é uma coisa pagã, hipócrita e satânica; e sua recompensa será conforme as suas obras.

Eles olharam admirados um para o outro, mas não tinham como responder a Cristão. Esperança também aprovou a exatidão da resposta de Cristão; e houve grande silêncio entre eles. O Sr. Interesse-Próprio e seus companheiros desconcertaram-se e mantiveram-se atrás, para que Cristão e Esperança passassem à frente.

Cristão disse a seu companheiro: Se estes homens não resistiram à sentença dos homens, o que farão com a sentença de Deus? E, se ficaram mudos quando abordados por vasos de barro, o que farão quando repreendidos pelas chamas de um fogo devorador?[8]

Cristão e Esperança, ao passarem à frente de novo, prosseguiram até alcançar uma planície linda, chamada Descanso, onde andaram com muito contentamento. Mas a planície era estreita, e passaram logo por ela. Ora, do outro lado dessa planície havia um pequeno monte chamado Lucro, e nesse monte, uma mina de prata, que algumas pessoas, passando anteriormente por ali, haviam se desviado para ver, por causa de sua raridade. No entanto, aproximando-se demais da beira da mina, pisavam em terra enganosa, que cedia, levando-os à morte. Alguns outros haviam sido mutilados ali e sofreram até ao fim da vida, porque perderam a sua independência.[9]

A tranqüilidade que os peregrinos têm nesta vida é bem pequena.

O monte do Lucro é perigoso.

---

8 Deus permite que Satanás lance sua isca com algumas vantagens mundanas, a fim de induzir os homens a renunciarem sua profissão de fé no cristianismo, revelar sua hipocrisia ou injuriar o evangelho. O Senhor realmente coloca um objeto no caminho deles, a fim de provar para eles se amam o Senhor ou os seus interesses mundanos. Cristão se mostra bastante conclusivo, e isso é o suficiente para fortalecer qualquer mente atenta e sincera contra os argumentos elaborados por aqueles que professam ser cristãos ou que usam tais argumentos em apoio a seus métodos habilidosos e seus esforços constantes, para reconciliar o verdadeiro cristianismo com a cobiça e o amor ao mundo.

9 Quando a igreja desfruta de paz e prosperidade exterior (que freqüentemente ocorre apenas por um breve espaço de tempo), aqueles que professam

Vi, em meu sonho, que um pouco fora da estrada,
perto da mina de prata, estava Demas, com aparência
de cavalheiro, chamando os transeuntes para verem-na.
Dirigiu-se a Cristão e seu companheiro: Senhores,
venham aqui, e eu lhes mostrarei uma coisa.[10]

Demas no
monte do
Lucro.

---

seguir o evangelho são peculiarmente expostos à tentação de procurar as
riquezas e as distinções do mundo, as quais, em outra época, eles colocaram
a tal distância que elas perderam grande parte de sua influência atrativa.
Aqueles "que querem ficar ricos caem em tentação, e cilada, e em muitas
concupiscências insensatas e perniciosas, as quais afogam os homens na
ruína e perdição"; outros, esquecendo-se de que "o amor do dinheiro é raiz
de todos os males", nessa cobiça, "se desviaram da fé e a si mesmos se
atormentaram com muitas dores"(1 Timóteo 6.9-11).

10 Não sabemos de que maneira o amor ao "presente século" influenciou
Demas a abandonar o apóstolo Paulo. E não há concordância sobre o fato
de que ele se arrependeu posteriormente ou se, por fim, ele se tornou um
apóstata. John Bunyan apoiou-se na opinião geral de sua época, ao utilizar
deste modo o nome de Demas e, em seguida, juntá-lo ao nome de Geazi,
Judas Iscariotes e outros que pereceram por causa daquela forma de idolatria.
As conexões estabelecidas por aqueles que professam o cristianismo, em
uma época de quietude e prosperidade do evangelho; o exemplo do mundo
que está ao redor deles e o de muitos considerados como pessoas que
amam o evangelho — essas coisas seduzem insensivelmente os crentes
professos, levando-os a um estilo de vida que não podem manter. Assim,
os débitos são contraídos e gradualmente acumulados. E não é fácil, nem
mesmo honrável, esquecer as dívidas, assim como foi fácil contraí-las.
Muitos são os prejuízos resultantes desse tipo de conduta. Mas quem pode
suportar a mortificação de se reconhecer mais pobre do que imaginava
ser? Quem se arrisca a sofrer as conseqüências de ser suspeito de não
pagar as dívidas? Nestas circunstâncias enganosas, cristãos professos,
se não forem poderosamente influenciados pelos princípios espirituais,
estarão mais propícios a aceitar o convite de Demas. Portanto, o dever
de cada crente é considerar injusto contrair dívidas por causa de prazeres
supérfluos ou obter crédito por meio da falsa aparência de riqueza, assim
como é injusto defraudar por meio de qualquer outra imposição. Esse tipo
de desonestidade abre a porta para inúmeras tentações, sem mencionar a
sua absoluta incoerência com a piedade e o amor cristão.
O pastor e sua família são os mais expostos a essas tentações, quando, não
possuindo qualquer fortuna pessoal, são colocados entre homens ricos.

Cristão: Que coisa é tão digna, que nos possa desviar do caminho?

Demas: Aqui temos uma mina de prata, e, com um pouco de escavação, acha-se um tesouro. Se vierem, com pequeno esforço poderão prover riquezas para si mesmos.

Ele chama Cristão e Esperança para irem com ele.

Esperança disse: Vamos lá, para ver.

Eu não, disse Cristão. Já ouvi falar sobre esse lugar e como muitos ali morreram. E mais, esse tesouro é uma armadilha para aqueles que o buscam, porque os retarda em sua peregrinação.

Esperança é tentado a ir, mas Cristão o detém.

Assim, Cristão chamou Demas e perguntou: Não é perigoso o lugar? Ele não tem impedido a muitos em sua peregrinação?

Oséias 4.18

Ao renderem-se a essa tentação, com freqüência eles se tornam incapazes de pagar seus débitos com pontualidade. São induzidos a degradarem seu ministério, por rebaixarem-se ao uso de métodos inadequados para livrarem-se de dificuldades, das quais uma frugalidade restrita os teria guardado, e por se colocarem sob o fardo de obrigações para com homens que são capazes de abusar de sua superioridade adquirida. E, acima de tudo, esses pastores são levados a colocar seus filhos em situações e relacionamentos altamente desfavoráveis aos interesses de sua alma, a fim de lhes fornecerem uma provisão requintada. Se formarmos nossa opinião sobre este assunto fundamentados nas Escrituras, não pensaremos em encontrar os verdadeiros ministros do evangelho entre as pessoas de classe social alta, no que se refere à aparência e à satisfação exterior. Se um ministro do evangelho pensa que a atenção das pessoas nobres e ricas exige que ele imite o estilo de vida abastado delas, tal ministro entendeu este assunto de maneira severamente incorreta. O fiel ministro de Cristo desejará evitar a aparência de penúria; mas, se ele e sua família podem manter uma simplicidade decente e ter a honra de serem pontuais em seus pagamentos, ele não pensará em aspirar qualquer situação mais elevada. Se, para fazer isso, o fiel ministro for compelido a exercer considerável renúncia, ele não se importará com isso, enquanto olha para Jesus e para seus apóstolos. Ao invés de proporcionar para os seus algo mais requintado, que acompanha a moda, o ministro fiel há de considerar mais desejável dedicar parte de sua renda para fins espirituais e caridosos, e, por isso, não a desperdiçará em simulações vãs.

Demas: Não é muito perigoso, exceto para quem
é descuidado. Mas ele ficou vermelho, enquanto falava
isso.

Cristão disse para Esperança: Não nos afastaremos
um passo sequer, prosseguiremos em nosso caminho.[11]

Esperança: Eu lhe garanto que Interesse-Próprio,
ao chegar aqui, se receber este mesmo convite, irá até
à mina, para vê-la.

Cristão: Sem dúvida, porque os princípios dele
o levam a isso, e são grandes as chances de que ele
morra ali.

Demas chamou-os novamente: Vocês não vêm?

Cristão respondeu severamente, dizendo: Demas,
você é um inimigo do correto proceder do Senhor deste
caminho e já foi condenado por um de seus majestosos
juízes, porque você mesmo saiu do caminho. E por
que tenta levar-nos a uma condenação igual? Além do
mais, se sairmos um pouco do caminho, nosso Senhor,
o Rei, certamente saberá disso e nos envergonhará onde
desejamos nos postar confiantes, em sua presença.

*Cristão
repreende a
Demas.*

2 Timóteo 4.10

Demas falou outra vez, afirmando que ele também
fazia parte da fraternidade dos peregrinos e que, se
esperassem um pouco, também caminharia com eles.

Cristão respondeu: Qual é o seu nome? Não é esse
pelo qual eu o chamei?

Demas: Sim, meu nome é Demas. Sou filho de
Abraão.

Cristão: Eu o conheço. Geazi foi seu bisavô, e
Judas, seu pai; você tem andado nos passos deles.
Você está utilizando um engano demoníaco. Seu pai
morreu enforcado como traidor, e você não merece
melhor recompensa. Esteja certo de que, ao chegarmos

2 Reis 5.20

*Mateus
26.14,15*

*Mateus
27.1-3,5,6*

---

11 Crentes pouco experimentados estão sujeitos a serem seduzidos pelo
exemplo e persuasão dos hipócritas. Neste caso, os conselhos e as admoestações de um companheiro mais experiente são muito oportunos.

à presença do Rei, nós lhe falaremos sobre este seu comportamento.

Assim, os dois prosseguiram em seu caminho.

A essa altura, Interesse-Próprio e seus companheiros já podiam ser vistos novamente, e, ao primeiro convite, foram para onde Demas estava. Agora, se caíram no poço da mina, ao olharem de sua beirada, ou se desceram para escavar, ou se foram asfixiados pelos vapores que comumente surgem do fundo — dessas coisas não estou certo; mas observei isso: nunca mais foram vistos no caminho.

Interesse-Próprio detém-se com Demas.

Cristão cantou:

Interesse-Próprio e Demas,
Da mina de prata, concordam;
Um faz o convite, o outro corre depressa
Para que compartilhe de seu lucro;
Esses dois apossaram-se do mundo
E não podem ir além disso.

Em seguida, vi que, no fim dessa planície, os peregrinos chegaram a um lugar onde havia um velho monumento, perto da estrada; ao avistá-lo, os dois ficaram preocupados por causa do seu formato, pois lhes parecia uma mulher transformada em um pilar. Ali, permaneceram olhando, olhando para o monumento, mas por um tempo não souberam o que pensar sobre isso. Finalmente Esperança percebeu uma inscrição acima da cabeça do monumento, uma inscrição gravada em letra incomum; porém, não sendo erudito, chamou Cristão (que era bem instruído), para ver se ele poderia decifrar o significado da inscrição. Cristão aproximou-se e, depois de um tempo ajuntando as letras, descobriu que estava escrito: *Lembrai-vos da mulher de Ló*. Então, leu a inscrição para Esperança, e os dois concluíram

Os peregrinos vêem um monumento estranho.

Gênesis 19.26

que era a estátua de sal em que a esposa de Ló fora transformada, por olhar para trás, com um *coração cobiçoso*, quando, por questão de segurança, estava saindo de Sodoma. Contemplar repentinamente esta cena admirável suscitou o seguinte diálogo.

Cristão: Ah! meu irmão! ver essa estátua agora é realmente oportuno! Veio no momento apropriado, logo após o convite que Demas nos dirigiu para que víssemos o monte do Lucro. E, se tivéssemos atendido, como ele desejava e como você se inclinou a fazê-lo, meu irmão, teríamos, pelo que sei, nos tornado, como essa mulher, em um espetáculo para a contemplação daqueles que virão depois de nós.

Esperança: Sinto muito, por ter sido tão tolo. Isto me faz admirar que agora eu não seja como a esposa de Ló; pois, que diferença houve entre o pecado dela e o meu? Ela apenas olhou para trás, enquanto eu tive o desejo de ir e ver. Que a graça seja adorada e que eu me envergonhe de que tal desejo esteve em meu coração.

Cristão: Observemos bem o que vemos aqui, para nos ajudar no futuro: Esta mulher escapou de um juízo, porque não pereceu na destruição de Sodoma; mas foi destruída por outro juízo. Conforme vemos, ela está transformada em uma estátua de sal.

Esperança: É verdade; ela pode ser para nós tanto um *aviso* como um *exemplo*: um aviso para evitarmos o pecado dela e um sinal do juízo que sobrevirá àqueles que não são prevenidos por esse aviso. Igualmente, Corá, Datã, Abirão e os duzentos e cinqüenta homens que pereceram em seu pecado, tornaram-se um sinal para os outros ou um exemplo da atitude de acautelar-se. Mas, acima de tudo, continuo a pensar em uma coisa: como é que Demas e seus companheiros podem permanecer tão confiantemente à procura daquele tesouro, quando essa mulher, somente por ter olhado para trás (pois não se lê que ela tenha dado um passo fora do caminho) foi transformada em uma estátua de sal? Especialmente porque o juízo que a alcançou tornou-a um exemplo que

Números 26.9,10

pode ser visto do lugar onde esses homens estão. Eles não podem deixar de vê-la, se apenas levantarem os olhos.[12]

Cristão: Isto é algo a ser admirado e demonstra que o coração deles, neste caso, se tornou desesperado. E não sei dizer-lhe a quem compará-los com tanta exatidão quanto àqueles que batem carteiras na presença do juiz ou roubam bolsas à vista de um enforcamento. A respeito dos homens de Sodoma foi dito que seu pecado se agravara muito, porque eram *grandes pecadores contra o Senhor*, ou seja, à vista dEle, apesar da bondade que lhes havia mostrado. Pois a terra de Sodoma, na época de sua destruição, era o antigo Jardim do Éden. Isso provocou em Deus o zelo mais intenso, tornando o castigo deles tão severo como o fogo do Senhor, vindo do céu. É muito lógico concluir que homens como esses, que pecarem mesmo vendo este monumento e apesar de conhecerem tais exemplos, que estão continuamente diante deles, para adverti-los a mudarem de atitude, deverão ser participantes de juízos mais severos.

Gênesis 13.13

Gênesis 13.10

Esperança: Sem dúvida, você disse a verdade; mas veja quanta misericórdia foi demonstrada no seu caso e, em especial, no meu, a ponto de eu mesmo não ter sido feito esse exemplo! Isto nos proporciona uma ocasião para agradecermos a Deus, temermos diante dEle e sempre nos lembrarmos da esposa de Ló.

---

12 Se a esposa de Ló, que ambicionou as possessões que havia deixado em Sodoma e olhou para trás com o propósito de retornar, foi transformada em um monumento sobre a vingança do Senhor e um aviso para todas as épocas; qual será a condenação daqueles que professam ser cristãos e habitualmente preferem ganhar as coisas do mundo, ao invés de buscarem a honra de Cristo e a obediência aos seus justos mandamentos? A verdadeira causa desta insensatez é que eles não "elevam seus olhos"; e devemos temer que muitos deles nunca o farão, antes que levantem seus olhos no inferno, encontrando-se em tormentos.

CAPÍTULO 16

Cristão e Esperança e a chave do Castelo da Dúvida

Então, vi que seguiram seu caminho até um rio agradável, que o rei Davi chamou de Rio de Deus, mas o apóstolo João o chamou de Rio da Água da Vida. Ora, o caminho dos peregrinos passava exatamente à margem desse rio. Ali, pois, Cristão e seu companheiro caminharam prazerosamente; beberam também da água do rio, o que foi um deleite e animou seus espíritos cansados. Além disso, às margens desse rio, em cada lado, havia árvores verdes produzindo todo tipo de frutos; e as folhas das árvores eram medicinais. Eles também se deliciaram com os frutos dessas árvores; e comeram as folhas para evitar indigestão e outros males incidentes às pessoas que aquecem a circulação por causa de suas viagens. Em cada lado do rio, havia também uma campina, que se mantinha verde o ano inteiro, curiosamente embelezada com lírios. Nesta

O rio.
Salmos 65.9

Apocalipse 22
Ezequiel 47

As árvores à beira do rio. Os frutos e as folhas das árvores.

A campina na qual eles deitam para dormir.

campina deitaram-se e dormiram; pois aqui podiam repousar em segurança. Quando despertaram, colheram mais frutos das árvores, beberam novamente da água do rio e deitaram-se outra vez para dormir. Fizeram isso por vários dias e noites; e cantaram: *Salmos 23.2 / Isaías 14.30*

> *Vede, como correm essas águas cristalinas,*
> *Para confortar os peregrinos, junto ao caminho.*
> *A campina verde, além de seu cheiro aromático,*
> *Produz guloseimas para eles;*
> *E aquele que pode dizer*
> *Que frutos, sim,*
> *E que folhas agradáveis essas árvores produzem,*
> *Logo venderá tudo que possui*
> *Para comprar essa campina.*

Quando se dispuseram a seguir seu caminho (pois ainda não estavam no fim de sua viagem), comeram, beberam e partiram.[1]

Agora, vi em meu sonho que não tinham ido longe, quando perceberam que o rio e o caminho afastavam-se um do outro, por um tempo. Diante disso, sentiram-se

---

1 Os peregrinos, havendo sido capacitados a resistirem às tentações de afastarem-se do caminho por causa de lucro, foram satisfeitos com consolações mais abundantes. O Espírito Santo é apresentado na figura do "Rio da Água da Vida". Todos os crentes participam das sagradas influências do Espírito Santo, que preparam a alma para a felicidade celestial e são o penhor e a garantia dessa felicidade. Mas existem ocasiões em que o Espírito Santo transmite essas consolações em grande medida, quando os crentes desfrutam de comunhão agradável com seu Deus e esquecem, por um momento, o sofrimento dos conflitos anteriores e a perspectiva de provações futuras. Se o "Rio da Água da Vida" foi utilizado como um símbolo do perdão, da adoção e da justificação, como alguns entendem esta passagem do livro, ele não teria sido introduzido no livro ocasionalmente, pois estas coisas pertencem ao crente em todo o tempo, sem qualquer variação ou interrupção.

um pouco tristes, mas não ousaram desviar-se do
caminho. Ora, o caminho, ao separar-se do rio, era
áspero, e os pés dos peregrinos estavam sensíveis
por muito caminhar em sua viagem. Por isso, a alma
dos peregrinos encheu-se de desânimo, por causa do
caminho. E, enquanto andavam, desejaram um caminho
melhor. Ora, um pouco à frente, ao lado esquerdo do
caminho, havia uma campina e alguns degraus rudes
de madeira, em cada lado para se passar a cerca. O seu
nome era Campina do Caminho Errado. Cristão falou
ao companheiro: se essa campina acompanha nosso
caminho, vamos por ela. Foi ver os degraus, e eis que
havia uma trilha paralela ao caminho, do outro lado
da cerca.

Números 21.4

*A Campina
do Caminho
Errado.*

*Uma tentação
abre caminho
para outra.*

Está exatamente como eu queria, disse Cristão,
e por ali é mais fácil de andar. Vamos, bom amigo
Esperança, atravessemos para lá.[2]

Esperança: Mas, se essa trilha nos levar para fora
do caminho?

Cristão: Não é provável; veja, ela não segue
paralela?

Esperança, persuadido pelo companheiro,

*Cristãos
respeitáveis
podem
incorrer
no risco de
desviar os
fracos do
caminho.*

---

2 Os crentes, mesmo quando estão andando no caminho do dever, pela
fé, e estão sendo amparados pelas santificadoras influências do Espírito
Santo, podem sentir-se grandemente desencorajados, por causa de várias
provações; e Satanás pode obter uma vantagem especial em tentá-los
ao descontentamento, à desconfiança, à inveja e à cobiça. Deste modo,
estando mais propensos a desejar "um caminho melhor" do que a orar
fervorosamente em favor de mais fé e mais paciência, os crentes são
tentados a considerar algum outro método que despreze a cruz ou evite o
sofrimento que os fatiga. É comum para os crentes de mais experiência e
de mais reputação desencaminharem os crentes mais novos, ao afastarem-
-se eles mesmos do reto caminho da obediência. O Senhor os deixa andar
por si mesmos, para reprimir sua autoconfiança e mantê-los em completa
dependência dEle; assim, o Senhor ensina os novos convertidos a seguirem
outros crentes somente até ao ponto em que estes seguem a Cristo.

acompanhou-o, passando por cima da cerca. Após terem passado, encontrando-se na trilha, acharam-na confortável para os pés. E, prosseguindo, viram adiante um homem caminhando como eles (seu nome era Vã-Confiança). Chamaram-no e perguntaram aonde a trilha se dirigia. Ele disse: À Porta Celestial. Cristão logo falou a Esperança: Eu não lhe disse? Por isso, você pode perceber que estamos certos. Assim, continuaram andando, e o homem estava à frente. Mas a noite chegou e tornou-se muito escura, de modo que perderam de vista aquele homem.[3]

A conseqüência de concordar com estranhos.

Vã-Confiança, que estava na frente, não enxergando o caminho, caiu em um poço profundo, feito ali de propósito pelo príncipe dessas terras, para apanhar os tolos vangloriosos. Ele morreu despedaçado pela queda.[4]

Isaías 9.16 Um poço para capturar os vangloriosos.

Ora, Cristão e seu companheiro ouviram a queda. Gritaram para saber o que acontecera, mas ninguém lhes respondeu. Escutaram apenas um gemido. Disse Esperança: Agora, onde estamos? O outro ficou quieto, receando que o tivesse retirado do caminho. E começou a chover, a trovejar, a relampejar de maneira terrível.

Cristão e Esperança raciocinam.

---

3 A princípio, Satanás não tenta os crentes para que estes cometam pecados flagrantes, contra os quais seu coração se revoltaria; mas o diabo se esforça para afastá-los do caminho, levando-os a desvios plausíveis que parecem não ter reputação má ou conseqüências visíveis. No entanto, qualquer passo errado abre a porta para tentações posteriores e serve para tornar outros pecados aparentemente necessários. O exemplo de falsos pretendentes do verdadeiro cristianismo ajuda a aumentar a confiança em si mesmo daquele que se afastou do caminho da obediência. A escuridão, porém, em breve envolverá aqueles que seguiram esses guias; e a mais extrema aflição e o perigo se apresentam no caminho que eles tomam.

4 Esta circunstância pode representar os resultados salutares que às vezes são produzidos em crentes que desobedecem ao Senhor; resultados produzidos por meio da morte terrível de alguns hipócritas vangloriosos, aos quais esses crentes prestaram excessiva atenção.

E a água subiu.

Esperança gemeu em seu íntimo, dizendo: Ah! Se eu tivesse permanecido no meu caminho![5]

Cristão: Quem imaginaria que essa trilha nos conduziria fora do caminho?

Esperança: Tive medo logo no princípio; por isso, lhe avisei mansamente. Teria falado com mais clareza, porém você é mais velho do que eu.

Cristão: Meu bom irmão, não fique ofendido. Sinto muito por tê-lo retirado do caminho, colocando-o em perigo iminente. Por favor, perdoe-me. Não o fiz por mal.

O arrependimento de Cristão por ter levado seu irmão para fora do caminho.

Esperança: Tranqüilize-se, meu irmão, pois eu o perdôo. E creio, também, que isto contribuirá para nosso bem.

Cristão: Estou feliz por ter comigo um irmão misericordioso. Mas não podemos ficar parados assim; procuremos voltar.

Esperança: Ora, irmão, deixe-me ir na frente.

Cristão: Não, por favor, permita-me ir primeiro, para que, se houver algum perigo, eu seja o primeiro a alcançá-lo, visto que por minha causa saímos do caminho.[6]

Esperança: Não, você não irá à frente, pois, como está preocupado, isso pode tirá-lo do caminho novamente.

---

5   A lei santa condena toda transgressão. O crente é sempre levado a temer que sua fé esteja morta. Deste modo, ele é trazido de volta à tempestade, aos trovões e aos relâmpagos do monte Sinai.

6   Este diálogo revela o espírito de ternura, tolerância e simpatia mútua que convém aos crentes em tais circunstâncias que causam perplexidade. Os crentes que erroneamente têm levado outros ao pecado não somente devem suplicar o perdão de Deus, mas também desses outros crentes. E os que foram atraídos para fora do caminho pelo exemplo e persuasão de seus irmãos deveriam ser cuidadosos para não reprová-los e desanimá-los, quando eles se mostram sensíveis quanto ao seu erro.

Então, para encorajá-los, ouviram a voz de alguém, dizendo: Que o coração de vocês volte-se à estrada; retornem pelo caminho que vieram. No entanto, agora as águas estavam muito altas, pelo que o caminho de volta era muito perigoso. (Então me veio à mente o pensamento de que é mais fácil sair do caminho, quando estamos nele, do que retornar a ele, quando estamos fora.) Contudo, aventuraram-se a voltar, mas a noite estava tão escura e a enchente, tão alta, que, ao tentarem voltar, quase se afogaram umas nove ou dez vezes.[7]

Jeremias 31.21

Eles correm o risco de se afogarem enquanto voltam.

Apesar de toda a habilidade que possuíam, não puderam chegar aos degraus naquela noite. Finalmente, encontrando um pequeno abrigo, sentaram-se ali até que o dia amanhecesse; mas, cansados, dormiram. Ora, perto do lugar onde estavam havia um castelo, chamado Castelo da Dúvida, cujo dono era o gigante Desespero; era em suas terras que estavam dormindo. O gigante, levantando-se cedo e andando pelos seus campos, apanhou Cristão e Esperança adormecidos em sua propriedade. Com voz severa e mal-humorada, acordou-os e perguntou de onde eram e o que faziam em suas terras. Contaram-lhe que eram peregrinos e haviam perdido o caminho. O gigante replicou-lhes: Essa noite passada vocês me ofenderam, invadindo minhas terras e dormindo em meus campos; por isso, têm de me acompanhar. Assim, foram obrigados a

Eles dormem nas terras do gigante Desespero.

Ele os encontra em suas terras e os leva para o Castelo da Dúvida.

---

7 Uma transgressão deliberada, embora pareça trivial no momento, quando vista em retrospectiva parece uma atitude caracterizada pela mais ingrata e severa rebelião; por isso, ela traz essas trevas à alma e culpa à consciência, que freqüentemente levam o crente a suspeitar que todo o seu cristianismo tem sido uma ilusão. Satanás lançará sugestões de que não há esperança para este caso. Ainda que tal crente não negligencie completamente todas as tentativas de recuperar sua firmeza, ele parece um homem que está andando na escuridão e não pode achar seu caminho ou alguém que está lutando arduamente para manter sua cabeça fora da água.

Cristão e Esperança na masmorra

acompanhá-lo, porque era mais forte. Também pouco tinham a dizer, porque sabiam que estavam errados. O gigante, portanto, conduziu-os à frente, levando-os ao seu castelo, e os colocou numa masmorra bem escura, suja e desanimadora ao espírito dos peregrinos.[8] Ali permaneceram desde a quarta-feira pela manhã até ao sábado à noite, sem um bocado de pão, ou uma gota de água, ou luz, ou alguém para lhes perguntar como estavam. Portanto, encontravam-se em má situação, longe de amigos e conhecidos. Nesse lugar, Cristão sentia tristeza dupla, visto que, por causa de sua pressa irrefletida, chegaram a essa situação aflitiva.[9]

A aflição da prisão.

Salmos 88

Ora, o gigante Desespero tinha uma esposa,

---

8   Quando os crentes, por meio de transgressões, trazem para si mesmos terror e angústia de consciência, é tolice esperar que Deus restaurará a alegria da salvação deles, enquanto não fizerem a mais irrestrita confissão de seu pecado. Com freqüência, eles procuram alívio de uma maneira mais concisa. Eles acham "um pequeno abrigo" e aguardam uma oportunidade mais conveniente para recuperarem sua vida anterior e seu fervor nas coisas espirituais. Pedro e os outros apóstolos dormiram "de tristeza", quando o Senhor ordenou-lhes que orassem e vigiassem, para que não caíssem "em tentação". Esses pecados e erros repetidos levam os crentes a profunda tristeza. Por fim, eles são aprisionados por Desespero e encarcerados no Castelo da Dúvida. Sempre que deliberadamente abandonamos o caminho do dever, para evitar dificuldades e auto-renúncia, entramos nas terras do gigante Desespero; e não saímos de seu alcance até que renovadas manifestações de arrependimento profundo e de fé em Cristo, produzindo obediência irrestrita, especialmente nas ocasiões em que antes nós a recusávamos, colocam novamente nossos pés no caminho do qual nos havíamos afastado.

9   Um verdadeiro cristão pode abater-se de tal modo, que não tem qualquer orientação ou consolação das Escrituras e do Espírito Santo e não recebe nada que sustente a sua fé e esperança moribundas, nem qualquer ajuda ou compaixão da parte de seus irmãos. Encontra apenas os horrores de uma consciência que o acusa, o terror de Deus como seu inimigo, juntamente com severas circunstâncias exteriores. Tudo isso é o preço da tranqüilidade ou da satisfação obtida por alguma transgressão voluntária!

cujo nome era Desconfiança. Quando ele foi dormir, comunicou à esposa o que havia feito, ou seja, que prendera dois homens e os lançara na masmorra, por terem invadido sua propriedade. Em seguida, perguntou-lhe o que deveria fazer com eles. Ela indagou-lhe quem eram, de onde vinham e para onde estavam indo. Desespero contou-lhe tudo. A esposa o aconselhou que, ao levantar-se pela manhã, ele deveria surrá-los sem piedade. Assim, quando se levantou, pegou um enorme porrete de macieira brava e desceu à masmorra. Primeiramente, pôs-se a considerá-los como cães, embora não lhe respondessem nenhuma palavra de desagrado. Em seguida, avançou contra eles e os surrou terrivelmente, de tal modo que ficaram totalmente prostrados, não podendo sequer virar-se no chão. Feito isso, Desespero saiu e os deixou ali, a condoerem-se e a lastimarem-se de seu sofrimento. Durante todo aquele dia nada fizeram, exceto proferir gemidos e lamentações amargas.

Os prisioneiros são surrados pelo gigante.

À noite, conversando outra vez com o marido e entendendo que os peregrinos ainda estavam vivos, Desconfiança aconselhou-o a avisá-los para irem embora. Pela manhã, o gigante foi ter com eles, carrancudo como antes; e, percebendo estarem bastante machucados com os vergões que lhes fizera na véspera, disse-lhes que, como nunca poderiam deixar aquele lugar, a única saída seria tirarem a própria vida, utilizando uma faca, uma forca ou veneno; pois, falou ele, por que escolheriam a vida, quando lhes assistia tanta amargura? Mas os peregrinos desejaram que os soltasse. Com isso, Desespero olhou feio para eles e, indo em direção a eles, sem dúvida os teria matado com suas próprias mãos, se não tivesse sofrido um de seus ataques (como costumava acontecer em dias quentes), em que perdeu temporariamente o controle de sua mão. Retirou-se e os

O gigante os aconselha a se suicidarem.

O gigante tem ataques, às vezes.

deixou como antes, para considerar o que fazer. Então, os prisioneiros consultaram entre si se era melhor aceitar seu conselho ou não.[10] Começaram a dialogar.

Cristão: Irmão, o que faremos? A vida que desfrutamos no momento é horrível! De minha parte, não sei se é melhor viver assim ou morrer logo. Minha alma escolhe antes o estrangulamento do que a vida, e o túmulo seria mais confortável para mim do que essa masmorra! Seremos governados pelo gigante?

Cristão entra em desespero.

Jó 7.15

Esperança: De fato, nossa condição presente é terrível, e a morte me seria muito mais bem-vinda do que viver sempre assim. Mas consideremos que o Senhor do país ao qual vamos nos disse: Não matarás a nenhuma outra pessoa. E, mais, somos proibidos de aceitar o conselho desse homem e tirar nossa própria vida. Além disso, aquele que mata a outrem destrói apenas o corpo. Mas aquele que tira sua própria vida destrói o corpo e a alma. Também, meu irmão, você fala de descanso no túmulo, mas esquece o inferno, para onde por certo vão os assassinos. Pois nenhum assassino tem a vida eterna. Consideremos novamente que nem toda a lei está nas mãos do gigante Desespero. Outros, até onde eu sei, já foram pegos por ele, assim como nós; entretanto, apesar disso, escaparam de suas mãos. Talvez Deus, que criou o mundo, possa fazer morrer o gigante Desespero ou aconteça que, numa ocasião ou outra, ele esqueça de nos trancar; ou poderá dentro em breve sofrer outro de seus ataques e perder o uso dos

Esperança o conforta.

---

10 Temores que causam desespero, quando prevalecem de tal modo que impedem os homens de orar, abrem a porta para tentações de suicídio como o único alívio da miséria em que eles se encontram. Mas, onde existe a fé verdadeira, essas tentações serão vencidas, desde que a falta de bom senso não intervenha. Isso é muito raro entre os crentes, embora seus adversários propaguem difamações para injuriar a mente das pessoas contra a verdade.

membros. E, se isso acontecer de novo, eu, de minha parte, estou resolvido a criar coragem, e esforçar-me ao máximo para ficar livre de suas mãos. Fui tolo em não tentar fazer isso antes. No entanto, sejamos pacientes, meu irmão, e suportemos um pouco, porque a hora pode chegar que teremos uma soltura feliz. Apenas não sejamos nossos próprios assassinos.[11] Com essas palavras, Esperança moderou os pensamentos de seu irmão; e continuaram juntos (no escuro) em sua triste e lastimosa condição.

À tardinha, o gigante desceu novamente à masmorra, para ver se seus prisioneiros haviam aceitado seu conselho. Mas, quando lá chegou, estavam vivos, meramente vivos. Porque agora, por falta de pão e água e por causa dos ferimentos da surra, podiam apenas respirar. Mas, como disse, achou-os vivos. Diante disso, caiu em um acesso de raiva e lhes disse que, visto terem desobedecido seu conselho, seria melhor não haverem nascido.

Ao ouvirem essas palavras, tremeram grandemente, e acho que Cristão teve um desmaio. Porém, voltando a si, recomeçaram seu diálogo sobre o conselho do gigante: se era melhor segui-lo ou não. Ora, Cristão novamente pareceu a favor, mas Esperança apresentou sua segunda resposta.

Cristão ainda abatido.

Esperança: Meu irmão, disse ele, você não se

---

11 Aqueles que, por muito tempo, têm andado em paz duradoura nos caminhos de Deus freqüentemente são os que se mostram mais deprimidos,
quando o pecado enche a consciência deles com remorso, especialmente
se levaram outros crentes a sentirem-se ofendidos ou trouxerem vergonha
ao evangelho. Os argumentos de Esperança contrários ao suicídio são
conclusivos: sem dúvida, os homens em geral se aventuram nesse pecado
terrível por incredulidade ou por esquecerem a doutrina das Escrituras
referente ao futuro e ao estado de condenação eterna. Esse diálogo apresenta habilmente a flutuação da mente dos homens que se encontram em
profundo desânimo, com esperanças frágeis e com temores intensos.

lembra de como foi corajoso até aqui? Não o puderem vencer nem Apoliom, nem tudo que você ouviu, viu ou sentiu no Vale da Sombra da Morte. Quanta dificuldade, terror e assombro você já passou; e agora não se lembra de nada, senão do medo? Veja que eu estou na masmorra em sua companhia, um homem que por natureza é muito mais fraco do que você. Esse gigante me feriu também, assim como a você, e retirou o pão e a água da minha boca; e, com você, eu lamento sem a luz. Demonstremos um pouco mais de paciência. Lembre-se que você agiu como homem na Feira da Vaidade; não temeu corrente, nem jaula, nem mesmo a morte sangrenta.[12] Portanto (pelo menos para evitar a vergonha em que não fica bem ser achado um cristão), suportemos com paciência, tão bem quanto possível.

Esperança o conforta trazendo as coisas passadas à lembrança.

Lamentações 3.21

Chegando a noite outra vez, estando deitados o gigante e sua esposa, ela lhe perguntou sobre os prisioneiros: se haviam seguido seu conselho. A isso ele respondeu: São malandros fortes; preferem suportar todos os sofrimentos, em vez de tirarem sua própria vida. Então, ela disse: Leve-os ao pátio do castelo amanhã e mostre-lhes os ossos e as caveiras daqueles que você já executou;[13] deixe-os crer que, antes de

---

12 A recordação de conflitos, perigos e livramentos do passado é peculiarmente útil para encorajar o crente a ter confiança no poder e na misericórdia de Deus. E a confiança em seus irmãos, mesmo que estes não se encontrem em aflições semelhantes às dele, é um instrumento importante para resistir ao diabo.

13 As Escrituras mostram claramente alguns exemplos de apóstatas que morreram em desespero, como o rei Saul e Judas Iscariotes. O verdadeiro cristão, possuindo uma consciência sensível e familiaridade com a capacidade de engano de seu próprio coração, mostra-se bastante apto a considerar sua própria transgressão como um pecado imperdoável e a temer que a condenação final dos apóstatas se torne o seu próprio quinhão. Parece que este era o ensino tencionado por Bunyan, quando introduziu a cena do gigante mostrando aos peregrinos os ossos daqueles que haviam

terminar a semana, você os despedaçará, como fez aos seus companheiros antes deles.

Quando amanheceu, o gigante foi vê-los novamente, levou-os ao pátio do castelo e mostrou-lhes o que a esposa sugeriu. Estes, disse ele, um dia foram peregrinos como vocês e invadiram minha propriedade. Quando achei por bem, eu os despedacei, assim como lhes farei dentro de dez dias. Andem, voltem outra vez para sua prisão; e surrou-os em todo o caminho de volta. Deitaram-se o dia todo no sábado, em estado lamentável, como antes.

No sábado, o gigante ameaçou fazê-los em pedaços.

Ora, ao anoitecer, quando a Sra. Desconfiança e seu esposo, o gigante, estavam deitados, começaram a falar sobre seus prisioneiros. Ainda o velho gigante se admirava de que nem com pancadas nem com conselhos podia acabar com eles. Nisso a esposa respondeu: Temo que vivam na esperança de que alguns virão para libertá-los ou que tenham uma "chave que abre todas as fechaduras", por meio da qual esperam escapar. Se você concordar, querida, disse o gigante, amanhã vou revistá-los.

No sábado, por volta da meia-noite, os peregrinos começaram a orar e permaneceram em oração até quase o amanhecer.[14]

Ora, um pouco antes do amanhecer, o bom Cristão,

---

sido mortos, a fim de induzi-los ao suicídio.

14 Nada será eficaz para a recuperação do caído, enquanto ele não "começar a orar" com fervor, perseverança e importunação. O filho, enquanto se mostra obediente, antecipa o prazer de encontrar-se com um pai amoroso; mas, quando está consciente de havê-lo ofendido, o filho se oculta e se mantém à distância, por causa da vergonha, do temor e do orgulho. A incredulidade, a culpa e o orgulho impedem o crente de vir a seu único Amigo e de beneficiar-se de seu único remédio. Mas, quando a obstinação de espírito é quebrada e uma atitude de contrição e fé obtém sucesso no íntimo do crente, ele não demora a receber o completo livramento.

como quem estava meio admirado, irrompeu nesta fala apaixonada: Que tolo sou eu, a ponto de ficar prostrado numa masmorra fétida, quando posso tão bem andar em liberdade! Tenho no meu peito uma chave chamada Promessa[15] e estou convencido de que abrirá qualquer fechadura do Castelo da Dúvida. Disse-lhe Esperança: Esta é uma boa notícia, meu irmão, tire-a do peito e experimente.

Uma chave no peito de Cristão, chamada Promessa, abre qualquer fechadura no Castelo da Dúvida.

Cristão tirou-a de seu peito e começou a experimentá-la na porta da masmorra, cuja lingüeta cedeu (ao ser virada a chave), e a porta se abriu com facilidade. Cristão e Esperança saíram. Então, foram à porta externa, que conduzia ao pátio do castelo, e a chave abriu também aquela porta. Em seguida, foram ao portão de ferro, pois este também precisava ser aberto. A fechadura estava emperrada, mas a chave abriu-a também. Por fim, empurraram o portão para abri-lo e fugir depressa; porém, esse portão, ao abrir, rangeu tanto, que acordou o gigante Desespero. Mas, ao levantar-se pressurosamente para perseguir seus prisioneiros, sentiu falharem seus membros, pois seus ataques começaram de novo, e não teve condições de ir atrás deles.

Os dois seguiram e chegaram novamente à estrada do Rei; assim, ficaram a salvo, porque estavam fora da jurisdição do gigante.

---

15 A "chave" tem o propósito especial de referir-se à promessa da vida eterna para todos os que crêem em Cristo e reporta-se a qualquer outra das "preciosas e mui grandes promessas" do evangelho. Todavia, resquícios de incredulidade, recordação de sua culpa e temor sempre tornam difícil para o crente o lançar fora dúvidas desanimadoras. Em especial, devemos observar: a fé que livrou os peregrinos do castelo do gigante Desespero induziu-os a retornar sem demora ao caminho da obediência e a planejar maneiras de avisar os outros. A certeza da esperança está unida inseparavelmente à obediência da fé e do amor que produzem auto-renúncia

Ora, quando atravessaram os degraus, começaram a planejar o que fariam naquele lugar dos degraus, para impedir de caírem nas mãos do gigante Desespero os peregrinos que viessem depois deles. Concordaram em levantar ali um pilar e gravar em um de seus lados esta sentença: "Do outro lado desses degraus está o caminho que conduz ao Castelo da Dúvida, guardado pelo gigante Desespero, que despreza o Rei do País Celestial e busca destruir seus santos peregrinos". Muitos, pois, que passaram por ali depois, leram o que estava escrito e escaparam do perigo. Feito isso, eles cantaram:

Um pilar erguido por Cristão e seu companheiro.

> Saímos do caminho e, então, descobrimos
> O que significa caminhar por terras proibidas.
> E quem vier atrás tenha muito cuidado;
> Para que, por descuido, não sofra como nós.
> Para que, por transgressão,
> Não se tornem prisioneiros
> No Castelo da Dúvida,
> Cujo dono é o gigante Desespero.

CAPÍTULO 17

Descanso nas
Montanhas Deleitáveis

Prosseguiram andando, até chegarem às Montanhas Deleitáveis,[1] pertencentes ao Senhor do monte sobre o qual falamos. Subiram essas montanhas para contemplar os jardins, os pomares, os vinhedos e as fontes de água, onde beberam, lavaram-se e comeram livremente o

As Montanhas Deleitáveis.

---

1 Quando os crentes que ofenderam a Deus são trazidos ao arrependimento profundo, a uma fé viva e renovada e à obediência espontânea, o Senhor restitui-lhes a alegria da sua salvação. As Montanhas Deleitáveis parecem ter o propósito de significar aqueles períodos de paz e consolação que os crentes firmes experimentam com freqüência, em sua idade avançada. Eles estão firmes por causa da longa experiência na simplicidade de dependência e de obediência. Eles têm mais tempo para desfrutar de comunhão com Deus e com seus irmãos na amável bondade e verdade do Senhor. Assim, "apoiando-se em seu bordão", dependendo das promessas e das perfeições de Deus, em fé e esperança firme, eles antecipam sua futura felicidade "com gozo inefável e cheio de glória".

fruto dos vinhedos. No topo daquelas montanhas, havia pastores alimentando seus rebanhos, junto ao caminho. Os peregrinos, portanto, foram ao seu encontro e, apoiados sobre seus bordões (como de costume fazem os peregrinos cansados, quando param para conversar com alguém pelo caminho), perguntaram: De quem são essas Montanhas Deleitáveis e as ovelhas que aqui se alimentam?

Eles são renovados nas montanhas.

Conversa com os pastores.

Pastor: Estas montanhas pertencem ao país de Emanuel e daqui se avista a cidade dEle. As ovelhas também Lhe pertencem; Ele deu sua vida por elas.

João 10.11

Cristão: Este é o caminho para a Cidade Celestial?

Pastor: Você está nele.

Cristão: A que distância fica?

Pastor: Longe demais para qualquer pessoa, exceto para aqueles que realmente chegarão lá.[2]

Cristão: O caminho é seguro ou perigoso?

Pastor: Seguro para aqueles a quem ele deve ser seguro, mas os transgressores cairão nele.

Oséias 14.9

Cristão: Existe nesse lugar algum alento, para peregrinos que estão cansados e abatidos no caminho?

Pastor: O Senhor dessas montanhas nos encarregou de não negligenciar o dever de receber bem os estranhos; portanto, o bem deste lugar está às suas ordens.

Hebreus 13.1,2

Vi também em meu sonho que, ao perceberem os pastores que os dois peregrinos eram homens viajados, também lhes fizeram perguntas (as quais eles responderam como em outras ocasiões), tais como: De onde vieram? Como entraram no caminho? Por que meios vocês têm perseverado? Visto que poucos daqueles que

---

2   A certeza da perseverança final dos verdadeiros crentes é continuamente exemplificada no fato de que eles realmente perseveram, apesar de todos os impedimentos imagináveis, quer interiores, quer exteriores. Há muitos que afirmam essa doutrina, mas não estão interessados em tal privilégio, e sua conduta comprova que eles "não têm raiz em si mesmos".

iniciam a viagem chegam a mostrar sua face nessas montanhas. Mas, quando os pastores ouviram suas respostas, satisfeitos com elas, olharam-nos com muito amor e disseram: Sejam bem-vindos às Montanhas Deleitáveis.

Os pastores os recebem.

Os pastores, cujos nomes eram Conhecimento, Experiência, Vigilância e Sinceridade,[3] conduziram--nos pela mão, fizeram-nos entrar em suas tendas e partilhar aquilo que tinham ali. Além disso, disseram: Gostaríamos que vocês ficassem aqui um pouco, para que nos conheçam e, mais ainda, se confortem com o bem dessas Montanhas Deleitáveis. Os dois lhes responderam que ficariam contentes em se demorar ali; acomodaram-se em repouso naquela noite, porque estava muito tarde.

Os nomes dos pastores.

Então, vi em meu sonho que pela manhã os pasto-res chamaram Cristão e Esperança para caminhar com eles nas montanhas. Saíram e caminharam um pouco, contemplando belas paisagens em todas as direções. E disseram os pastores entre si: Vamos mostrar a esses peregrinos algumas maravilhas?

Maravilhas lhes são mostradas.

Resolvido isto, levaram-nos primeiro ao alto de um monte chamado Erro,[4] que era bem íngreme no

---

3   Esses nomes subentendem os dons que são essenciais ao ministério pastoral: conhecimento das Escrituras e de todos os assuntos relacionados à glória de Deus e à salvação das almas; experiência do poder da verdade divina em seus próprios corações, da fidelidade de Deus em cumprir suas promessas, dos conflitos do crente e dos diversos artifícios de Satanás para enganar e corromper as almas dos crentes; a vigilância dos pastores para com o povo do Senhor como seu constante ofício e sua preocupação incessante; a sinceridade dos pastores manifestada por meio de uma paciente e amável conduta, convencendo o povo de que eles, pastores, não estão buscando seu próprio interesse, e sim o interesse deles, o povo de Deus.

4   O Monte do Erro representa os erros doutrinários que são absolutamente incoerentes com o arrependimento, a humildade, a fé, a esperança, o amor, a adoração espiritual e a santa obediência; e que, conseqüentemente, são

lado que estava mais distante deles. Mandaram que *O monte do*
olhassem para baixo. Cristão e Esperança olharam e *Erro.*
viram em baixo alguns homens despedaçados pela
grande queda que tiveram, do alto. Cristão perguntou:
O que significa isso? Os pastores responderam: Vocês
não ouviram falar sobre aqueles que foram levados ao
erro por atenderem a Himeneu e a Fileto no que se refere *2 Timóteo*
à fé na ressurreição do corpo? Eles responderam: Sim. *2.17-18*
Os pastores acrescentaram: Aqueles que vocês vêem
despedaçados lá embaixo são eles; e continuam ali até
hoje, sem terem sido enterrados (como vocês viram),
para servirem de exemplo a outros, a fim de que tenham
cuidado com a maneira como sobem os lugares altos
ou como se aproximam demais da beira deste monte.

Em seguida, vi que os levaram ao topo de outra
montanha, cujo nome é Cautela, e mandaram-nos olhar *A Montanha*
para longe. Quando fizeram isso, perceberam o que lhes *da Cautela.*
pareceu ser vários homens caminhando para cima e
para baixo, entre os túmulos que lá havia. Perceberam
também que os homens eram cegos, porque várias vezes
tropeçavam nos túmulos e não conseguiam sair de lá.
Cristão perguntou: O que significa isto?

Os pastores responderam: Não viram, um pouco
abaixo dessas montanhas, uma escada que conduzia
a uma campina, do lado esquerdo desse caminho?
Responderam: Sim. Disseram os pastores: Dessa
escada sai uma trilha que leva diretamente ao Castelo
da Dúvida, guardado pelo gigante Desespero. Esses
homens (apontando-lhes os homens entre os túmulos)

---

incoerentes com o estado de salvação e de aceitação diante de Deus.
Os crentes professos, por confiarem em seu próprio entendimento, por
intrometerem-se em coisas que não viram e por especularem sobre
assuntos profundos demais para eles, caem em heresias destrutivas e
tornam-se um exemplo terrível, servindo como advertência para seus
contemporâneos e sucessores.

um dia vieram numa peregrinação, como vocês agora, até chegarem naquela escada. E, devido ao fato de que o caminho correto estava áspero naquele local, escolheram sair dele para aquela campina; lá foram apanhados pelo gigante Desespero e lançados no Castelo da Dúvida. Ali, depois de ficarem guardados na masmorra por um tempo, tiveram seus olhos vazados pelo gigante, que após isso os levou para aqueles túmulos, onde os deixou a vaguear até ao dia de hoje, para que neles se cumpram as palavras do sábio: *O homem que se desvia do caminho do entendimento na congregação dos mortos repousará*. Os peregrinos olharam um para o outro, com lágrimas nos olhos, porém nada disseram aos pastores.[5]

Provérbios 21.16

Então, vi em meu sonho que os pastores levaram-nos a outro lugar, em uma parte mais baixa, onde havia uma porta no lado de um monte. Abriram a porta e mandaram-nos olhar para dentro. Cristão e Esperança olharam e viram que dentro era muito escuro e fumacento; também pensaram que ouviam ali um barulho grave e estrondoso, como de fogo, e um clamor, como de atormentados, e sentiam o cheiro de enxofre.

Cristão perguntou: O que significa isto? Os pastores lhes disseram: Este é um atalho para o inferno, um caminho utilizado pelos hipócritas, ou seja, aqueles que vendem seu direito de primogenitura como Esaú; aqueles que vendem seu Senhor, como Judas; aqueles que blasfemam o Evangelho, como Alexandre; e aqueles que mentem e dissimulam, como Ananias e Safira, sua esposa.

Um atalho para o inferno.

Marcos 3.19

Atos 5

---

5 Muitos que declaram ser cristãos, havendo sido cegados por Satanás, retornam à companhia daqueles que estão mortos em pecados. Tais exemplos podem mui apropriadamente exigir que derramemos lágrimas de tristeza santa e de fervorosa gratidão, quando pensamos sobre a nossa conduta errada e sobre a amável bondade do Senhor, que nos tornou diferentes, por inicialmente implantar e, depois, preservar, a fé em nosso coração.

Esperança disse aos pastores: Percebo que, como nós agora, esses receberam, cada um deles, uma mostra de peregrinação, não receberam?

Pastor: Sim, e retiveram-na por muito tempo.

Esperança: Até aonde puderam ir em sua peregrinação, na sua época, visto que, apesar de tudo, foram lançados fora miseravelmente?

Pastor: Alguns foram mais longe; outros nem chegaram a estas montanhas.

I Coríntios 10.12

Os peregrinos disseram um ao outro: Temos de pedir força Àquele que é poderoso.

Pastor: Sim, vocês terão necessidade de usá-la, quando a receberem.[6]

A essa altura, os peregrinos estavam com vontade de seguir em frente; e os pastores desejavam que o fizessem. Portanto, caminharam juntos até ao fim das montanhas. Então, disseram os pastores uns aos outros: Mostremos aos peregrinos as portas da Cidade Celestial, se tiverem a capacidade de vê-la através de nosso Binóculo da Perspectiva. Os peregrinos com todo amor aceitaram a proposta. Assim os pastores levaram os dois ao topo de um monte alto, cujo nome era Claro, e deram-lhes o Binóculo da Perspectiva, para olharem.

Os pastores oferecem seu Binóculo da Perspectiva.

O monte Claro.

Eles experimentaram olhar, mas a lembrança das últimas coisas que os pastores lhes haviam mostrado fizeram tremer suas mãos. Com esse impedimento, não puderam olhar firmemente através do Binóculo.[7] Contudo, acharam que viam algo semelhante à porta e

---

6 Nenhum homem pode ver o coração do outro; portanto, é correto advertir os crentes mais aprovados, para que, enquanto eles pensam que estão de pé, não caiam. Orações ao Deus todo-poderoso, suplicando forças e vigilância contínua, são absolutamente necessárias até ao fim.

7 A fraqueza de nossa natureza, mesmo em uma medida renovada, é tão grande, que é quase impossível para nós exercitarmos vigorosamente pelo menos uma das virtudes santas, sem falharmos em outra.

um pouco da glória do lugar. Em seguida, prosseguiram e cantaram essa canção:

> *Por pastores são revelados os segredos*
> *Que de todas as pessoas*
> *São conservados em oculto.*
> *Venham aos pastores se quiserem ver*
> *Reveladas coisas profundas,*
> *Ocultas e misteriosas.*

Quando estavam para sair, um dos pastores lhes deu um papel com instruções sobre o caminho. Outro avisou-lhes: Cuidado com o Adulador. O terceiro mandou que cuidassem para não dormir no Terreno Encantado. E o quarto lhes desejou uma viagem abençoada, dizendo: Vão com Deus. Assim, acordei do meu sonho.

CAPÍTULO 18

Cristão e Esperança encontram personagens hostis

Eu dormi e sonhei novamente. Vi os mesmos dois peregrinos descendo as montanhas pelo caminho em direção à Cidade Celestial. Ora, um pouco abaixo das montanhas, à esquerda, está o país da Presunção, do qual sai uma vereda sinuosa que chega ao caminho pelo qual os peregrinos estavam andando. Ali mesmo, encontraram-se com um rapaz apressado que saía daquele país; seu nome era Ignorância.[1] Cristão

O país da Presunção, de onde veio Ignorância.

---

1 Multidões de pessoas ignorantes desprezam a Deus e ao cristianismo; outras possuem uma aparência de piedade, que é rigorosa, distante e mesclada com uma desdenhosa inimizade contra a verdade evangélica. Mas algumas pessoas são abertas e comunicativas, embora exponham constantemente sua ignorância. Pessoas orgulhosas e ambiciosas de serem religiosos dedicados são repelidas com muita dificuldade e freqüentemente se introduzem nas mais sagradas ordenanças. Assim é o país da Presunção, onde habita a ignorância. Uma disposição dinâmica,

perguntou-lhe de onde vinha e para onde estava indo.

Ignorância: Senhor, nasci no país que fica daquele lado, um pouco à esquerda, e vou à Cidade Celestial.

Cristão e Ignorância conversam.

Cristão: Como você pensa entrar pela porta? Talvez encontre alguma dificuldade lá.

Ignorância: Como entram as outras pessoas boas.

Cristão: O que você tem para apresentar naquela porta, a fim de que ela lhe seja aberta?

Ignorância: Eu sei a vontade de meu Senhor. Tenho vivido bem; pago tudo que estou devendo. Eu oro, jejuo, dou o dízimo e esmolas e saí da minha terra para chegar ao lugar aonde estou indo.

Os fundamentos da esperança que Ignorância possui.

Cristão: Mas você não entrou pela Porta Estreita, que está no começo deste caminho; você entrou por aquela vereda sinuosa; por isso mesmo, eu temo que, não importando o que você pensa acerca de si mesmo, quando o dia do ajuste de contas chegar, você será considerado ladrão e salteador, em vez de conseguir admissão na cidade.

Ignorância: Senhores, vocês me são completamente estranhos; eu não os conheço. Estejam contentes em seguir a religião de seu país, e eu seguirei a religião do meu. Espero que tudo esteja bem; e, quanto à porta da qual falam, todos sabem que ela fica muito longe de nosso país. Acho que ninguém do nosso país sabe como chegar até lá; mas não é importante se sabem ou não, visto que temos, como vêem, uma vereda nova e agradável que desce de nosso país e chega nesse caminho.

Ignorância mostra a todos que é apenas um tolo.

Quando Cristão viu que o homem era presunçoso aos seus próprios olhos, disse a Esperança, sussurrando: Há mais esperança em um insensato do que nesse homem. E acrescentou: *Quando o tolo vai pelo caminho,*

Provérbios 26.12 Eclesiastes 10.3

---

uma capacidade fraca, um discernimento confuso, a falta de informação sobre o verdadeiro cristianismo e sobre quase todos os outros assuntos, uma cegueira proporcional a todos esses defeitos e uma auto-suficiência atrevida são as características proeminentes nesta figura.

falta-lhe o entendimento; e, assim, a todos mostra que
é estulto. O que faremos? Conversaremos mais com ele
ou passaremos adiante agora, deixando-o a pensar no
que já ouviu, e pará-lo adiante, para ver se, por etapas,
podemos lhe fazer algum bem? Então, disse Esperança:

Como mostrar a verdade a um tolo.

> *Deixe Ignorância por um pouco agora pensar*
> *Naquilo que lhe foi dito e não recusar;*
> *Bons conselhos aceitar para que não permaneça*
> *Ignorante a respeito daquilo que*
> *É o maior de todos os ganhos.*
> *Deus afirmou: Aqueles que não têm entendimento,*
> *Ele não os salvará, embora os tenha criado.*

Esperança acrescentou: Creio que não seja prudente dizer tudo para ele de uma vez. Vamos ultrapassá-lo,
como você quer, e conversar com ele depois, à medida
que for capaz de suportar.[2]

Portanto, os dois prosseguiram adiante, e Ignorância veio mais atrás. Ora, quando o haviam passado,
entraram em uma vereda estreita e bem escura,[3] onde
se encontraram com um homem que sete demônios
haviam amarrado com sete cordas fortes e estavam
carregando-o de volta à porta que os peregrinos viram
no lado do monte. O bom Cristão começou a tremer e,
de igual modo, Esperança, seu companheiro. Todavia,

Mateus 12.45
Provérbios 5.22

---

2   É melhor não conversarmos imediatamente com pessoas desse caráter.

3   A vereda escura parece significar um tempo de prevalência da impiedade
e de grande aflição para o povo de Deus. Em tempos obscuros, os professos desviados com freqüência se tornam apóstatas condenados. Quando
as convicções diminuem e Cristo não estabelece seu reino no coração
do pecador, o espírito imundo retorna à sua habitação anterior e "leva
consigo sete espíritos piores do que ele", os quais prendem o miserável
pecador nos grilhões do pecado e do engano; assim, o último estado é
menos esperançoso do que o primeiro.

enquanto os demônios levavam o homem, Cristão olhou para ver se o conhecia; e achou que podia ser um indivíduo chamado Volta-Atrás, que morava na cidade de Apostasia. Mas não enxergava bem o seu rosto, porque ele estava cabisbaixo, como um ladrão flagrado. Mas, após ter passado, Esperança olhou para trás e viu em suas costas um papel com a seguinte inscrição: Professor Devasso, Apóstata Condenado.

A destruição de um desviado.

    Cristão disse ao companheiro: Agora recordo o que me foi dito sobre o que aconteceu a um bom homem dessas redondezas. O seu nome era Pouca-Fé, mas era um homem bom, que habitava na cidade de Sinceridade. Aconteceu o seguinte: na entrada desse caminho, desce da porta do Caminho Largo, um atalho chamado Vereda dos Mortos, assim chamada por causa dos assassinatos que costumeiramente ali ocorrem. Esse Pouca-Fé, indo em peregrinação como nós fazemos agora, sentou-se ali por acaso e adormeceu. Aconteceu que vieram da porta do Caminho Largo, por aquela vereda, três malandros fortes, chamados Covardia, Desconfiança e Culpa, três irmãos; e, quando viram Pouca-Fé, vieram correndo. Este havia acabado de acordar e se levantava para seguir viagem. Os três malandros, chegando com linguajar de ameaças, mandaram-no ficar de pé. Com isso, Pouca-Fé empalideceu e não teve forças para brigar ou fugir. Covardia logo disse: Entregue a bolsa. Mas Pouca-Fé não teve pressa, pois não queria perder seu dinheiro. Desconfiança chegou-se rápido e puxou do bolso dele uma sacola de moedas de prata. Então, Pouca-Fé gritou: Ladrões, ladrões! Ouvindo isso, Culpa, com um cacete grande que tinha em suas mãos, deu uma pancada na cabeça de Pouca-Fé, derribando-o no chão, onde ficou sangrando como quem ia morrer. Enquanto isso, os ladrões ficaram ali. Porém, finalmente, ouvindo que alguém se aproximava na estrada e temendo

Cristão conta a história de Pouca-Fé.

O Caminho Largo. A Vereda dos Mortos.

Pouca-Fé é roubado por Covardia.

Desconfiança e Culpa.

Eles derrubam Pouca-Fé e levam sua prata.

que fosse um tal de Graça-Abundante,[4] morador de
Boa-Confiança, eles fugiram, deixando o bom homem
para se virar como pudesse. Depois de algum tempo,
Pouca-Fé se reanimou e levantou-se, dando jeito de
continuar em seu caminho. A história era esta.[5]

Esperança: Mas levaram tudo que ele tinha?

Cristão: Não. Faltou descobrirem onde ele
guardara suas jóias; essas ele conservou. No entanto,
disseram-me que o bom homem ficou muito aflito com
sua perda; porque os ladrões levaram a maior parte de
seu dinheiro de viagem. Conforme já disse, o que eles
não conseguiram foi roubar-lhe as jóias. Ficaram-lhe
alguns trocados, mas não o suficiente para levá-lo até
ao fim da viagem. E (se não fui mal informado) ele teve
de pedir esmolas para sobreviver, porque as jóias ele
não podia vender. Mesmo pedindo esmolas e fazendo
o que era capaz, passou (como se diz) *de barriga vazia*
quase todo o restante do caminho.

Esperança: Não é admirável que não tomaram-
-lhe o certificado, pelo qual receberia sua entrada na

*Pouca-Fé
não perdeu
suas melhores
coisas.*

1 Pedro 4.18

*Pouca-Fé
é forçado a
mendigar
até o fim da
jornada.*

---

4   Visto que esses ladrões representam os efeitos interiores da incredulidade
    e da desobediência, não sendo inimigos exteriores, Graça-Abundante
    pode ser uma figura dos crentes e dos pastores que, havendo permanecido
    honravelmente em sua firmeza, se esforçam para restaurar, por meio de
    encorajamentos convenientes, os crentes caídos em um espírito de fraqueza.

5   O episódio relacionado a Pouca-Fé evidentemente tinha o propósito de
    prevenir os crentes fracos, a fim de que não sejam desanimados por causa
    das coisas terríveis faladas pelos hipócritas e apóstatas. Em tempos de
    perseguição, muitos que pareciam ser religiosos, retornam abertamente
    ao caminho largo que conduz à destruição. Esta é a Vereda dos Mortos,
    que conduz de volta à porta do Caminho Largo. Todos os verdadeiros
    crentes são preservados de serem atraídos de volta ao caminho da perdição.
    Todavia, aqueles que são fracos na fé, sendo desanimados e confiando
    de maneira errônea nas promessas e na fidelidade de Deus, são traídos e
    levados a complacências e negligências pecaminosas. Eles são tímidos e
    negligentes em seus deveres espirituais e, assim, adquirem culpa.

porta celestial?

Cristão: Realmente é admirável, mas não o pegaram. E isso não aconteceu por alguma esperteza dele, porque, ao esmorecer, quando se lançaram contra ele, ficou sem força ou habilidade para esconder qualquer coisa; então, foi mais pela boa Providência do que por seu esforço que os ladrões deixaram de levar esse documento.

Pouca-Fé reteve suas melhores coisas não por sua própria esperteza.

2 Timóteo 1.14
2 Pedro 2.9

Esperança: Deve ter sido um consolo para ele o fato de que não levaram essa preciosidade.

Cristão: Poderia ter sido um grande consolo, se o tivesse usado como devia. Entretanto, os que contaram a história disseram que ele fez pouco uso do certificado no restante do caminho, por causa do desânimo que sentiu por terem levado seu dinheiro. Ele até o esqueceu durante a maior parte do resto de sua viagem. E, quando o certificado lhe vinha à mente, Pouca-Fé começava a consolar-se com ele; depois, surgiam-lhe novos pensamentos de sua perda, e esses pensamentos invadiam-lhe todo o ser.

Esperança: Coitado! Pobre homem! Isto só poderia ser uma grande aflição para ele.

Os dois tiveram pena dele.

Cristão: Aflição! Sim, uma grande aflição! E não o teria sido para qualquer um de nós, se, como ele, tivéssemos sido assaltados e feridos, em um lugar estranho? É admirável que ele não morreu de tristeza. Pobre homem! Disseram que, em todo o resto do caminho, ele apenas proferia amargas e dolorosas reclamações, contando a todos que ultrapassava, ou pelos quais era ultrapassado, onde e como fora assaltado; quem eram os ladrões, o que perdeu, como havia sido ferido e como ele quase não escapara com vida.[6]

---

6   A união do crente com Cristo e a santificação do Espírito, selando a aceitação do crente diante de Deus, são as jóias preciosas e inegociáveis do crente. O crente, porém, por causa de seu pecado, pode perder suas consolações, sua

Esperança: É surpreendente que suas necessidades não o pressionaram a *vender* ou *empenhar* algumas de suas jóias, para que tivesse com que sentir-se aliviado em sua viagem.

Cristão: Você fala como quem ainda não saiu da casca. Empenhá-las pelo quê? Vendê-las para quem? Em todo aquele país onde ele foi roubado, suas jóias não valem nada; ele também não queria o alívio que a venda de suas jóias lhe poderia ministrar. Além do mais, se suas jóias estivessem faltando na porta da Cidade Celestial, teria sido excluído de uma herança lá (ele bem o sabia), e isso lhe teria sido pior do que o aparecimento e os maus tratos de dez mil assaltantes.

Cristão critica seu companheiro por seu comentário insensato.

Esperança: Por que esta sua aspereza, irmão? Esaú vendeu seu direito de primogenitura, por um prato de guisado; e esse direito de primogenitura era sua jóia mais preciosa. Se ele pôde fazer isso, por que Pouca-Fé não o poderia também?

Hebreus 12.16

Cristão: De fato, Esaú vendeu seu direito de primogênito, e muitos outros fazem isso, e, por fazê-lo, excluem-se da bênção principal, como aquele ímpio. Mas você precisa estabelecer uma diferença entre Esaú e Pouca-Fé e as condições de ambos. O direito de primogenitura de Esaú era simbólico, mas as jóias de Pouca-Fé não eram. O ventre de Esaú era seu deus; o de Pouca-Fé não o era. O desejo de Esaú estava em seu apetite carnal; o de Pouca-Fé, não. Além disso, Esaú tinha em vista apenas a satisfação de seus apetites, pois

Uma discussão sobre Esaú e Pouca-Fé.

Esaú era dominado por sua cobiça.

---

quietude e sua utilidade; e, no futuro, sua vida pode se tornar um constante cenário de inquietude e reflexões dolorosas. Assim, a doutrina da perseverança final do crente é mantida e protegida de abusos. Não é por causa do cuidado do próprio crente, e sim por causa da misericórdia e da poderosa interposição do Senhor, bem como por causa dos compromissos da nova aliança, que a incredulidade e a culpa não roubam do crente o seu direito de entrada no céu, a sua consolação e a sua confiança em Deus.

disse: *Estou a ponto de morrer; de que me aproveitará o direito de primogenitura?* Pouca-Fé, embora fosse a sua sorte ter pouca fé, foi por ela impedido de tais extravagâncias e obrigado a contemplar e valorizar mais suas jóias, em vez de vendê-las, como Esaú vendeu seu direito de primogenitura. Você não lê, em parte alguma das Escrituras, que Esaú tinha fé, sequer um pouquinho. Portanto, não devemos admirar que, onde a carne impera (como acontece ao homem que *não* possui fé para resistir), ele venda seu direito de primogenitura, e sua alma, e tudo, e que o faça para o Diabo do inferno — pois a tais homens acontece o mesmo que a jumentos selvagens, os quais em suas ocasiões de teimosia ninguém pode obrigar a voltar atrás. Quando estão decididos por suas paixões, querem satisfazê-las, não importa o custo; mas Pouca-Fé possuía outra disposição. Sua mente estava nas coisas divinas; sua vida era centralizada nas coisas espirituais, provenientes do alto. Portanto, com que propósito uma pessoa dessa disposição venderia suas jóias (no caso de haver alguém disposto a comprá-las)? Ele o faria para encher sua mente com coisas vazias? Um homem dará algum dinheiro para encher sua barriga com feno? Ou você consegue persuadir o pombo a viver de carniça, à semelhança do corvo? Embora os incrédulos, para satisfazer suas paixões carnais, possam empenhar, hipotecar ou vender o que têm, inclusive eles mesmos; aqueles que têm fé, a fé salvadora, mesmo em pequena porção, não conseguem fazer isso. Eis aqui, meu caro irmão, o seu erro.[7]

Gênesis 25.32

Esaú nunca teve fé.

Jeremias 2.24

Pouca-Fé não podia viver do guisado de Esaú.

---

7 Muitos que professam ser crentes, face a desencorajamentos, abandonam o cristianismo por amor ao mundo; mas, se alguém argumenta que os verdadeiros crentes seguirão o exemplo de tais professos, mostra que ainda não possui discernimento bem firme, nem está profundamente familiarizado com a natureza da vida divina.

Esperança: Eu o admito; contudo, sua reflexão tão severa quase me deixou zangado.

Cristão: Ora, apenas o comparei a alguns dos pássaros mais ativos, que correm para lá e para cá em caminhos já pisados, tendo a casca ainda na cabeça. Esqueça isso, considere o assunto que estamos debatendo, e tudo estará bem entre você e eu.

Esperança: Mas, Cristão, esses três rapazes, estou convencido em meu coração, são apenas um bando de covardes. Será que teriam fugido em outras circunstâncias, assim como fugiram ao ouvirem o barulho de uma pessoa que vinha pela estrada? Por que Pouca-Fé não teve a coragem de um coração destemido? Acho que ele poderia ter agüentado uma briga com eles e cedido somente quando não houvesse mais remédio.

Esperança se gaba.

Cristão: Que eles são covardes muitos já disseram, mas poucos o reconhecem na hora da tribulação. Quanto a um coração destemido, Pouca-Fé não o tinha. E percebo, meu irmão, que, se você fosse o homem assaltado, sua preferência seria brigar e, depois, ceder. De fato, visto que essa é a dimensão de seu apetite, agora que estão distantes, se eles lhe aparecessem, como o fizeram a Pouca-Fé, talvez poderiam fazê-lo mudar de idéia.

Não há um coração destemido para Deus onde existe pouca fé.

Considere mais isto: eles são apenas ladrões de viajantes e servem ao rei do inferno; este mesmo, se for preciso, vem ajudá-los, e sua voz é como o rugido de um leão. Eu mesmo já estive envolvido em uma luta com ele, assim como Pouca-Fé esteve, e descobri que é uma coisa terrível. Esses três vilões estavam sobre mim; eu começava a resistir-lhes como um cristão. Eles chamaram apenas uma vez, e logo surgiu o seu senhor. Eu teria (na expressão popular) trocado minha vida por um centavo; porém, na providência de Deus, aconteceu que eu estava vestido com a Armadura da

Temos mais coragem quando estamos de fora do que quando estamos dentro.

I Pedro 5.8 Cristão conta sua própria experiência.

Provação. Sim, mesmo vestido com esta armadura, foi difícil esforçar-me para agir como homem; ninguém sabe dizer o que nos assiste nesse combate, a não ser aquele que já esteve na batalha.

Salmos 5.8

Esperança: Bem, veja, eles fugiram quando imaginaram que Graça-Abundante estava à caminho.

Cristão: É verdade. Muitas vezes têm fugido, eles e seu Senhor, somente com o aparecimento de Graça-Abundante. Mas não devemos estranhar, porque ele é o defensor do Rei. Mas creio que você perceberá a diferença entre Pouca-Fé e o defensor do Rei. Nem todos os súditos do Rei são seus defensores, nem podem, quando tentados, realizar feitos de guerra semelhantes aos de Graça-Abundante. É correto pensar que uma criancinha pode enfrentar um Golias, tal como Davi o fez? Ou que existe a força de um touro em um pequeno pássaro? Uns são fortes, outros, fracos; uns têm muita fé, outros, pouca. Este homem era dos fracos; por isso, foi derrotado.

O defensor do Rei.

Esperança: Gostaria que Graça-Abundante tivesse dado um jeito neles.

Cristão: Se tivesse feito isso, teria encontrado muita dificuldade. Pois, eu lhe digo, que Graça-Abundante é excelente no manejo de suas armas e, como já fez, pode e consegue lidar bem com elas, enquanto os mantêm à ponta da espada. Mas, quando Covardia, Desconfiança ou o outro conseguem atingi-lo, mesmo com dificuldade, o derrubam. E, quando um homem está no chão, você sabe, o que pode ele fazer?

2 Coríntios 1.8

Quem olhar bem no rosto de Graça-Abundante verá cicatrizes e cortes ali, provas evidentes do que estou dizendo. Sim, uma vez ouvi que ele dizia (quando estava no meio da luta): "*Desesperamos até da própria vida*". E de que maneira esses malandros e seus companheiros fizeram Davi gemer, lamentar e clamar?

Mateus 26.71,72

Hemã e Ezequias, embora valorosos em seu tempo, também tiveram que se esforçar ao extremo, quando foram assaltados; mas, apesar disto, suas vestes foram bastante rasgadas por eles. Pedro, certa vez, quis ver o que poderia fazer, todavia, embora digam alguns que ele é o príncipe dos apóstolos, esses ladrões trataram-no de tal maneira, que o fizeram temer uma simples mocinha.

Além disso, o rei deles está pronto a vir ao primeiro assobio; nunca está longe demais para ouvir. Se, em alguma ocasião, eles estão em desvantagem, o rei vem ajudá-los, se possível. A respeito dele se diz: *Se o golpe de espada o alcança, de nada vale, nem de lança, de dardo ou de flecha. Para ele, o ferro é palha, e o cobre, pau podre. A seta não o faz fugir; as pedras das fundas se lhe tornam em restolho. Os porretes atirados são para ele como palha, e ri-se do brandir da lança.* Que pode um homem fazer neste caso? É verdade que, se um homem pudesse ter sempre o cavalo de Jó e habilidade e coragem de montá-lo, poderia fazer coisas notáveis. Seu pescoço é revestido de crinas... *Terrível é o fogoso respirar das suas ventas. Escarva no vale, folga na sua força e sai ao encontro dos armados. Ri-se do temor e não se espanta; e não torna atrás por causa da espada. Sobre ele chocalha a aljava, flameja a lança e o dardo. De fúria e ira devora o caminho e não se contém ao som da trombeta. Em cada sonido da trombeta, ele diz: Avante! Cheira de longe a batalha, o trovão dos príncipes e o alarido.*

Jó 41.26-29

A força do leviatã.

Jó 39.19-25 O vigor impressionante do cavalo de Jó.

Mas, quanto a soldados rasos como você e eu, não desejemos nunca enfrentar um inimigo, nem vangloriar-nos como se pudéssemos fazer melhor, quando ouvimos sobre outros que foram frustrados; nem encantar-nos com idéias a respeito de nossa própria varonilidade, porque tais coisas comumente saem-se mal quando provadas. Pensemos apenas no apóstolo

Pedro, que já mencionei; ele contava vantagem, sim, contava; sua vã ostentação o levou a dizer que faria melhor e por amor ao seu Senhor ficaria mais firme do que todos os outros discípulos. Porém, quem foi tão derrotado e escorraçado por esses vilões, como ele? Portanto, quando ouvimos falar que tais assaltos acontecem na Estrada do Rei, duas coisas convêm fazer. Primeira, sair vestidos com a armadura de Deus; segunda, ter certeza de levarmos conosco um escudo; pois, por falta disso, quem enfrentou tão arduamente o leviatã não conseguiu fazê-lo render-se; visto que, se o escudo está faltando, ele não nos teme nem um pouco. Por isso, Aquele que tem habilidade disse: Acima de tudo, embracem *o escudo da fé, com o qual podereis* *Efésios 6.16* *apagar todos os dardos inflamados do Maligno.*[8]

É bom, também, que desejemos a escolta do *É bom ter uma* Rei, sim, que Ele mesmo vá conosco. Isto fez Davi *escolta.* alegrar-se, quando estava no Vale da Sombra da Morte; e Moisés preferia morrer onde estava a dar um passo *Êxodo 33.15* sem a companhia do seu Deus. Oh! meu irmão, se Ele for conosco, por que deveremos temer ainda dezenas *Salmos 3.5-8* *Salmos 27.1-3* de milhares que se colocarão contra nós?! Mas, sem *Isaías 10.4*

---

8   O crente maduro, embora tenha uma fé mais firme e possua habitualmente mais vigor em suas afeições pelas coisas espirituais, conhece muito bem a si mesmo, para vangloriar-se. Ele procura falar com modéstia sobre o seu passado e com confiança, a respeito do futuro; assim como um soldado veterano, de valor aprovado, que tem sempre estado a serviço de seu Senhor. Aqueles que, antecipadamente, se orgulharam do que seriam capazes de fazer e sofrer, ao invés de negarem a fé, geralmente têm se mostrado como apóstatas ou conhecido suas próprias fraquezas através de muitas experiências dolorosas. Mesmo aqueles que eram muito notáveis por causa de sua fé vigorosa freqüentemente têm sido vencidos na hora da tentação. As passagens do livro de Jó parecem significar que as investidas de Satanás são mais terríveis do que qualquer coisa que existe na criação visível e que toda vantagem possível será necessária para que o crente resista no dia mau.

Ele, os auxiliadores orgulhosos caem diante da Morte.[9]

Eu mesmo já estive no combate antes. E, embora (pela bondade daquele que é supremo) eu esteja vivo, como você vê, não posso me vangloriar de minha varonilidade. Estarei contentíssimo, se não me encontrar mais com nenhum desses violentos; ainda que receio não estaremos livres de todo perigo. Entretanto, como o leão e o urso ainda não me devoraram, espero que Deus nos livre também do próximo filisteu incircunciso. Em seguida, Cristão cantou:

Pobre Pouca-Fé! Você esteve entre os ladrões?
Foi assaltado? Lembre-se: aquele que crê
Adquire mais fé e será um vitorioso
Sobre milhares e, muito mais,
Sobre três bandidos.

---

9   Ao invés de afirmar: "Ainda que todos Te neguem, eu não o farei", cumpre-nos utilizar diligentemente todos os meios da graça e ser constantes na oração, a fim de que o Senhor nos proteja por meio do seu poder e nos encoraje por meio de sua presença; somente então seremos capacitados a vencer tanto o temor do homem quanto as tentações do diabo.

CAPÍTULO 19

O Encontro com Adulador e Ateísta

Assim, eles prosseguiram; e Ignorância vinha atrás. Continuaram até chegarem a um lugar onde viram que um caminho entrava bem à frente no caminho deles, e parecia tão reto quanto o caminho pelo qual eles deveriam seguir. Nessa altura, não sabiam qual dos dois caminhos tomar, porque ambos pareciam igualmente retos à sua frente. Então, pararam para considerar. Quando estavam pensando no caminho, eis que um homem de pele escura, mas coberto com um manto bem leve, aproximou-se deles e perguntou por que estavam parados ali. Responderam que iam à Cidade Celestial, porém não sabiam qual dos dois caminhos escolher. Sigam-me, disse o homem; é para lá que estou indo. Eles o seguiram pelo outro caminho, que, por etapas, realizava curvas e lhes fez virar tanto do rumo da cidade para onde desejavam ir, que logo seus rostos estavam

Um caminho e o Caminho.

Adulador os encontra.

Cristão e seu companheiro são enganados.

em direção oposta; apesar disso, eles o seguiram. Em pouco tempo, sem que o percebessem, esse guia os levou para dentro de uma rede em que os dois ficaram bastante emaranhados, a ponto de não saberem o que fazer. Com isso, o manto branco caiu das costas do homem negro; e viram onde estavam. Por isso, ficaram prostrados ali, lamentando por algum tempo, porque não conseguiam sair sozinhos.

Eles são capturados numa rede.

Cristão disse a seu companheiro: Agora vejo o erro em que estou. Os pastores não nos mandaram ter cuidado com o Adulador? Como diz o provérbio do sábio, assim o descobrimos hoje: *O homem que lisonjeia a seu próximo arma-lhe uma rede aos passos*.

Eles lamentam sua condição.

Provérbios 29.5

Esperança: Também nos deram um Guia de Instruções sobre o caminho, para que tivéssemos mais certeza de encontrá-lo. No entanto, nos esquecemos de consultá-lo e não nos guardamos dos caminhos do Destruidor. Nisto Davi foi mais sábio do que nós, pois ele disse a Deus: *Quanto às ações dos homens, pela palavra dos teus lábios, eu me tenho guardado dos caminhos do violento*. Assim, permaneceram lamentando-se dentro da rede.

Salmos 17.4

Finalmente viram um ser resplandecente aproximando-se deles, com um açoite de pequenas cordas em sua mão. Quando chegou ao lugar em que estavam, perguntou-lhes de onde vinham e o que faziam ali. Contaram-lhe que eram pobres peregrinos indo a Sião, mas haviam saído de seu caminho, quando viram um homem escuro, vestido de branco, que lhes ordenou o seguissem, porque também estava indo pelo caminho deles. Então, disse-lhes aquele que estava com o açoite: Ele é o Adulador, um falso apóstolo, que se transformou em anjo de luz. O ser resplandecente arrebentou a rede e os soltou. Em seguida, disse-lhes: Sigam-me, para que eu os coloque novamente em seu caminho. E levou-os

Um ser resplandecente vem até eles com um chicote na mão.

Provérbios 29.5
Daniel 11.32
2 Coríntios 11.13,14

de volta ao caminho que haviam deixado, quando seguiram o Adulador.

Então, perguntou-lhes: Onde dormiram a noite passada? Eles disseram: Com os pastores, nas Montanhas Deleitáveis. Ele perguntou se aqueles pastores não lhes haviam dado um *guia de instruções* sobre o caminho. Responderam: Sim. Mas, perguntou-lhes, vocês não sabiam qual era o caminho, não pegaram esse guia de instruções e o leram? Esquecemos, responderam. Perguntou também se os pastores não lhes avisaram que se precavessem do Adulador. Responderam: Sim. Mas *não imaginávamos que esse homem de fala suave fosse ele.*

Vi, em meu sonho, que o ser resplandecente os mandou deitar e, ao fazerem-no, ele os açoitou severamente, para ensinar-lhes o bom caminho em que deviam andar. Enquanto os castigava, dizia: *Eu repreendo e disciplino a quantos amo*; sejam, pois, zelosos e arrependam-se. Após isto, ordenou-lhes prosseguirem seu caminho e atentarem às outras instruções dos pastores. Assim, agradeceram toda a sua bondade e foram mansamente pelo caminho certo, cantando:

Venham, vocês que andam no caminho,
Vejam como os peregrinos se desviaram;
Foram apanhados em uma rede envolvedora,
Porque os bons conselhos
Levianamente esqueceram.
É verdade: libertos eles foram;
No entanto, vejam:
Foram castigados.
E lhes seja isto uma advertência.[1]

Eles são examinados e convencidos do esquecimento

Os enganadores falam de forma agradável.

Romanos 6.18
Deuteronômio 25.2
2 Crônicas 6.26,27

Eles são açoitados e enviados para seu caminho.

Apocalipse 3.19

---

1 Esse caminho, que parecia tão reto quanto o caminho pelo qual eles deveriam seguir denota o afastamento gradual da simplicidade do evangelho, tanto na doutrina quanto na prática de uma pessoa. Circunstâncias peculiares podem exigir que o crente consulte seus irmãos em Cristo, examine

Depois de certo tempo, perceberam ao longe alguém que devagar e sozinho vinha no caminho em direção a eles. Cristão disse ao companheiro: Lá vem ao nosso encontro um homem dando as costas a Sião.

Esperança: Estou vendo-o. Acautelemo-nos, para que ele também não comprove ser um Adulador. O homem foi se aproximando e chegou-se a eles. Seu nome era Ateísta, e perguntou-lhes aonde estavam indo.

Ateísta os encontra.

Cristão: Vamos ao Monte Sião.

Ele ri deles.

Ateísta começou a rir muito.

Cristão: O que significa sua risada?

Ateísta: Eu dou risadas por ver o quanto vocês são pessoas ignorantes, a ponto de empreender uma viagem tão cansativa, estando ainda sob o risco de nada conseguirem por todo o esforço, exceto a viagem em si mesma.

Cristão: Por que, homem? Você acha que não

Eles raciocinam juntos.

---

as Escrituras e ore suplicando a orientação divina. O Adulador indica que a mente humana é sempre acessível à bajulação, que geralmente é confundida por um espírito bastante amável. Isso tende a induzir o crente à falta de vigilância e a uma maneira inadvertida de tomar decisão em casos difíceis. Assim, os homens são imperceptivelmente levados a consultar sua própria inclinação, tranqüilidade ou interesse, ao invés de consultarem a vontade e a glória de Deus. O Adulador é um hipócrita propositado. Satanás tem o objetivo de embalar os homens com uma segurança fatal; os bajuladores de todos os tipos são seus principais instrumentos; e nesta imensa obra de Satanás exerce influência um evangelho suave, que não estabelece qualquer distinção, e carece de abordagem específica aos indivíduos. "Cuidado com o Adulador", que faz os homens esquecerem de atentar para que seu caminho esteja de conformidade com a Palavra de Deus. Se os crentes esquecem os preceitos das Escrituras, para seguirem aduladores, serão fatalmente enganados ou retirados do caminho da verdade e do dever, apanhados na rede do erro e ficarão envolvidos em dificuldades que lhes causarão perplexidades. Quando o Senhor os livra, removendo da rede os pés deles, os humilhará até ao pó, por causa de seu pecado, e os tornará agradecidos pelo livramento, embora Ele o faça utilizando severas repreensões e correções.

seremos recebidos?

Ateísta: Recebidos! Em todo este mundo, não existe um lugar como esse com o qual vocês sonham.

Cristão: Mas existe no mundo vindouro.

Ateísta: Quando eu estava em casa, no meu país, ouvi falar o que você está afirmando agora; e, com essa notícia, saí para encontrá-la. Tenho procurado a Cidade Celestial nesses vinte anos e não encontro mais a respeito dela do que achei no primeiro dia em que determinei fazê-lo.

Jeremias 22.13 Eclesiastes 10.15

Cristão: Nós tanto ouvimos como cremos que existe tal lugar.

Ateísta: Se, quando estava em casa, não tivesse acreditado, eu não teria vindo tão longe a procurá-lo. No entanto, não o encontrando (pois eu o teria encontrado, se tal lugar pudesse ser achado, visto que já o procurei indo mais longe do que vocês), agora voltarei para me revigorar com as coisas que desprezei pela esperança daquilo que agora vejo não existir.

Ateísta admite sua satisfação com este mundo.

Cristão perguntou a Esperança, seu companheiro: É verdade o que esse homem falou?

Cristão testa seu irmão.

Esperança: Cuidado, ele é um dos aduladores. Lembre-se o quanto já nos custou uma vez o ouvirmos esse tipo de pessoa. O quê?! Não existe o Monte Sião? Não vimos a porta da Cidade, quando estávamos nas Montanhas Deleitáveis? Também não devemos andar por fé? Sigamos adiante, acrescentou Esperança, para que o homem do açoite não nos alcance de novo.

A resposta graciosa de Esperança.

2 Coríntios 5.7

Você devia ter me ensinado essa lição, com a qual eu cercarei seus ouvidos: *Filho meu, se deixas de ouvir a instrução, desviar-te-ás das palavras do conhecimento.* Por isso, meu irmão, pare de ouvi-lo e creiamos para a salvação da alma.

A lembrança de castigos anteriores é uma ajuda contra as tentações presentes. Provérbios 19.27 Hebreus 10.39

Cristão: Ah! meu irmão, não lhe propus a pergunta porque eu mesmo duvido da verdade de nossa crença, e sim para prová-lo e extrair de você um fruto da honestidade de seu coração. Quanto a este homem, sei que ele foi cegado pelo deus deste mundo. Prossigamos, eu e você, sabendo que temos a crença na verdade e que nenhuma mentira faz parte da verdade.

O fruto de um coração honesto.
1 João 2.11,21

Esperança: Agora me regozijo na esperança da glória de Deus.

Assim, eles se afastaram do homem, que seguiu seu caminho, rindo deles.[2]

---

2   Os indivíduos que mais provavelmente se tornarão ateístas declarados são aqueles que, por muitos anos, falsamente professaram crer no evangelho. Com freqüência, eles obtêm familiaridade com os diversos aspectos do verdadeiro cristianismo, mas o odeiam em sua totalidade. Eles nutrem voluntariamente uma opinião má a respeito de todos aqueles que reivindicam ser cristãos; também consideram todo o cristianismo como uma ilusão. Assim, por meio de um terrível juízo, Deus permite Satanás cegar os olhos desses indivíduos, porque eles "não deram crédito à verdade; antes, pelo contrário, deleitaram-se com a injustiça". Tais homens, marcados com uma fé morta e um coração mundano, por fim se tornam escarnecedores!

CAPÍTULO 20

Esperança revela o segredo da vitória

Vi, em meu sonho, que andaram até entrarem em certo país cuja atmosfera naturalmente tornava a pessoa sonolenta, se viesse ali como estrangeira. Nesse lugar, Esperança começou a sentir-se muito pesado e sonolento. Por isso, disse a Cristão: Agora estou ficando com tanto sono, que quase não consigo manter os olhos abertos. Vamos deitar aqui e tirar uma soneca.

Eles chegam ao Terreno Encantado.

Esperança começa a ficar sonolento.

Cristão: De modo algum, para que não acontecer que durmamos e nunca mais acordemos.

Cristão o mantém acordado.

Esperança: Por que, irmão? O sono é doce para quem trabalha; poderemos ficar descansados, se dormirmos apenas um pouquinho.

Cristão: Você não lembra que um dos pastores mandou-nos ter cuidado com o Terreno Encantado?[1]

---

1   O Terreno Encantado pode representar um tempo de isenção de provações

Ele queria dizer que devemos acautelarmo-nos do sono. Portanto, *não durmamos como os demais; pelo contrário, vigiemos e sejamos sóbrios.*

*1 Tessaloni-
censes 5.6*

Esperança: Reconheço que estou errado. E, se tivesse estado aqui sozinho e dormisse, eu teria corrido perigo de morte. Percebo a verdade que o sábio disse: *Melhor é serem dois do que um.* Até aqui sua companhia tem sido minha misericórdia; e grande será a recompensa por seu trabalho.

*Ele está
agradecido.*

Eclesiastes 4.9

Agora, disse Cristão, para evitar sonolência nesse lugar, iniciemos uma boa conversa.

*Para fugir
do sono eles
entram numa
boa conversa.*

Esperança disse: Concordo, de coração.

Cristão: Onde vamos começar?

Esperança: Onde Deus começou conosco; mas, se o agrada, fale você primeiro.

Cristão: Antes vou cantar-lhe esta canção:

*A canção do
sonhador.*

Quando os santos têm sono, venham cá,
E ouçam estes peregrinos conversando.
Sim, e deles aprendam deste modo
Como manter abertos os olhos sonolentos.
A comunhão dos santos, se bem direcionada,
Os mantém alertas,
Apesar do esforço do inferno.

Em seguida, Cristão iniciou a conversa, dizendo:

---

peculiares e sucesso nos empreendimentos seculares do crente. Esta situação tende a produzir, com poder, uma atitude de letargia e de indolência, de modo que o crente participa das ordenanças e cumpre seus sucessivos deveres espirituais mais por hábito e por dever de consciência do que por deleite no serviço de Deus. Nestas circunstâncias fascinantes, o crente perde muito de seu vigor espiritual, de sua utilidade e de sua vigilância. Outras experiências da vida cristã parecem tempestades que mantêm o crente vigilante sobre a sua própria vontade. A calma do Terreno Encantado é traiçoeira, incentivando e impulsionando o crente a dormir.

Vou lhe fazer uma pergunta. Como foi que você chegou a pensar em fazer o que está fazendo agora?

Eles começam falando sobre o início de sua conversão.

Esperança: Você quer dizer: como cheguei a procurar o bem da minha alma?

Cristão: Sim, este é o sentido da minha pergunta.

Esperança: Por muito tempo, eu permaneci nos deleites daquelas coisas vistas e vendidas na Feira da Vaidade, coisas que agora creio (houvesse eu permanecido nelas) teriam me afogado em perdição e destruição.

Cristão: Quais eram estas coisas?

Esperança: Todos os tesouros e riquezas do mundo. Eu também gostava muito de viver em devassidão, festejar, beber, praguejar, mentir, em impurezas, desrespeito ao Dia do Senhor e muitas outras coisas que visavam a destruição da alma. Mas descobri finalmente, ao ouvir e considerar as coisas divinas, transmitidas por você e pelo amado Fiel, morto na Feira da Vaidade por causa de sua fé e de sua vida santa, que *o fim daquelas coisas é morte*. Entendi também que *por essas coisas, vem a ira de Deus sobre os filhos da desobediência*.

A vida de Esperança antes da conversão.

Romanos 6.21-23 Efésios 5.6

Cristão: E você, no passar do tempo, caiu sob o poder dessa convicção?

Esperança: Não, na época eu não estava disposto a reconhecer a malignidade do pecado, nem a condenação que acompanha a prática do pecado. Pelo contrário, quando minha mente a princípio começou a ser abalada pela Palavra, eu tentava fechar os olhos para essa luz.

Cristão: Mas qual foi a causa de você reagir dessa maneira às primeiras operações do bendito Espírito de Deus em você?

No início Esperança fecha os olhos para a luz.

Esperança: As causas foram as seguintes: 1) eu ignorava que isto era a obra de Deus em mim. Nunca pensei que, através dos despertamentos em relação ao pecado, Deus inicia a conversão de um pecador. 2) O pecado ainda era agradável à minha carne, e eu relutava

Razões pelas quais ele resistiu à luz.

em deixá-lo. 3) Eu não sabia como me apartar dos meus velhos companheiros; a presença e as atitudes deles eram muito desejáveis para mim. 4) As horas em que as convicções vinham sobre mim eram tão preocupantes e aflitivas para meu coração, que eu não as suportava; não, nem mesmo a lembrança delas.

Cristão: Então, ao que parece, às vezes você se livrava de sua inquietação.

Esperança: Sim, com certeza, mas ela surgia de novo em minha mente, e eu ficava tão mal; sim, até pior do que estava antes.

Cristão: Por quê? O que trazia seus pecados à lembrança novamente?

Esperança: Muitas coisas, tais como:

1. Se eu apenas encontrasse um homem bom na rua;

2. Se ouvisse a leitura de qualquer trecho da Bíblia;

3. Se minha cabeça começasse a doer;

4. Se me contassem que alguns de meus vizinhos estavam doentes;

5. Se ouvisse o sino badalar por causa de alguém que havia morrido;

6. Se pensava em minha própria morte;

7. Se ouvisse falar sobre a morte repentina de outras pessoas;

8. Mas especialmente quando eu pensava a respeito de mim mesmo, que logo teria de comparecer no tribunal de Deus.

Fatores que lhe traziam o senso de pecado de volta à mente.

Cristão: E você conseguia, em qualquer ocasião, com facilidade, livrar-se da culpa do pecado,[2] quando,

---

2 A expressão "culpa do pecado" é utilizada aqui para significar o remorso e o temor da ira com os quais o pecador convencido é afligido, e dos quais ele sempre procura alívio, através de meios que só intensificam sua culpa. Nada, exceto o perdão gratuito, por meio da fé no sacrifício expiatório realizado por Cristo, pode remover a culpa.

por qualquer dessas maneiras, ela lhe sobrevinha?

Esperança: Não, nas últimas ocasiões não; porque eram em tais ocasiões que aquelas coisas se prendiam mais fortemente à minha consciência; e, se tão-somente pensasse em voltar ao pecado (ainda que mentalmente eu estivesse contrário a ele), isto se tornava um tormento duplo para mim.

Cristão: O que você fazia, então?

Esperança: Pensava que tinha de esforçar-me para consertar minha vida, pois, de outro modo, eu imaginava, certamente seria condenado, amaldiçoado.

Quando ele não consegue mais se livrar da culpa de seus atos pecaminosos, se esforça para se corrigir.

Cristão: E você tentou consertar sua vida?

Esperança: Sim, eu fugi não apenas dos meus pecados, mas também da companhia de pecadores e recorri a deveres religiosos, tais como orar, ler, chorar pelo pecado, falar a verdade a meus vizinhos, etc. Essas coisas eu fiz, e muitas outras, numerosas demais para relatar aqui.

Cristão: Você julgou que estava bem assim?

Esperança: Por um tempo. No entanto, finalmente minha aflição desmoronou sobre mim outra vez, apesar do esforço de todas aquelas minhas reformas.

Esperança imaginou estar indo bem.

Cristão: Como aconteceu isso, visto que agora você estava reformado?

Esperança: Várias coisas me fizeram sentir tal aflição, especialmente palavras como estas: Todas as nossas justiças são como trapo da imundícia; pelas obras da lei ninguém será justificado; *depois de haverdes feito quanto vos foi ordenado, dizei: Somos servos inúteis*; e muitas outras desse tipo. De onde comecei a raciocinar comigo mesmo, assim: Se todas as minhas justiças são como trapos da imundícia; se pelas obras da lei ninguém pode ser justificado; e, se quando fizermos tudo, ainda somos servos inúteis, então é simplesmente tolice pensar no céu através da obediência à lei. Pensei

O motivo pelo qual as reformas não puderam ajudar.

Isaías 64.6
Gálatas 2.16
Lucas 17.10

mais: se uma pessoa aumenta sua dívida numa loja até um valor sobremodo elevado e, depois disso, compra tudo que pode pagar à vista, mesmo assim sua dívida antiga permanece registrada, pela qual o dono da loja pode levá-lo à justiça e mandar prendê-lo, até que ele pague a dívida.

Ser um devedor aos olhos da lei o incomodava.

Cristão: Bem, como você aplicou isso a si mesmo?

Esperança: Olhe, pensei comigo mesmo: através de meus pecados havia contraído uma dívida grande no Livro de Deus, e minhas reformas agora serão incapazes de pagar aquela dívida. Portanto, mesmo com as melhoras do momento, ainda deveria pensar: como me livrarei do perigo da condenação que eu trouxe sobre mim mesmo, por causa de minhas transgressões passadas?

Cristão: Uma excelente aplicação; por favor, continue.

Esperança: Outra coisa que me preocupava, mesmo depois de minhas reformas, era o fato de que, se eu examinasse bem o melhor do que estava fazendo, ainda podia ver o pecado, pecado novo, misturando-se com o melhor daquilo que eu fazia. Deste modo, agora sou forçado a concluir que, apesar de minha estimada vaidade a respeito de mim mesmo e de meus deveres religiosos, cometi pecado suficiente em um só desses deveres, para que eu seja enviado ao inferno, ainda que minha vida anterior tivesse sido impecável.

Ele se aborrecia ao ver o pecado presente mesmo nas melhores coisas que fazia.

Cristão: E o que você fez?

Esperança: Eu não sabia o que fazer, até que abri meu coração a Fiel, pois ele e eu nos conhecíamos bem. Ele me disse que, se eu não obtivesse a justiça de um homem que nunca havia pecado, nem a minha justiça própria, nem toda a justiça do mundo me poderia salvar.

Isto o levou a se abrir com Fiel, que lhe mostrou o caminho da salvação.

Cristão: Você acha que ele falou a verdade?

Esperança: Se ele me tivesse falado isso, quando

eu estava feliz e satisfeito com minhas próprias reformas, lhe teria chamado de tolo, por causa de seu
esforço inútil. No entanto, agora, visto que percebo
minha própria debilidade e o pecado que se apega a
meu melhor desempenho, forçosamente tenho que
concordar com ele.

Cristão: Mas, quando a princípio ele lhe sugeriu
isso, você achou que era possível encontrar um homem
assim, de quem pudéssemos dizer com justiça que nunca
cometeu pecado?

Esperança: Devo confessar que as palavras de
Fiel a princípio me soaram estranhas, todavia, depois
de conversar um pouco mais com ele e de estar em sua
companhia, convenci-me plenamente disso.

Cristão: Você lhe perguntou que homem era esse
e como você deveria ser justificado por meio dEle?

Esperança: Sim, ele me contou que era o Senhor
Jesus, que habita à direita do Altíssimo. Assim, disse
ele, você precisa ser justificado por intermédio dEle,
crendo no que Ele mesmo fez nos dias de sua carne e
naquilo que Ele sofreu, quando foi pendurado na cruz.
Perguntei mais, a fim de saber como a justiça dAquele
homem poderia ser eficaz para justificar outra pessoa
diante de Deus. Fiel me disse que esse homem era o
Deus Forte e que havia feito aquilo que fez, sofrendo
aquela morte também, não por Si mesmo, mas por mim,
a quem seus feitos e o mérito deles seria imputado, se
eu cresse nEle.

Hebreus 10
Romanos 4
Colossenses 1
1 Pedro 1

*Uma
descoberta
mais específica
sobre o
caminho da
salvação.*

Cristão: E o que você fez?

Esperança: Apresentei minhas objeções contra a
atitude de crer, porque achei que Ele não estava disposto
a me salvar.

*Ele duvida da
aceitação.*

Cristão: O que Fiel lhe replicou?

Esperança: Mandou-me recorrer Àquele homem
e comprovar. Eu lhe disse que era presunção. Fiel

Mateus 11.28

respondeu que não, porque eu estava convidado a fazer isto. Então, ele me deu um livro sobre Jesus, escrito por Jesus mesmo, para me animar a vir a Ele com mais liberdade. Fiel me falou a respeito desse Livro que cada detalhe, cada i ou til, permanecia mais firme do que o céu e a terra. Perguntei-lhe o que eu deveria fazer quando me aproximasse de Jesus; Fiel disse que eu tinha de suplicar prostrado, com todo meu coração e alma, que o Pai O revelasse a mim. Perguntei-lhe também como eu precisaria fazer minha súplica a Ele. Fiel respondeu: Busque-O e você O achará no Trono da Graça, onde Ele está assentado o ano inteiro, para conceder perdão àqueles que a Ele se achegam. Eu lhe contei que não saberia o que falar, quando me aproximasse. Fiel mandou-me dizer o seguinte:

Ele é melhor instruído.

Mateus 24.35
Salmos 95.6
Daniel 6.10
Jeremias 29.12-13
Hebreus 4.16

Ele é convidado a orar.

> *Ó Deus, sê misericordioso para comigo, um pecador, e faze-me conhecer e crer em Jesus Cristo. Pois vejo que, se não existisse a justiça de Cristo ou se eu não tenho fé nessa justiça, serei lançado fora totalmente. Senhor, já ouvi que Tu és um Deus misericordioso e ordenaste que teu Filho, Jesus Cristo, seja o Salvador do mundo. Além disso, ouvi que o Senhor está disposto a outorgar esta justiça a um tão pobre pecador como eu (e, de fato, sou um pecador). Senhor, utiliza esta oportunidade e magnifica tua graça na salvação de minha alma, através do teu Filho, Jesus Cristo. Amém!*

A oração de Esperança.

Cristão: Você fez como foi ordenado?

Esperança: Sim. Fiz uma vez, e outra vez, e outra vez.

Cristão: E o Pai lhe revelou seu Filho?

Esperança: Não da primeira, nem da segunda, nem da terceira, nem da quarta, nem da quinta vez. Não, nem mesmo da sexta vez.

Cristão: O que você fez, então?

Esperança: O quê?! Eu não sabia o que fazer.

Cristão: Você pensou em parar de orar?

Esperança: Sim, centenas de vezes.

Cristão: Por que razão você não parou?

Ele pensa em deixar de orar. Não ousa fazê-lo e revela porquê.

Esperança: Eu cri que era verdade aquilo que me havia sido dito, ou seja, que sem a justiça desse Cristo nem o mundo todo poderia salvar-me. Por isso, pensei comigo mesmo: se parar, eu morro; e posso morrer tão somente junto ao Trono da Graça. Com isso, ocorreu-me o pensamento: *Se tardar, espera-o, porque certamente virá, não tardará*. Então, continuei a orar, até que o Pai revelou-me seu Filho.

Habacuque 2.3

Cristão: E como Ele lhe foi revelado?

Esperança: Eu não o vi com os olhos de meu corpo, e sim com os olhos do meu entendimento. Foi assim: um dia eu estava muito triste, acho que mais triste do que estivera em qualquer outra ocasião da minha vida; essa tristeza resultou de uma nova percepção da grandeza e da malignidade de meus pecados. E, quando naquela hora eu aguardava somente o inferno e a eterna condenação de minha alma, repentinamente, enquanto eu pensava, vi o Senhor Jesus olhando do céu para mim e dizendo: Creia no Senhor Jesus Cristo e você será salvo. Eu respondi: Senhor, eu sou um terrível, um terrível pecador. Ele respondeu: Minha graça é suficiente para você. Eu perguntei: Senhor, o que significa crer? E por meio da afirmativa: *aquele que vem a Mim não terá fome; e quem crê em Mim nunca terá sede*, entendi que crer e vir significam a mesma coisa. Compreendi também que a pessoa que veio a Cristo, isto é, aquela que em seu coração e afetos correu atrás da salvação por intermédio de Cristo, essa realmente creu nele. Então, me vieram lágrimas aos olhos, e perguntei-Lhe ainda: Mas uma pessoa tão

Efésios 1.18,19

Como Cristo foi revelado a ele.

Atos 16.30,31

2 Coríntios 12.9

João 6.35

pecadora como eu, pode mesmo ser aceita e salva pelo Senhor? Eu O ouvi dizer: *O que vem a mim, de modo nenhum o lançarei fora.* Eu falei: Como, Senhor, devo considerar-Te, ao aproximar-me de Ti, para que minha fé seja colocada corretamente em Ti? Ele disse: *Cristo Jesus veio ao mundo para salvar os pecadores. O fim da lei é Cristo, para justiça de todo aquele que crê.* Ele morreu por causa dos nossos pecados e ressuscitou por causa da nossa justificação. Cristo nos amou e nos lavou dos nossos pecados em seu próprio sangue. Ele é o Mediador entre Deus e nós; vive sempre para interceder por nós. De tudo isso, concluí que tinha de procurar justiça na pessoa de Cristo e reparação pelos meus pecados no sangue dEle. Concluí também que a obra realizada por Ele, em obediência à lei do Pai e em submissão à penalidade dessa lei, não foi realizada em favor de Si mesmo, e sim daquele que aceitará este sacrifício para sua salvação e será agradecido. Nessa hora meu coração ficou repleto de alegria, meus olhos, cheios de lágrimas, e meus sentimentos, transbordantes de amor para com o nome, o povo e os caminhos de Jesus Cristo.[3]

João 6.37

1 Timóteo 1.15
Romanos 10.4
Romanos 4

Hebreus 7.24,25

Cristão: Isso foi mesmo uma revelação de Cristo à sua alma. Mas conte-me, especialmente, que efeito ela teve sobre o seu espírito?

Esperança: Fez-me ver que todo o mundo, apesar

---

3   Cristo não se manifestou aos sentimentos de Esperança, e sim ao seu entendimento. E as palavras aqui proferidas são das Escrituras, tomadas em seu significado autêntico. Todo esse relato coincide com a experiência dos crentes mais sensatos, que, depois de haverem sido profundamente humilhados, obtiverem entendimento do amor de Cristo, da sua gloriosa salvação, da liberalidade de seu convite, da amplitude das promessas e da natureza da fé justificadora, que os encheu de "gozo e paz" no crer. Estas bênçãos foram acompanhadas por efeitos permanentes, distinguindo-as completamente de todas as falsas alegrias dos hipócritas.

de toda a sua justiça própria, encontra-se num estado de condenação. Fez-me ver que Deus, o Pai, embora justo, pode com justiça justificar o pecador que se chega a Ele. Deixou-me grandemente envergonhado da vileza de minha vida anterior e desconcertou-me ante o sentimento de minha própria ignorância, porque nunca antes havia entrado em meu coração um pensamento que assim me mostrasse a beleza de Jesus Cristo. Fez--me amar um viver santo e desejar intensamente fazer algo pela honra e glória do nome do Senhor Jesus. Sim, veio-me a idéia de que, se agora houvesse mil galões de sangue em meu corpo, eu o derramaria todo por amor ao Senhor Jesus.

CAPÍTULO 21

Ignorância revela seus pensamentos

*E*ntão, vi em meu sonho que Esperança olhou para trás e percebeu que Ignorância, deixado para trás, os seguia. Olhe, Esperança disse a Cristão, como o rapaz está longe e andando devagar.

Cristão: Sim, eu o vejo. Ele não se importa muito com nossa companhia.

Esperança: Mas creio que, se ele tivesse caminhado junto conosco até aqui, isso não o teria prejudicado.

Cristão: É verdade, porém asseguro-lhe que ele pensa de maneira diferente.

Esperança: Sim, concordo. Mas, apesar disso, vamos esperar por ele. E o fizeram.

Cristão lhe disse: Venha, homem. Por que você permanece tão para trás?

Ignorância: Tenho prazer em caminhar sozinho, muito mais do que andar acompanhado, a menos que

O jovem Ignorância aparece novamente.

A conversa deles.

goste bastante da companhia.

Cristão comentou com Esperança (fazendo-o baixinho): Não lhe disse que ele não aprecia nossa companhia? Depois afirmou: Venha assim mesmo e vamos conversando um pouco neste lugar solitário. E, falando diretamente a Ignorância, disse: Você, como vai? Como está agora o relacionamento de sua alma com Deus?[1]

Ignorância: Bem, eu espero, porque estou sempre cheio de boas inclinações, que surgem à mente, para consolar-me, enquanto caminho.

O fundamento da esperança de Ignorância.

Cristão: Que boas inclinações? Conte-nos, por favor.

Ignorância: Ora, penso em Deus e no céu.

Cristão: Os demônios e as almas condenadas também pensam.

Ignorância: Eu penso em Deus e no céu e os desejo.[2]

Cristão: Existem muitos que fazem isso e, provavelmente, nunca chegarão lá. A alma do preguiçoso deseja e nada possui.

Provérbios 13.4

Ignorância: Eu penso neles e deixo tudo por eles.

Cristão: Isso eu duvido, porque deixar tudo é um assunto difícil. Por que ou pelo que você está persuadido que já deixou tudo por amor a Deus e ao céu?

Ignorância: Meu coração me diz isso.

Cristão: O sábio afirmou: *O que confia no seu próprio coração é insensato*.

Provérbios 28.26

Ignorância: Isso foi pronunciado a respeito de um coração mau; o meu é bom.

Cristão: Como você prova isso?

---

1 Neste diálogo, Ignorância fala exatamente de acordo com seu caráter. E as respostas dos peregrinos são conclusivas em atacar os fundamentos absurdos e antibíblicos da confiança desse tipo de pessoa.

2 A existência de desejo pela felicidade celestial, quando os meios corretos para obtê-la são negligenciados, não é uma prova de que um homem será salvo.

Ignorância: Meu coração me consola com esperanças do céu.

Cristão: Isso pode ser resultado da propensão de seu coração para o engano. Porque o coração do homem pode ministrar-lhe consolo resultante de esperanças de coisas para as quais não existe qualquer segurança em recebê-las.[3]

Ignorância: Meu coração e minha vida concordam entre si; portanto, minha esperança está bem fundamentada.

Cristão: Quem lhe disse que seu coração e sua vida estão em harmonia?

Ignorância: Meu coração me diz isso.

Cristão: Pergunte a meu companheiro se eu sou ladrão. Seu coração lhe diz que sim! A menos que a Palavra de Deus testemunhe sobre o assunto, qualquer outro testemunho não tem valor algum.

Ignorância: Um bom coração não é aquele que tem bons pensamentos? E uma vida boa não é aquela que está de acordo com os mandamentos de Deus?

Cristão: Sim, um bom coração é aquele que tem bons pensamentos; e uma vida boa é aquela que está de acordo com os mandamentos de Deus. Porém, uma coisa é alguém realmente ter estas coisas, e outra é apenas pensar que as possui.

Ignorância: Por favor, o que você considera como bons pensamentos e uma vida de acordo com os mandamentos de Deus?

Cristão: Há bons pensamentos de várias espécies: alguns, sobre nós mesmos; alguns, sobre Deus; alguns, sobre Cristo e alguns, sobre outras coisas.

Ignorância: O que são bons pensamentos sobre

---

3   É excessivamente perigoso transformar a consolação em um alicerce de nossa confiança, visto que isso pode resultar de ignorância e autobajulação.

nós mesmos?

Cristão: Aqueles que concordam com a Palavra de Deus.

O que são bons pensamentos.

Ignorância: Quando é que nossos pensamentos acerca de nós mesmos concordam com a Palavra de Deus?

Cristão: Quando pronunciamos sobre nós mesmos um juízo semelhante ao que a Palavra pronuncia. Explicando melhor, a Palavra de Deus afirma sobre as pessoas em seu estado natural: *Não há justo, nem um sequer.*[4] Ela também assevera que é continuamente mau todo desígnio do coração humano; e que é mau o desígnio íntimo do homem desde a sua mocidade. Ora, quando pensamos assim a respeito de nós mesmos, tendo a percepção do que isto significa, nossos pensamentos são bons, porque estão de acordo com a Palavra de Deus.

Romanos 3 Gênesis 6.5

Ignorância: Nunca crerei que meu coração é tão mau assim.

Cristão: Portanto, em sua vida você nunca teve um bom pensamento a respeito de si mesmo. Permita--me continuar. Assim como a Palavra pronuncia um julgamento sobre o *nosso* coração, assim também ela o pronuncia sobre os nossos *caminhos*. E, quando aquilo que pensamos sobre o nosso coração e nossos caminhos se harmonizam com o juízo que a Palavra pronuncia a respeito deles, ambos são bons, porque nisso concordam.

Ignorância: Explique o que você está querendo dizer.

Cristão: Ora, a Palavra de Deus afirma que os

---

4 "O que é nascido da carne é carne" (João 3.6); "O pendor da carne é inimizade contra Deus, pois não está sujeito à lei de Deus, nem mesmo pode estar. Portanto, os que estão na carne não podem agradar a Deus" (Romanos 8.7-8); pois eles são, "por natureza, filhos da ira"(Efésios 2.3) — esta é a condição do homem natural.

caminhos dos homens são tortuosos, ruins e perversos. Ela diz que, por natureza, os homens estão fora do caminho bom e não o sabem. Sim, quando o homem pensa assim sobres seus caminhos, isto é, quando ele com toda sensatez e coração humilhado pensa assim, possui bons pensamentos a respeito de seus próprios caminhos, porque seus pensamentos agora se conformam com o juízo da Palavra de Deus.

Salmos 125.5
Provérbios 2.15
Romanos 3

Ignorância: O que são bons pensamentos a respeito de Deus?

Cristão: O mesmo que já disse a respeito de nós, são pensamentos sobre Deus que se harmonizam com as afirmativas da Palavra sobre Ele; isto é, nossos pensamentos são bons a respeito dEle quando pensamos no ser e nos atributos divinos de conformidade com o que a Palavra nos ensina, sobre os quais não podemos falar extensivamente agora. Mas, falando em referência a nós, temos pensamentos certos sobre Deus quando pensamos que Ele nos conhece melhor do que nós mesmos nos conhecemos e pode ver o pecado em nós, em situações e ocasiões em que nós mesmos não discernimos nenhum pecado; quando pensamos que Ele conhece nossas cogitações mais íntimas e que nosso coração, em todos os seus recônditos, está sempre aberto aos seus olhos; também quando pensamos que toda a nossa justiça cheira mal em suas narinas e que Ele, portanto, não suporta ver-nos em sua presença dependendo de qualquer confiança, ainda que seja a confiança em nossas melhores realizações.[5]

Ignorância: Você acha que sou tão néscio, a ponto de imaginar que Deus não vê mais profundamente do que eu? Ou que eu viria a Deus confiando em minhas

---

5   Os rituais externos, realizados por pessoas não-regeneradas, são abominação ao olhos de Deus, embora sejam muito estimados entre os homens, pois "o homem vê o exterior, porém o Senhor, o coração" (1 Samuel 16.7).

melhores realizações?

Cristão: Por quê? O que você pensa sobre este assunto?

Ignorância: Ora, para ser breve, acho que preciso crer em Cristo para a justificação.

Cristão: Como?! Você acha que deve crer em Cristo, quando não percebe sua necessidade dEle?! Você não vê as suas enfermidades originais, nem as atuais, e possui a respeito de si mesmo e de seus atos uma opinião tal, que claramente demonstra ser alguém que nunca reconheceu a necessidade da justiça pessoal de Cristo, para justificá-lo diante de Deus. Então, como você diz: Eu creio em Cristo?

Ignorância: Eu creio razoavelmente.

Cristão: Como você crê?

Ignorância: Creio que Cristo morreu por pecadores e que serei justificado diante de Deus, salvo da maldição pela graciosa aceitação da minha obediência à sua lei. Ou assim: em virtude de seus méritos, Cristo torna meus deveres religiosos aceitáveis a seu Pai, e, desse modo, serei justificado.

A fé exercida por Ignorância.

Cristão: Permita-me dar uma resposta a esta confissão de sua fé.

1. Você crê com uma fé *estranha*, pois essa fé não está descrita em nenhuma passagem da Palavra.

2. Você crê com uma fé *falsa*, porque ela retira a justificação da justiça pessoal de Cristo e aplica-a à sua própria justiça.

3. Esta fé não torna Cristo o justificador de sua pessoa, e sim o de suas ações; e o torna o justificador de sua pessoa, por causa de seus atos, e isto é falso.[6]

---

6 O orgulho e a incredulidade fecham de tal modo a mente de um pecador A maneira de ser justificado pela fé que Ignorância reivindicou possuir rejeita a norma e o padrão da justiça de Deus, substituindo-os por sinceridade, que nunca foi nem pode ser definida com exatidão.

4. Portanto, essa fé é enganosa, uma vez que realmente lhe deixará sob a ira no Dia do Deus todo-poderoso. Porque a verdadeira fé *justificadora* leva a alma (consciente de sua condição de perdido, por intermédio da lei) a correr em busca de refúgio na justiça de Cristo (a justiça dEle não é um ato da graça divina pela qual Ele faz que, para a justificação, a obediência do pecador seja aceita por Deus. Pelo contrário, a justiça de Cristo é a obediência pessoal dEle à lei, cumprindo-a e sofrendo em nosso lugar o que a lei exige de nós). A verdadeira fé aceita essa justiça. E por essa veste da justiça de Cristo a alma é revestida, é apresentada como imaculada diante de Deus, é aceita e declarada livre da condenação.

Ignorância: O quê?! Você deseja que confiemos naquilo que Cristo, em sua própria pessoa, fez sem nós? Esse conceito soltaria as rédeas de nossa paixão carnal e permitiria que vivêssemos como queremos! Pois, o que importa como vivemos, se por meio da justiça pessoal de Cristo podemos ser justificados de tudo, quando cremos nela?

Cristão: Seu nome é Ignorância; e você é assim como o seu nome. Mesmo esta sua resposta demonstra o que eu digo. Você é ignorante quanto ao que significa a justiça justificadora e ignorante quanto à maneira de salvar sua alma, pela fé nessa justiça, da severa ira de Deus. Sim, você também é ignorante acerca dos verdadeiros efeitos da própria fé salvadora nessa justiça de Cristo; pois a fé salvadora humilha e conquista o coração para Deus, em Cristo, para amar seu nome, sua palavra, seus caminhos e seu povo, não como você ignorantemente imagina.

Esperança: Pergunte se Cristo já lhe foi revelado do céu.

Ignorância: O quê?! Você é um homem que está a

favor de revelações! Creio que as afirmações de vocês e de todos os outros sobre este assunto é apenas o fruto de mentes perturbadas.

Ignorância briga com eles.

Esperança: Ora, homem! Em Deus, Cristo está tão oculto das apreensões naturais de toda a carne, que ninguém pode conhecê-Lo de maneira salvadora, a não ser que Deus, o Pai, O revele às pessoas.[7]

Ignorância: Esta é sua fé, mas não a minha. Contudo, a minha fé, não duvido, é tão boa quanto a sua, embora eu não tenha na cabeça tantas idéias extravagantes quanto vocês.

Ele reprova aquilo que desconhece.

Cristão: Peço licença para acrescentar uma palavra. Você não deveria falar tão levianamente sobre este assunto. Pois eu afirmo ousadamente (assim como meu companheiro já o fez): nenhum homem pode conhecer Jesus Cristo exceto pela revelação do Pai; sim, e a fé (se for a fé verdadeira), pela qual a alma se apega a Cristo, precisa ser forjada pela extraordinária grandeza de seu tremendo poder. E você ignora a operação dessa fé. Pobre Ignorância! Acorde, veja sua própria desgraça e corra para o Senhor Jesus; e por meio da justiça dEle, que é a justiça de Deus (pois Ele mesmo é Deus), você será livre da condenação.

Mateus 11.27

1 Coríntios 12.3

Efésios 1.18,19

Ignorância: Vocês caminham tão depressa, que eu não consigo acompanhá-los. Podem ir na frente; eu preciso ficar um pouco atrás.

A conversa é concluída.

Os dois peregrinos disseram:

Ignorância, você continuará sendo tolo,
Por negligenciar bom conselho,

---

7   O orgulho e a incredulidade fecham de tal modo a mente de um pecador para a pessoa e a redenção de Cristo, que nada, exceto a iluminação do Espírito, pode capacitá-lo a entender e a receber a revelação dos oráculos sagrados referentes a esses assuntos importantes.

Muitas vezes dado a você?
Pois, se recusá-lo, você conhecerá
Para sempre o mal de agir dessa maneira.
Homem, lembre a tempo; humilhe-se, não tema.
Bons conselhos, bem aceitos, salvam;
Portanto, ouça.
Mas, se você continuar desprezando-os,
Será o perdedor, Ignorância, eu lhe asseguro.

CAPÍTULO 22

Cristão e Esperança chegam a conclusões edificantes

Cristão dirigiu-se a seu companheiro: Bem, vamos, Esperança, meu bom amigo. Vejo que temos de andar sozinhos outra vez.

Então, vi em meu sonho que eles apressaram o passo, e Ignorância vinha atrás, meio trôpego. Cristão falou ao seu companheiro: Sinto muita compaixão desse pobre homem. Sei que o final será ruim para ele.

Esperança: Infelizmente, em nossa cidade há muitos que estão na situação dele, famílias inteiras, sim, ruas inteiras (inclusive famílias de peregrinos). E, se existem tantos em nossa região, quantos você acha que existem no lugar onde ele nasceu?[1]

---

1 Se grande quantidade de pessoas ignorantes pode ser encontrada entre aqueles que aparentemente são cristãos, qual é a situação daqueles que, sem instrução, são deixados em seu orgulho e sua auto-exaltação natural?

Cristão: De fato, a Palavra afirma: *Cegou-lhes os olhos para que não vejam.* Mas agora que estamos sozinhos, o que você acha de homens como esse? Será que nunca têm a convicção do pecado e, conseqüentemente, nunca têm medo de que sua condição seja perigosa?

João 12.40

Esperança: Não, você mesmo responda essa pergunta, porque é o mais velho.

Cristão: Então, digo: Creio que às vezes podem sentir temor. Porém, sendo ignorantes por natureza, não compreendem que tais convicções tendem a levá-los a Deus. Por isso, buscam desesperadamente abafá-las e, com arrogância, continuam a lisonjear a si mesmos de conformidade com o que pensam seus próprios corações.

Esperança: Creio, como você disse, que o temor tende a cooperar para o bem das pessoas e fazê-las, logo no começo, sair em peregrinação.

O bom uso do medo.

Cristão: Sem dúvida, se o temor for correto; porque assim diz a Palavra: *O temor do Senhor é o princípio da sabedoria.*

Jó 28.28
Salmos 111.10
Provérbios 1.7
Provérbios 9.10

Esperança: Qual a descrição que você faz do temor certo?

Cristão: O temor correto ou verdadeiro se mostra por três coisas:

O medo certo.

1. Pelo seu surgimento, causado pelas convicções salvadoras em relação ao pecado;

2. Induz a alma a se apegar a Cristo para a salvação;

3. Produz continuamente na alma uma grande reverência para com Deus, sua Palavra e seus caminhos,[2]

---

2 Crer no testemunho de Deus tem de produzir temores em todo o coração, até que seja claramente percebido como se pode escapar da ira divina. Dúvidas mescladas com esperanças surgirão, até que a pessoa esteja consciente de que experimentou uma mudança salvadora. Esses temores e dúvidas estimulam o homem ao auto-exame, à vigilância e à diligência; e, por isso, contribuem para a firmeza do crente e para a "plena certeza da

conservando a alma sensível e fazendo-a temer o desviar-se destes caminhos, para a direita ou para a esquerda, a fim de seguir qualquer coisa que desonre a Deus, interrompa a sua paz, entristeça o Espírito ou leve o inimigo a proferir acusações.

Esperança: Você falou bem. Creio que disse a verdade. Será que já passamos o Terreno Encantado?

Cristão: Por quê? Você se cansou desta conversa?

Esperança: Não, não; apenas queria saber onde estamos.

Cristão: Agora não faltam mais do que três quilômetros de caminhada. Retornemos ao nosso assunto. Ora, os ignorantes não sabem que essas convicções que tendem a colocá-los em temor contribuem para o próprio bem deles; por isso, procuram abafá-las.

Porque pessoas ignorantes reprimem suas convicções.

Esperança: Como procuram abafá-las?

Cristão: 1) Pensam que esses temores são obra do diabo (embora, na verdade, sejam obra de Deus) e, pensando assim, eles resistem aos temores, considerando-os coisas que promovem diretamente a sua ruína. 2) Eles também acham que esses temores tendem a prejudicar sua fé (quando, pobres coitados, não possuem nenhuma!); e, assim, endurecem seu coração contra esses sentimentos. 3) Presumem que não devem temer; por isso, a despeito de seus temores, tornam-se arrogantemente confiantes. 4) Eles percebem que esses temores possuem a tendência de tirar-lhes sua antiga auto-santidade deplorável;[3] por isso, resistem a

---

esperança". Os temores podem realmente ser resultado de incredulidade. É melhor chamar a atenção e advertir os homens contra a incredulidade, ao invés de ajudarmos os pecadores a iludirem a si mesmos: e sim, encorajemos os crentes fracos a tornarem cada vez mais firmes a sua "vocação e eleição".

3 A expressão "antiga auto-santidade deplorável" denota a opinião que pessoas ignorantes nutrem a respeito de seu coração, reputando-o como

eles com todas as forças.

Esperança: A respeito disso eu entendo alguma coisa, porque, antes que conhecesse a mim mesmo, isso acontecia comigo.

Cristão: Bem, agora deixemos de lado nosso vizinho Ignorância e abordemos outro assunto proveitoso.

Esperança: Estou mais do que disposto a isso, porém ainda é você quem começa.

Cristão: Muito bem, você conheceu há aproximadamente uns dez anos, em sua região, um indivíduo chamado Temporário, que na época era um homem zeloso em religião?

Conversam sobre Temporário.

Esperança: Eu o conheci! Sim, ele morava em um lugar chamado Sem-Graça, uma cidade que está a três quilômetros de Honestidade; ele era vizinho de um homem chamado Volta-Atrás.

A cidade de Temporário.

Cristão: Correto, viviam debaixo do mesmo teto. Bem, em certa ocasião, Temporário estava bem despertado; creio que teve alguma percepção de seus pecados e do salário que lhes era devido.

Ele costumava ser favorável.

Esperança: Concordo, porque muitas vezes ele vinha conversar comigo (a sua casa ficava a menos de cinco quilômetros da minha); e vinha com muitas lágrimas. Eu tinha compaixão daquele homem, e não me faltava esperança a respeito dele. Mas pode-se ver que nem todos clamam: *Senhor, Senhor*.

Atos 2.21

Cristão: Ele me disse, certa vez, que estava resolvido a sair em peregrinação,[4] como estamos

---

bom e santo.

4   Temporário era alguém familiarizado com as doutrinas do evangelho, mas não conhecia o seu poder santificador. Homens como este sempre estiveram destituídos da graça de Deus e aquém da sinceridade em sua confissão do verdadeiro cristianismo e, talvez, em sua conduta moral; também sempre se mostraram dispostos a voltar atrás, para o mundo, em uma ocasião conveniente. Eles realmente ficam alarmados, sob o peso

fazendo agora; no entanto, de repente, ficou conhecendo um certo Salvação-Própria e tornou-se um estranho para mim.

Esperança: Ora, como estamos falando sobre ele, investiguemos um pouco a razão de sua apostasia repentina e de outros semelhantes a ele.

Cristão: Sim, poderá ser muito proveitoso, mas você começa.

Esperança: Bem, na minha opinião há quatro razões para a apostasia dele.

1. Embora a consciência de tais pessoas seja despertada, sua mente não sofre mudança. Portanto, quando a força da culpa diminui gradualmente, cessa aquilo que as levou a serem religiosas. Por isso, voltam-se naturalmente ao seu próprio modo de viver, à semelhança do cachorro que está doente por causa das coisas que comeu: enquanto seu mal-estar prevalece, ele vomita tudo para fora. Ele não faz isso de livre vontade (se podemos dizer que um cão tem vontade), mas porque incomoda o seu estômago. Depois, quando passou o mal-estar, seu estômago sente-se aliviado, seus apetites não estão alienados do seu vômito, ele se volta e lambe tudo. Assim, é verdade o que está escrito: *O cão voltou ao seu próprio vômito.* E digo isto: se alguém está entusiasmado pelas coisas do céu, apenas porque sente e teme os tormentos do inferno, à medida que se esfriam os seus temores quanto ao inferno e à maldição, esfriam-se também os seus desejos pelo céu e pela salvação. Assim, acontece que, acabando-se o

Razões pelas quais os favoráveis retrocedem.

2 Pedro 2.22

---

de grande aflição de consciência. Sem humilhação a autoconfiança nunca será destruída. Tais convicções assemelham-se aos botões de uma árvore frutífera que não produzem sempre o fruto maduro; por isso, não podemos dizer: "Quanto mais botões houver, tanto mais abundantes serão os frutos", embora devamos saber que, se não há botões, não haverá qualquer fruto.

sentimento de culpa e temor, desaparecem os desejos pelo céu e pela felicidade, e essas pessoas retornam ao curso normal de suas vidas.

2. Outra razão é que essas pessoas possuem escravizantes que as governam; estou falando sobre os temores que manifestam em relação aos homens; *pois quem teme aos homens arma ciladas*. Portanto, embora pareçam estar zelosos pelo céu, enquanto as chamas do inferno estão em volta de seus ouvidos, quando passa um pouco desse terror, elas se entregam a pensamentos inferiores, ou seja, que é bom ser sábio e não correr o perigo de perder tudo (em troca do que não se sabe) ou, pelo menos, de se colocarem em dificuldades inevitáveis e desnecessárias. Por isso, voltam ao mundo novamente.

Provérbios 29.25

3. A vergonha que assiste à religião também permanece como obstáculo no caminho de tais pessoas. São orgulhosas e soberbas, e a seus olhos a religião é insignificante e desprezível. Portanto, quando perdem sua percepção do inferno e da ira vindoura, voltam ao caminho anterior.

Hebreus 12.12

4. A culpa e as reflexões sobre o terror são coisas dolorosas para tais pessoas. Não gostam de ver sua infelicidade antes de alcançá-la, embora o ver tudo antecipadamente, se amassem esta visão, poderia fazê-las escapar para onde os justos escapam e estão seguros. Mas, como mencionei antes, visto que tais pessoas se afastam dos pensamentos de culpa e terror, assim, ao se livrarem de seus despertamentos sobre tais terrores e ira de Deus, endurecem alegremente seus corações e escolhem meios para endurecê-los cada vez mais.

Cristão: Você está quase acertando o alvo, porque a base de tudo é uma falta de mudança na mente e na

Filipenses 2.13

vontade delas. Portanto, são semelhantes ao criminoso que está diante do juiz: o criminoso teme, apavora-se e parece arrepender-se de todo o coração, mas a fonte dessas atitudes é o medo da forca. Pois, como fica evidente, ele não sente qualquer ódio à ofensa; porquanto, se obtiver a liberdade, continuará sendo um ladrão ou um malandro. Mas, se a sua mente fosse mudada, ele seria uma pessoa diferente.

Esperança: Agora que eu lhe mostrei as razões pelas quais elas voltam atrás, diga-me a maneira como fazem isso.[5]

Cristão: Com prazer.

1. Elas afastam, o quanto podem, seus pensamentos da lembrança de Deus, da morte e do julgamento vindouro.

Como o apóstata se afasta.

2. Elas abandonam, por etapas, seus deveres particulares, como a oração secreta, o domínio das paixões mundanas, o vigiar, a tristeza pelo pecado e outros similares.

3. Elas evitam a companhia de cristãos verdadeiros e zelosos.

4. Em seguida, esfriam-se nos deveres públicos, tais como o ouvir, o ler, o tomar parte em conversas piedosas, etc.

5. Começam a achar defeitos em alguns dos piedosos, fazendo-o de maneira diabólica, a fim de

---

5 Quando pessoas como estas começam a evitar a companhia dos verdadeiros crentes, negligenciando as ordenanças públicas, para justificarem sua própria conduta, imitando o diabo (o acusador dos irmãos) na atitude de caluniar crentes dedicados, magnificando suas imperfeições e insinuando suspeitas a respeito deles, com o objetivo de confundir toda a distinção de caráter entre os demais; quando tais pessoas fazem essas coisas, podemos concluir com certeza que o estado delas é perigoso em extremo

encontrarem desculpas para desprezar a religião (por causa de alguma fraqueza que enxergaram nos piedosos).

6. Começam a aderir e a associar-se com homens carnais, devassos e lascivos.

7. Entregam-se a conversas carnais e levianas, em secreto; e ficam contentes se podem ver estas coisas naqueles que são considerados honestos, para que mais ousadamente tenham a desculpa de estar seguindo seu exemplo.

8. Depois, começam a brincar abertamente com pecados menores.

Mateus 13

9. E, tendo os corações endurecidos, mostram-se como realmente são. Assim, lançados de novo no abismo da miséria, a menos que um milagre da graça o impeça, elas perecem em seus próprios enganos.

CAPÍTULO 23

Últimos perigos e, finalmente, A Cidade Celestial

Agora vi em meu sonho que a essa altura os peregrinos já haviam atravessado o Terreno Encantado. E, ao entrarem na Terra de Beulá,[1] cuja atmosfera era doce e agradável (o caminho a atravessava em linha

---

1 A palavra Beulá significa desposado; e o profeta, na passagem citada por Bunyan, predisse um estado muito florescente da religião judaica, que acontecerá no futuro. Aqui Bunyan adaptou-a à agradável paz e confiança que os crentes provados habitualmente experimentam quando se aproximam do final de sua vida. Essa norma geral admite exceções; mas Bunyan, havendo testemunhado muitas destas cenas encorajadoras, estava disposto a encorajar a si mesmo e a seus irmãos afligidos com a esperança de desfrutarem alegrias triunfantes. É notável que os salmos (que, entre outros propósitos, tencionavam regular as devoções e as experiências dos crentes), em seu início, abundam em clamores, confissões, temores, intensas súplicas de aflição ou de perigo; em seu final, porém, expressam mais e mais linguagem de confiança, gratidão e regozijo, concluindo com louvores e ações de graça sinceros.

reta), os peregrinos confortaram-se por um tempo. Sim, ali ouviam continuamente o canto de aves, e a voz da rola, na terra; e viam diariamente as flores aparecerem na terra. Nesse país, o sol brilha noite e dia, visto que a Terra de Beulá está muito além do Vale da Sombra da Morte e fora do alcance do gigante Desespero. Desse lugar, os peregrinos não podiam mais ver o Castelo da Dúvida. Podiam enxergar a cidade para onde iam; também encontraram-nos alguns dos habitantes daquela cidade, pois os seres resplandecentes costumavam andar, nessa terra, visto que ela estava nos limites do céu. Ali também o contrato entre a Esposa e o Esposo foi renovado. Sim, como o noivo se alegra da noiva, assim Deus se alegrou com eles. Ali não faltava nem cereal nem vinho, porque nesse lugar os peregrinos encontraram em abundância o que haviam procurado em toda sua peregrinação. Da cidade ouviam vozes, falando alto: *Dizei à filha de Sião: Eis que vem o teu Salvador; vem com ele a sua recompensa, e diante dele, o seu galardão.* Todos os habitantes do país os chamavam de *povo santo, remidos do Senhor, procurados pelo Senhor*, e outros títulos.

Isaías 62.4
Cântico dos Cânticos 2.10-12

Anjos.

Isaías 62.5

Isaías 62.8

Isaías 62.11

Isaías 62.12

Agora, enquanto caminhavam nessa terra, os peregrinos se regozijavam mais do que em lugares mais remotos do reino ao qual estavam indo; e, ao aproximarem-se da cidade, tinham mais perfeita visão dela. Era construída de pérolas e pedras preciosas; suas ruas eram pavimentadas com ouro, de modo que, por razão da glória natural da cidade e do reflexo dos raios do sol sobre ela, Cristão desfaleceu de anelo. Esperança também teve um ou dois ataques dessa mesma enfermidade. Por isso, deitaram-se por um pouco, exclamando por causa das dores agudas: Se vocês virem meu amado, digam-lhe que *desfaleço de amor*.[2]

Cantares 2.5

---

2 Em face de sua contemplação imediata da felicidade celestial, o apóstolo

Mas, recuperando as forças um pouco e melhorando para suportar sua fraqueza, prosseguiram em seu caminho, aproximando-se cada vez mais da cidade, onde havia pomares, vinhedos e jardins, com portas abertas para o caminho. Ao chegarem a esses lugares, eis que o jardineiro estava no caminho, e a este os peregrinos disseram: A quem pertencem esses formosos vinhedos e jardins? Ele respondeu: Pertencem ao Rei e foram plantados aqui para deleite e conforto dos peregrinos. O jardineiro os fez entrar nos vinhedos e mandou que se revigorassem com as delícias. Também lhes mostrou ali os passeios e os bosques onde o Rei gostava de estar. Nesse lugar, se demoraram e adormeceram.

Deuteronômio 23.24

Agora vi em meu sonho que eles conversaram, enquanto dormiam, conversaram mais do que em qualquer outro lugar em toda a viagem. E, estando eu a refletir sobre o que vi, o jardineiro me disse: Por que você está meditando sobre isso? As uvas deste vinhedo possuem tanta doçura, que, ao serem digeridas, levam a falar os lábios daqueles que dormem.[3]

Então, vi que, depois de acordarem, eles se prepararam para subir à cidade. Entretanto, como eu

---

Paulo teve o "desejo de partir e estar com Cristo, o que é incomparavelmente melhor". E o rei Davi desfalecia pela salvação de Deus. No vívido exercício de afeições santas, o crente se torna fatigado deste mundo pecaminoso, anelando ter sua fé transformada em realidade, sua esperança mergulhada em desfrute, seu amor aperfeiçoado e livre de toda interrupção e abatimento. Se esse tipo de atitude fosse constante, tornaria o crente inadequado para os interesses normais da vida.

3 Participar das ordenanças públicas é sempre um dever e privilégio do crente, embora ele não possa se deleitar nelas em todas as ocasiões. Mas, quando as afeições santas estão em vívido exercício, o crente descansa alegremente nesses anelos pela felicidade celestial, falando com liberdade e ardor a respeito do amor de Cristo e das bênçãos da salvação, para a edificação daqueles que vivem ao seu redor, exortando-os a se preocuparem com a única coisa necessária.

disse, o reflexo do sol sobre a cidade (constituída de
ouro puro) era tão extremamente glorioso, que eles
ainda não podiam contemplá-la com a face descoberta,
mas somente através de um instrumento feito para
aquele fim. Vi também que, ao prosseguirem, vieram
a seu encontro dois homens em vestes que brilhavam
como ouro e cujos rostos resplandeciam como a luz.

Apocalipse 21.18
2 Coríntios 3.18

Esses homens perguntaram aos peregrinos: De
onde vocês vieram? Eles lhes disseram. Perguntaram
também onde haviam pousado, quais as dificuldades e
perigos, que consolos e prazeres tinham experimentado
no caminho. Eles responderam. Então disseram os
homens que os encontraram: Vocês têm somente mais
duas dificuldades para enfrentar; depois, estarão na
cidade.[4]

Cristão e seu companheiro pediram que os homens
os acompanhassem; estes concordaram. Mas vocês
devem conseguir isso por meio de sua própria fé,
disseram. Em seguida, em meu sonho vi que seguiram
juntos até avistarem a porta.

Vi, ainda, que entre eles e a porta havia um rio,
porém não havia ponte para atravessá-lo; e o rio era
muito fundo. Diante dessa visão, os peregrinos ficaram
estarrecidos, mas os homens que caminhavam com eles
disseram: Vocês têm de atravessá-lo ou não poderão
chegar à porta.

A morte não é bem vinda para a natureza, apesar de deixarmos este mundo e entrarmos na glória através dela.

Os peregrinos começaram a perguntar se não
havia outro caminho para chegarem à porta. A isto os
homens responderam: Sim, mas desde a fundação do
mundo a ninguém, exceto a dois peregrinos, Enoque e
Elias, foi permitido passar por aquele caminho, nem o
será até que a última trombeta soe. Então, os peregrinos

---

4 A morte e a admissão na Cidade Celestial eram as únicas dificuldades
   que esperavam pelos peregrinos.

(especialmente Cristão) começaram a desanimar. E, olhando para esta ou para aquela direção, não acharam qualquer meio pelo qual poderiam escapar do rio. Perguntaram aos homens se as águas tinham a mesma profundidade. Eles responderam: Não, pois *vocês a acharão mais funda ou mais rasa, conforme sua fé no Rei deste lugar.*

1 Coríntios 15.51,52

Os anjos não nos ajudam a passar pela morte com conforto.

Dirigiram-se à água. Logo ao entrarem, Cristão começou a afundar e, gritando ao seu bom amigo Esperança, disse: Estou afundando em águas profundas; as ondas e vagas estão passando sobre mim.

O outro respondeu: Tenha bom ânimo, meu irmão, eu sinto o leito do rio, que é bom. Cristão falou: Ah! meu amigo, as angústias da morte me cercaram; não verei a terra que mana leite e mel! Com isso, grandes trevas e terror caíram sobre Cristão, de modo que não enxergava nada à sua frente. Também aqui ele perdeu, em grande parte, os sentidos, de modo que não se lembrava nem conseguia falar corretamente a respeito daqueles refrigérios que havia encontrado no caminho de sua peregrinação. Mas todas as palavras que pronunciava ainda davam a entender que ele tinha pavor em sua mente e temor em seu coração, temor de morrer naquele rio e nunca obter entrada na porta. Aqui, também, os circunstantes percebiam que ele estava muito atribulado por pensamentos sobre os pecados que havia cometido, tanto depois como antes de começar a ser um peregrino.[5] Além disso, observava-se que era

O conflito de Cristão na hora da morte.

---

5 A morte é convenientemente representada por um rio profundo, sobre o qual não há ponte, um rio que separa o crente de sua herança celestial, à semelhança do rio Jordão que fluía entre o povo de Israel e a terra prometida. A natureza humana se esquiva desse rio. As terríveis dores que precedem a temível separação entre o corpo e a alma; a separação dolorosa de amigos e de todos os objetos terrenos; as idéias obscuras a respeito do negro e frio sepulcro; e o solene pensamento de lançar-se em uma

atribulado por aparições e espíritos maus, porque, de vez em quando, deixava transparecer isso em suas palavras.

Esperança, portanto, teve muito trabalho para não deixá-lo afogar-se, pois certas horas ele sumia nas águas e surgia de novo semimorto. Esperança também se esforçou para consolá-lo, dizendo: Meu irmão, eu vejo a porta e homens em pé, prontos para receber-nos. Mas Cristão respondia: É você, é você que eles esperam; você tem sido esperançoso desde o dia em que o conheci.

Esperança respondeu-lhe: Você também.

Cristão disse: Ah! meu irmão! Se eu estivesse correto, com certeza, Ele se levantaria agora para ajudar-me, mas foi pelos meus pecados que Ele me trouxe a esta armadilha e abandonou-me.

Meu irmão, disse Esperança, você esqueceu totalmente do texto bíblico que fala sobre os ímpios: *Para eles não há preocupações, o seu corpo é sadio e* *nédio. Não partilham das canseiras dos mortais, nem* *são afligidos como os outros homens.* Essas aflições e

Salmos 73.4,5

---

eternidade nunca vista transformam a morte no rei dos terrores. Todavia a fé em um Salvador crucificado, sepultado, ressuscitado e assunto ao céu; a experiência de sua fidelidade e de seu amor no passado e a esperança de entrada imediata na presença dEle (onde o pecado, a tentação e o sofrimento não terão qualquer admissão) tranqüilizarão a mente e proporcionarão vitória completa sobre toda inquietação. Entretanto, se a fé e a esperança estiverem enfraquecidas, por causa da recordação de algum pecado específico, o crente estará sujeito a sentir-se alarmado e aflito na hora da morte. Uma vida de consciência pura com freqüência é favorecida com uma morte tranqüila. Mas o Senhor não tem obrigação para com qualquer pessoa; portanto, ninguém pode reivindicar como seu direito a consolação naquela hora; e, embora a experiência do crente e o testemunho de sua consciência evidenciem a sinceridade de sua fé e de seu amor, ele precisa renunciar toda dependência que não seja a dependência da justiça e do sangue de Cristo e da livre misericórdia de Deus, manifestada em Cristo.

dificuldades pelas quais você passa nestas águas não significam que Deus o abandonou; pelo contrário, são enviadas para prová-lo, a fim de ver se você lembrará aquilo que já recebeu da bondade dEle e para que viva nEle em seu sofrimento.

Então, vi em meu sonho que Cristão permaneceu a refletir por um pouco. Esperança acrescentou estas palavras: Tenha bom ânimo, Jesus Cristo o salva. Ouvindo-as, Cristão exclamou alto: Oh! Eu O vejo novamente! Ele me diz: *Quando passares pelas águas, eu serei contigo; quando, pelos rios, eles não te submergirão.* Ambos criaram coragem, e o inimigo, depois disso, ficou calado como uma pedra, até que acabaram de passar.

Cristão é liberto de seus medos na morte.

Isaías 43.2

Cristão logo achou o leito do rio para firmar-se, e aconteceu que o restante do rio era raso. Assim, eles atravessaram.[6]

Na outra margem do rio, viram novamente os dois homens resplandecentes, esperando por eles. Ao saírem do rio, os homens os saudaram, dizendo: Somos espíritos ministradores, enviados para servir àqueles que serão herdeiros da salvação. Prosseguiram em direção à porta.

Anjos os esperam logo que saem desse mundo.

Hebreus 1.14

Agora, deve-se observar que a cidade estava situada em cima de um elevado monte; mas os peregrinos o subiram com facilidade, porque esses dois homens os levavam por seus braços. Também haviam

Eles se despiram da mortalidade.

---

6 A aflição temporária de crentes que estão às portas da morte surge de enfermidades físicas, que interrompem o livre exercício dos poderes intelectuais desses crentes. Satanás está ciente disso e tira proveito, enquanto tem permissão, não somente para afligi-los, mas também para desanimar outras pessoas. Freqüentemente podemos observar que esses conflitos dolorosos terminam em conforto e esperança renovados, de modo que esses crentes, que por um tempo foram muito afligidos, por fim morrem com bastante triunfo.

deixado suas vestes mortais no rio, porque, embora houvessem entrado com essas vestes, saíram sem elas. Por conseguinte, subiram à cidade com muita rapidez e agilidade, ainda que o fundamento sobre o qual a cidade estava edificada era mais alto do que as nuvens. Eles atravessaram a região da atmosfera, conversando agradavelmente, enquanto subiam, e recebendo consolo, porque haviam passado o rio e tinham esses gloriosos companheiros para assisti-los.[7]

A conversa com os seres resplandecentes se referia à glória da Cidade Celestial. Disseram-lhes que a beleza e glória da cidade era inexprimível. Falaram assim: Lá está o Monte Sião, a Jerusalém Celestial, as incontáveis hostes de anjos e os espíritos dos justos aperfeiçoados. Agora, eles diziam, vocês estão indo ao Paraíso de Deus, onde contemplarão a Árvore da Vida e comerão de seus frutos. Quando ali chegarem, receberão túnicas brancas; o seu caminhar e a conversa diária de vocês será com o Rei, durante toda a eternidade. Lá vocês não verão mais coisas semelhantes às que viam quando estavam na região mais baixa (na terra): tristeza, doença, aflição e morte, porque as primeiras coisas já passaram. Agora estarão com Abraão, Isaque, Jacó e os Profetas, homens que Deus livrou da condenação que há de vir e que estão descansando em seus leitos, cada um deles andando na justiça dEle.

Hebreus 12.22-24

Apocalipse 2.7

Apocalipse 3.4

Apocalipse 22.7

Isaías 57.1,2 Isaías 65.16,17

Os dois peregrinos perguntaram: Que devemos fazer no Lugar Santo? E a resposta foi esta: Deverão receber o consolo de toda sua lida e desfrutar alegria em troca de sua tristeza; colherão o que semearam, o fruto de todas as suas orações, lágrimas e sofrimentos em favor do Rei, em seu caminho. Naquele lugar,

Gálatas 6.7

---

7 Quando Lázaro morreu, ele foi levado pelos anjos para o seio de Abraão. E temos todos os motivos para crer que tal serviço desses amáveis espíritos às almas dos crentes que morrem é imediato e perceptível.

vocês deverão usar coroas de ouro e gozar da perpétua visão do Santo, pois o contemplarão como Ele é. Lá, também, vocês servirão continuamente com louvor, aclamação e ações de graça Àquele que desejaram servir no mundo, embora com muita dificuldade, por causa da enfermidade da carne. Lá seus olhos se deleitarão em ver, e seus ouvidos, em ouvir a voz agradável do Todo--Poderoso e receberão com alegria todos aqueles que, após vocês, chegarão ao Santo Lugar. Serão vestidos com glória e majestade, equipados adequadamente para acompanharem o Rei da Glória. Quando ele vier nas nuvens, ao som de trombeta, como sobre as asas do vento, vocês virão com Ele; e, quando Ele sentar sobre o Trono do Juízo, vocês se assentarão com Ele. Sim, quando Ele pronunciar a sentença sobre todos os que praticam a iniqüidade, sejam anjos ou homens, vocês terão uma voz naquele juízo, porque os ímpios foram inimigos de vocês e dEle. Além disso, quando Ele retornar à cidade, vocês também virão com o ressoar da trombeta e estarão com Ele para sempre.

1 João 3.2

1 Tessaloni-censes 4.13,17

Judas 14
Daniel 7.9,10
1 Coríntios 6.2,3

À medida que se aproximavam da porta, eis que uma companhia das hostes celestiais saiu para encontrá-los, e foram apresentados pelos outros dois seres resplandecentes: Estes homens amaram nosso Senhor, quando estavam no mundo e tudo abandonaram por amor ao seu santo nome. Ele nos mandou buscá-los, e nós os trouxemos até aqui, em sua viagem desejada, para que entrem e contemplem com alegria a face de seu Redentor. Então, a hoste celestial exclamou com grande voz, dizendo: *Bem-aventurados aqueles que são chamados à ceia das bodas do Cordeiro.* Vieram também recebê-los vários dos trombeteiros do Rei, vestidos de roupas brancas e resplandecentes, os quais faziam ecoar os próprios céus, com sonido melodioso e forte. Esses trombeteiros saudaram Cristão e seu

Apocalipse 19.9

companheiro com dez mil "Bem-vindos da terra"; e fizeram-no com altos brados e som de trombetas.

Feito isso, eles os rodearam. Alguns seguiam à frente; alguns, atrás; outros, à direita, e outros, à esquerda (como que guardando-os na passagem pelas regiões superiores), tocando continuamente, em notas altas e som melodioso, enquanto subiam. Para quem o podia contemplar, era como se o próprio céu descesse ao encontro dos peregrinos. Assim caminhavam juntos; e, à medida que prosseguiam, de vez em quando os trombeteiros, com som alegre, juntavam à música sua postura e olhar, para demonstrar quão bem-vindos em sua companhia eram Cristão e Esperança e como se alegravam por vir recepciná-los. Agora esses dois homens estavam como que no céu, antes mesmo de lá chegarem, envolvidos com a visão dos anjos e com a música melodiosa dos trombeteiros.

Também já podiam ver a própria cidade e pareciam ouvir todos os sinos celestes badalando para dar-lhes boas-vindas. Mas, acima de tudo, nutriam pensamentos entusiastas e alegres quanto à sua própria morada ali, para sempre e sempre, em tal companhia. Oh! Como expressar com a voz ou com a escrita a gloriosa alegria deles! Assim, chegaram à porta.

Quando se aproximaram, acima da porta estava escrito, em letras de ouro: Bem-aventurados aqueles que guardam os seus mandamentos, *para que lhes assista o direito à arvore da vida, e entrem na cidade pelas portas.*[8]

Apocalipse 22.14

---

8   Os mandamentos de Deus, outorgados aos pecadores na dispensação da misericórdia divina, convoca-os ao arrependimento, à fé em Cristo e à obediência da fé e do amor. O crente vive habitualmente de acordo com esses mandamentos. Isso evidencia seu interesse em todas as bênçãos da nova aliança e comprova que ele, por meio da graça divina, tem o direito à herança celestial. Que o autor dessas notas, bem como o seu leitor,

Então, vi em meu sonho que os seres resplandecentes instruíram os peregrinos a chamarem diante da porta. E, quando fizeram isso, foram vistos, olhando por cima da porta, Enoque, Moisés, Elias e outros, aos quais foi dito: Estes peregrinos vieram da Cidade da Destruição, pelo amor que têm para com o Rei deste lugar. Cada um dos peregrinos entregou-lhes seu certificado, que haviam recebido no início da viagem. Os certificados foram levados ao Rei, que os leu e disse: Onde estão os homens? Responderam-Lhe: Estão do lado de fora da porta. O Rei ordenou que abrissem a porta e disse: *Para que entre a nação justa*, que guarda a verdade.

Agora, vi em meu sonho que estes dois peregrinos entraram pela porta. Eis que, ao entrarem, foram transfigurados e puseram neles vestes resplandecentes como o ouro. Houve também aqueles que lhes trouxeram harpas e coroas: as harpas, para louvarem; as coroas, em sinal de honra. Então, ouvi em meu sonho que todos os sinos da cidade soaram novamente de alegria e lhes foi dito: *Entrem no gozo de seu Senhor*. Ouvi os próprios homens cantando em voz alta: *Àquele que está sentado no trono e ao Cordeiro, seja o louvor, e a honra, e a glória, e o domínio pelos séculos dos séculos*.

Ora, no momento em que as portas foram abertas para deixá-los entrar, olhei para dentro. Eis que a cidade brilhava como o sol, as ruas eram pavimentadas de ouro; nelas andavam muitas pessoas com coroas na cabeça, palmas nas mãos e harpas douradas, para com elas cantar louvores.

Havia também seres que tinham asas e, incessantemente, clamavam uns aos outros, dizendo: *Santo, Santo, Santo é o Senhor*. Depois disto, fecharam as portas.

Apocalipse 4.8

---

tenham entrada abundante, conforme Bunyan aqui descreveu, no reino eterno de nosso Senhor e Salvador Jesus Cristo.

Tendo-o visto, desejei muito estar entre eles.

Enquanto contemplava todas estas coisas, virei para trás e vi Ignorância chegando à margem do rio. Ele o atravessou logo, sem enfrentar metade dos obstáculos que os dois peregrinos haviam enfrentado. Pois aconteceu que, nesse momento, havia no lugar um barqueiro chamado Vã-Esperança, o qual, com seu barco, ajudou Ignorância a transpor o rio. Então o vi, como os outros, subir ao monte e vir à porta, mas sozinho; ninguém veio ao seu encontro, trazendo-lhe qualquer encorajamento. Quando chegou à porta, leu o que estava escrito sobre ela e começou a bater, supondo que receberia entrada. Mas perguntaram-lhe os homens que olharam por cima da porta: De onde você vem? O que deseja? Ele respondeu: Comi e bebi na presença do Rei; e ele ensinou em nossas ruas.

Ignorância se aproxima do rio e Vã-Esperança o transporta para o outro lado.

Pediram-lhe o certificado, para que o levassem e mostrassem ao Rei. Ignorância procurou um certificado em seu peito, e nada achou. Disseram-lhe: Você não o tem? O homem permaneceu calado. Contaram isso ao Rei, mas Ele não veio atendê-lo. Ordenou aos dois seres resplandecentes que fizeram Cristão e Esperança entrar na Cidade que saíssem, pegassem Ignorância, amarrassem-no pelas mãos e pés e o lançassem fora.[9]

Mateus 7.23

---

9 Com freqüência ouvimos falar sobre pessoas alheias ao cristianismo evangélico e ao poder da piedade que morreram em grande compostura; e tais casos são apresentados como objeção à necessidade de fé e de uma vida consagrada ao Senhor. Mas o que esses casos comprovam? Que evidências existem de que tais pessoas eram salvas? É mais provável que elas permaneceram até ao final de sua vida sob o poder da ignorância e da presunção; que Satanás não se preocupa em inquietá-las e que Deus lhes entrega a uma grande ilusão, deixando-as perecer eternamente. As pessoas que têm negligenciado o verdadeiro cristianismo durante toda a sua vida ou têm habitualmente desprezado a confissão evangélica, às vezes, obtêm uma repentina e extraordinária medida de paz e alegria, vindo a morrer nessa condição. Em geral, isto deveria ser considerado

Então, os seres resplandecentes pegaram-no, levaram--no pelo ar à porta que eu tinha visto ao lado do monte e o puseram ali dentro. Deste modo, vi que, mesmo às portas do céu, havia um caminho para o inferno, assim como havia na Cidade da Destruição.

Acordei; eis que era um sonho.

---

um péssimo sinal. Quando a visita formal de um ministro do evangelho, filiado a qualquer denominação, algumas perguntas genéricas e uma oração (com ou sem a ministração de uma das ordenanças) tranqüilizam a mente de uma pessoa moribunda, cuja vida tem sido incoerente com o cristianismo que ela professa seguir; sem dúvida, se pudéssemos penetrar além do véu, veríamos essa pessoa atravessando o rio no barco de Vã--Confiança e recebendo a terrível condenação aqui descrita. Que o Senhor nos livre dessa ilusão. Amém

Conclusão

Agora, leitor, contei-lhe meu sonho.
Veja se é capaz de interpretá-lo,
Para mim, para você mesmo
Ou para seu próximo.
Mas cuide bem para não errar, pois isto,
Ao invés de fazer-lhe o bem, o insultará,
Interpretação errada
Resultará em mal.

Cuide também para não ser levado a extremos,
Ao lidar com as comparações do meu sonho,
Nem permita que minha alegoria ou similitude
Faça-o cair em riso ou em ódio.
Deixe isso para as crianças e os tolos.
Mas, quanto a você,
Perceba a essência de meu assunto.

Abra as cortinas, veja atrás do véu,
Entenda as metáforas e não erre.
Nelas, se você procurar, achará coisas tais
Que serão uma ajuda à mente honesta.

O lixo que aqui você encontrar,
Com coragem, jogue-o fora. Mas conserve o ouro.
E, se o meu ouro envolvido em barro está,
Ninguém deve jogar fora a maçã
Por causa da semente.
Mas, se você desprezar tudo, julgando-o inútil,
Sei que isto me fará outra vez sonhar.

FIEL
MINISTÉRIO

O Ministério Fiel tem como propósito servir a Deus através do serviço ao povo de Deus, a Igreja.

Em nosso site, na internet, disponibilizamos centenas de recursos gratuitos, como vídeos de pregações e conferências, artigos, e-books, livros em áudio, blog e muito mais.

Oferecemos ao nosso leitor materiais que, cremos, serão de grande proveito para sua edificação, instrução e crescimento espiritual.

Assine também nosso informativo e faça parte da comunidade Fiel. Através do informativo, você terá acesso a vários materiais gratuitos e promoções especiais exclusivos para quem faz parte de nossa comunidade.

Visite nosso website

www.ministeriofiel.com.br

e faça parte da comunidade Fiel

Esta obra foi composta em Times New Roman 11.3, e impressa
na Promove Artes Gráficas sobre o papel Pólen Natural 70g/m²,
para Editora Fiel, em Abril de 2022.